徐策 著

文学的
朝圣者

文汇出版社

《枫叶红了:璨若晚霞明胜烈焰》组画之一

目 录

第一编
遇见贵人

回忆恩师沈善增	……003
捣蛋鬼外公其人	……036
"古代人"吴广洋先生	……046
苍黄背影：老顾与老许	……054
大鼻子汤及其他老师——五十二中琐忆	……063
老表龙虎兄弟	……081
庙湾的姨父姨娘	……093
双林记	……104
文学的朝圣者	……112

第二编
屈家桥往事

鱼虫女绮贞 ……163
"外国人"曼莉 ……172
上农新村 ……182
麦家姆妈 ……186
嗲妹妹与华侨 ……207

后记 ……257

第一编

遇见贵人

回忆恩师沈善增

泾川山庄放眼望去，风景秀媚，修篁如涛。写作营就扎在那里，每天，搜肠刮肚爬格子；每天，屋外溪水潺潺，屋内钢笔、圆珠笔、水笔一片沙沙声；几乎每天，还是火热哒哒滚的一篇篇初稿听候教头沈善增发落：通过或枪毙。末了，闭营仪式酒会加自助表演，人人过关，个个随喜，以沈教头一曲串串烧样板戏压轴。这个什锦大拼盘味美料足，理所当然地引来满堂彩。次日，文学朝圣者或爱好者一行登临黄山，看雾凇，在排云亭留下了珍贵的合影。之后的之后，散的散，走的走，出国的出国，搁笔的搁笔，淡出的淡出，文友半零落。能够数十年坚持下来的人，恐怕已不多了。

一

上海作协青创会讲习班，被称为"黄埔一期、二期"，聚集了一班青年才俊、文学新秀，他们大多已在报刊上发表若干作品，个别的甚至已出书，一本或数本。即便作品不多，在一些业余文学社团组织，如市工人文化宫创作组等，已有若干年的濡染。跟他们一比，我纯粹是个"素人"，不要说出版、发表作品，就连像样点的"爬格子"，也还没多久。我能忝列在二期青创班学员里，实属意外。这样的概率，就像体彩大乐透中了奖。

某天，内兄耀华说他参加作协青创班了。并告知，负责青创班的沈老师，看了由内兄推荐的我的涂鸦之作《落榜》，初步考虑让我也去听课。不过，最好还是先见上一面。入选青创班的条件，明文规定要已发表过作品，并且是有潜力的。在硬件方面，我就够不上，因此，这个见面就显得分外重要了。

沈老师的寓所在天宝西路某号，与虹口曲阳新村相邻，北门南窗，一居室，前厨房后卧室，南面带一个三面围起的小"天井"，墙外一条尘土飞扬的小马路。底层没有过道，开门直入。通天井的半墙一扇钢窗前有张小写字台，一把黄扎扎的半旧藤椅。循声出现一个戴深度眼镜、笑容可掬的壮硕男子，双下巴，脖颈饱满得有点像灵隐寺笑佛。这就是沈善增老师——后来，他自诩"硕士"，这个戏称恰好勾勒出他的一些性格特征：自信、豁达、风趣，嘻嘻哈哈的随意中，自有一种跳出庸常的准则与坚持。一般认为，文学创作是不可教的。初次见面，他就大谈"人人都能成为作家"的理念。显然，这源自"人人皆可成佛"。虽如此，关键还在于怎样做到。他逸兴遄飞，谈兴甚浓，这便是日后有了更精准表述的创作要诀："找感觉，反奶油，要真诚。"

这次见面似乎具有面试性质。我有备而去，除了沈老师已过目的《落榜》,还带了一份写在黄封皮、32开工作手册里的手稿,大约四五十页,细述新婚、妻子怀孕、生孩子,以及住房窘迫的种种,在尴尬焦灼中,对幸福、美、生命的易逝发出浩叹。沈老师当即就读了起来。读罢,说有一种诗意,很美,但文字上的毛病也是明显的。我顿感情况有些不妙,谁知沈老师忙给我吃了定心丸,并问还打算写点啥?因为创作讲习班要交作业的,多多益善。受到鼓励启发,我说了一段亲身经历:荒郊,门房间值夜,与三个老头(前虹庙弄某家具店木匠、漆匠)、一条大狼狗相伴,窗外风雪交加,炉边老头吹嘘着早年的风流韵事。沈老师听了,手背叩击手心发出"嗒"的一响,欣然说:"可以,你把它写出来吧。"

于是,中篇小说《永远二十岁》(原标题《落榜》)《9m^2》和《冬夜》,便在泾川山庄初步完成或杀青。沈老师对拙作表示出浓厚的兴趣,甚至可说比较肯定。就在盈耳的潺潺水声里,从教头那里过堂后出来,同窗的稿件有的响当当,如日后问世的《冷火》《出道》《巴别塔》等;有的不幸被"毙"。我这文学素人,仿佛撞了大运,拙稿能够屡屡入教头的法眼,不能不说是既荣幸又幸运的。这个创作学习班全脱产,向各自单位请假,拿了耀眼的"中国作家协会上海分会"红戳子公函,很有面子。与此同时,每位学员也都感到压力甚大。

后来我发现,拙稿三个中篇之所以受到沈教头的器重,很大程度是因为作者的经历与他相似相近,如沈老师新婚无房,不得不借住在女方家里;又如他曾在制药厂务工等。由此,也许更容易产生共鸣吧。沈老师的可贵之处,除了教学有方,别具一格,还在于慷慨大度,把自己多年打拼所积累的一点资源和人脉,拿出来与大家分享。学员每有佳作,他无不一一推荐给国内数一数二的杂志社;遇到作品发表或发表后反响较大,他每每喜不自胜,如数家珍。

承蒙错爱,拙作三个中篇也忝在沈老师的推荐之列,《冬夜》投稿给了《人民文学》。另外,《永远二十岁》投给《红岩》,《9m^2》投给《萌芽》增刊。这些拙作,投稿前一一作了修润,并再呈沈老师过目。这中间,二期学员中的佼佼者均已名花有主。嘉禄、陆棣、张旻、耀华等诸兄的作品,不光已敲定将在《上海文学》等著名文学杂志上刊出,就是在不久前新民晚报副刊"七日谈"里,他们忆述第二期青创班的千字文,也精彩纷呈。这个"七日谈"是向学员征集的,人人有份,然后由该版面责编定夺,择优上稿。

我写的一篇文章没被采用。这是应该的,那些文章确实比我好,服帖。与此同时,佼佼者诸兄的实绩,给别人带来了不小压力,尤其像我这种没经沙场历练过的晚到者,无疑是碾压性的。急躁、愁闷、恐慌,夹杂着一丝虚荣心的急于证明自己的不甘,渐渐占据了我。而我的解压阀,无非是跑到沈老师那里,或见面或寄信,一次次地去叨烦打搅他,完全置他的生活、创作于不顾。实际上,沈老师自从泾川回来,就打算写一部有分量的长篇小说,实现他创作生涯的超越。为此,蓄势待发,孜孜以求,他的业余时间已被填满。饶是这样,抽暇还给

我寄来了书信。信笺照例带着作协抬头,信纸揉得皱巴巴,有几处被水洇化了,似乎还有一朵朵的茶渍。写道:

徐策:你好!

　　先给你写了封信,尚未寄出。今天到作协又见到了你16日的来信。本来我看完《永远二十岁》之后是想跟你谈谈,因此再写一信。

　　《冬夜》最后的定稿我没有很仔细地看,我想等编辑部看后,有机会我再仔仔细细地看一下。《永》我读后印象不错,我觉得是花功夫了,而且改出了感觉,改出了诗意。我觉得你是有潜力、有才气的,当然在驾驭文字方面还存在着缺陷,但这不是一蹴而就的。同时,更重要的,这是后天苦练能够学到的。技法固然重要,但比起感觉来,在创作中总是第二位。光有技法只是工匠,当然艺术家也需要很好的技法,但只要苦练。

　　问题是你的风格目前别人是不是赏识。最近看苏联电影,一些艺术上很好的片子,中国观众就是不欣赏。我看你的作品也许也有这个问题。这就需要自信,要坚持。你若有苦闷,请到作协或我家来细谈。等到月底以后再联系。好好干!相信自己!

　　握手!

1987.4.20

二

尽管信上提到的《永》等两个中篇，最终得以在上述两家杂志刊出，其中也有无尽的等待，"过尽千帆皆不是，斜晖脉脉水悠悠"。然而，回复最快的首都《人民文学》，却兜头浇了我一盆冷水，"冬夜"之水让我凉透了心。退稿信里，王扶老师说："我们认为小说的文笔还是不错的，但作为中篇小说，篇幅和内涵似不大相称，而我们发中篇小说又较少，所以就不留用了。"公允地说，我这未出茅庐的初学者，能够得到一流杂志如此评价，应该算是很客气的了，应当大受鼓舞，再接再厉。可惜，我未能这样。加之从创作营回来后，新完成的《禁果》《陋巷的黄昏》等也被退稿，叠加一起，"薄雾浓云愁永昼"，负担愈来愈重。

这年，突然甲肝大流行暴发，肆虐上海，因怕传染，一般人都不串门，少上街。收到由作协唐铁海老师转来的《人民文学》的退稿信，碍于甲肝疫情不便上门；同时，也不好意思打扰沈老师的创作。要不要叨扰他呢？着实犹豫再三。毕竟耽搁不得，按捺不住，于是，一腔愁闷便倾泻在了信纸上。

沈老师：您好！

焐雪两天，今晨已是一片好雪。想您一切均好吧！大作进展如何？翘首以盼。来信恐又是"来者不善"。日前收到唐老师退回的《冬夜》稿，附王扶及唐老师的信，现一并寄上。您对拙作付出了许多心血和时间，我内心铭感，怎奈动辄受阻，难效琼瑶之念，我自信来日方长，终有留客之处。若真是一口井，既为井，便应有滔滔之水，不愁干涸。

话说回来，写作是艰苦的劳动，积累写作经验非朝夕之功，我要进一步磨炼自己。使我汗颜的是，常常有劳您大驾，打断您的思路，在此深表歉意！

不过，从王扶老师信上看，似乎她提出的退稿意见非稍加修润做得到的。为此，我想请您定夺，如您认为必要的话，是否在茶余饭前，抽点空为《冬夜》谋个比较稳妥些的、较对路子的、外省省级（不要大刊物，但发中篇可能性较大）的编辑部，写封接头信寄我处（并附地址），我再寄出去。妥否？不妥便算了。因吴秀坤老师上次来上海，我曾谈及给《人民文学》的《冬夜》稿子，故不拟再把《冬夜》交他，《禁果》倒想一试。阿门！忙来忙去，总在准备"后事"，命薄如斯！

信寄出后，心里惴惴的，既后悔有点冒失，也担心这事会黄了。不料，第二天沈老师就回函道：

来信收到，心情可以理解。但你反应似太快，黄宾堂那里其实去信还早了点。屡受打击自信心当然有损，但要藏起一点，别让人觉察到了。我意你把《冬夜》送到顾绍文那里去，可直言《人民文学》王扶退稿的情况，倘人多不便言，可将我这封信给他看，请他在《冬夜》与《禁果》间考虑选择一篇。如他有意见让你改，便将意见详细记下来找我，我替你分析一下，你再改。择余的一篇我再给你谋出路。如两篇他认为都不能用，我也给你想办法。你不要急。还是我那位朋友给我说过的那句话：人不怕不出名，只怕出了名拿不出东西，名不副实。你正好趁这机会好好思索一下自己的问题，因为你创作经验毕竟还少。你的直觉不错，但直觉的表现有个艰苦学习的过程。老顾的目光是很凶的，他若能给你认真指点，对你当大有帮助。老顾家中电话：835647，你可晚上打去。

1988.1.26

上面提到的吴秀坤、黄宾堂老师，分别为南京《钟山》、北京《青年文学》编辑，经沈老师引荐，拙作《禁果》等投稿给他们，结果是婉退或商改，前者吴老师还曾晤面过。展信读来，沈老师语重心长，话中有善意提醒，有鼓励与安慰，更有我所期待的应承。而且，连怎样跟下一站《收获》编辑见面，也考虑周详了，可谓巨细靡遗。沈老师对一位非亲非故的初学者，如此倾其所有鼎力提携，这是非常难得的。更为难得的是，他不光对我这样，对所有的青创班学员也大抵如此。一个人的时间、精力、资源毕竟是有限且有成本的，何况从某种角度说，总量中多匀出一份，自己就会少一点。在这薄凉的世上，谁愿意这么做呢？后来，沈老师修炼成了气功达人。他每每也给人发功、发气、发信息水，不遗余力，经常挽病人性命于既倒，因而大大耗损了自己的元气。

说到正准备找下一站的拙作《冬夜》，还应补上一笔。在写作营地，热炒的稿件纷纷交给沈教头，稿子的命运，第一关执掌在他手里，而他也不留情面，该怎样就怎样。审读后的初见，一笑一颦，大有玄机。某些时候，他忽然笑逐颜开，说某某作品会"打响"。《冬夜》虽不在此列，但也被他看好。问题在于，我文字上有明显的外伤。初稿虽获通过，改还是要改的。常改来改去，仍不理想。一天，就在沈府那张小写字台前，摊开《冬夜》浅绿300格的稿子，沈老师索性就刷刷改了起来，一边勾勾画画，一边频频开示，为何要这样改以及效果如何。还说了一些"窍开"与心得。就这样，亲自改了数页。我发现，经过一番删削打磨，文字果然更"跳"，更抓人了。对我这样的新手，肯定获益多多。可惜我愚钝，未能完全领悟，加之好文字绝非朝夕之功，所以，注定还有很长的路要走。

三

上海甲肝大流行慢慢过去了。我带着沈老师的亲笔信和一摞原稿，在浦东雪野拜访了顾绍文老师，并遵嘱将他对《冬夜》提出的修改意见，通报给了沈老师。然后，开始埋头改稿。这之前，拙作《永远二十岁》终于在《红岩》上发表了，作品写一个学画的小年轻志存高远，但高考落第、情爱受挫，困顿彷徨。很大程度上，这是我自己的一段亲历——早年我曾倾全力想当画家。处女作《永》问世了，对我具有特殊的意义，虽然退稿有一大堆，但精神抖擞，愈挫愈勇。

　　理所当然的，我拿着那一期《红岩》就往沈老师家跑。我是沈府的常客，或请过目改好的稿件，或有新作完成拜托给引荐引荐；或过门而入，小坐一下，谈创作谈构思，听他天远地阔的神聊，向是一种快乐，常常忘了时间。冬日黄昏来得早，开了电灯。突然，房门那里传来钥匙在锁孔里打转的声音。接着，厨房间一片淘米入锅、砧板切菜的杂沓之声，并伴有压低的咕哝。"我要上班，路又远，这么晚了不晓得烧饭！"沈师母发火说。我赶紧告辞，路过门口，沈师母漾着笑脸，打招呼，表示并非由于我造访之故。沈老师一面送出，一面对太太说句把解嘲的话，打哈哈，小小的尴尬就过去了。

　　师母秦女士快人快语，能干决断。一次攀谈中，提到她在油画笔厂上班，那是手工业局文教公司下属的厂，而我那时在局直属的一个技术管理所，仿佛有点距离拉近的样子，加之又是同龄人，如此一来，尽管辈分不同，还是较能接近的。正因为这样，才会当着我这个外人不给丈夫面子。再则，沈老师不坐班，在家除了舞文弄墨，我从没见他与"开门七件事"相干，从不围着锅台转，而小丈夫八九岁的妻子，既要上班，又

"买、汰、烧"全包，忙进忙出，抽暇还不忘结结绒线衫。尽管如此，看得出师母一脸幸福，"忙并快乐着"。我发现，她偶尔对丈夫的数落，虽有些许抱怨，更多的却是一种撒娇、夸耀或满足感。

回想起来，真不懂事，常常一坐就忘了时间。还有，造访之前也不打招呼，拔脚就去，或下午或晚间都有。也许，那时上海还依然留着师友间经常串门的"古风"吧？即便这样，事前不说，冷不丁登门拜访，这绝对是不礼貌的。记得有一个燠热悠长的夏日午后，蝉声一片，门外无走廊，两个水门汀石级蹬上去，就这样咚咚敲起门来，边喊着"沈老师！沈老师！"屋里煞静，少顷，才传来应门声，似乎有些仓皇慵懒甚至不喜，迟迟才开门。我忘了那是厂礼拜天。有时候，上门拜访不遇，沈公子（还是小孩）便从冰箱里拿一根绿豆棒冰或雪糕递过来，我就边吃边等。开初登门是稿件方面请教或请托，属于"私事"。后来，随着沈老师首部长篇小说《正常人》的推进，遵嘱要替他拿去复印备份，就有点公干的性质了。

八十年代，复印机远未普及，如今那种满街都有的文印社很难觅见，纵有也是费用较贵。好像随着出国潮，各个外领馆或市司法局办签证，倒有复印的地方或去复印几片纸。我在离陕南邨、淮海坊不远的南昌路一幢小洋楼里上班，单位有一架"佳能"原装复印机，放在三楼一个外立面带券拱的小屋里，一个大家伙。我号称所领导的秘书，其实专业技术不懂，只做些一般性的文字工作，兼复印。那时，全所复印是要填单子部门领导批的,像那么回事。工作之便,下班后,我就偷偷给沈老师拷贝《正常人》原稿。一般文稿纸都是小16开,300格或270格,但沈老师那样的大手笔,哪能可以稿纸紧巴巴的?《正》的手稿写在500格大文稿纸上,宽畅皙白,配上他一手漂亮的黑或蓝色的字,简直就像印出来的。这种稿纸厚厚一摞,大而沉,而且平展摊开,故而要用出门那种拉链行李袋装。我就这样沉甸甸地拎进拎出办公室。复印中间,"吱咯吱咯"能接连吐出纸头自然好,怕就怕冷不丁硒鼓给卡住,弄得一身冷汗。一沓稿纸大约总有一两回给卡的。吓人的是,印坏的半张纸还留在机器的深喉里,小指示灯"嘟嘟"有节奏响起,不能开机了。如果故障不去除,《正》拷贝不成,沈老师那里没法交差,第二天单位也没法交代啊。

  时常出入沈老师家,忙着"公干",一边在卖力写小说,写完也带私货,请沈老师过目。记得《正常人》分上下部,上部先在《收获》问世,接着写下部续作。当中有个间隙,沈老师赋闲,我便不再小心翼翼,或请教,或请托,或两者兼而有之。那时文学上的类似"狂飙突进"高潮虽已过去,但余波还在,写实的、超写实的、意识流的、魔幻的、"异化"的、寻根的、黑色幽默的,还有博尔赫斯、略萨、米兰·昆德拉及玛格丽特·杜拉斯,等等等等,"乱花渐欲迷人眼"。被某种强悍风格吸引或震慑住,往往是一种危险,由于创作根基不牢,会在不知不觉中迷失了。沈老师在过目了几篇我新写的作品后,发觉苗头不对,便指出哪里哪里没弄好,甚至直言不讳,指出作品缺乏生活,跟风造作,没自己的东西。也许几次三番被低估甚至差评,伤了自尊心,开始我还只是委婉辩护,后来竟然没大没小,顶撞起来。甚至,说出拙作"总归能卖掉"之类的话。这是之前从未有过的,自己想想也骇然。

四

回到家里,既惭愧又惶恐,一早忙修书一封。

沈老师:

您好!昨晚离开您家里时心里很不踏实,思之再三,给您写封信一吐为快。您对《铁路》稿的意见是对的,我当时难以接受,恐怕是花了很大精力,加之有所期待的缘故。我细想,恐有不尊重您的地方,在此深表歉意!您的写作态度是严肃的,鉴赏力是极强的,您放弃好多宝贵时间用来扶植后进,我为自己在您面前说"卖出去",深感惭愧!此外,您言及的《文汇月刊》稿一事,也使我深为不安。现在我想,《不是初恋》稿撤回,无论采用与否,我都要撤回。我以为写作应表现出一种自信,没有比缺乏自信更糟的了。我的所有稿子如果没有表现出自信,我宁愿把它们毁了。请您帮助我找个理由拿回稿子(不被选用当然更好),因为现在还来得及。好吗?

《铁路》稿先搁一搁。俟脑子冷下来再剖肚。我现在处于阵痛期,要挣扎着、竭尽全力地把新生儿生下来。我想要个好的"孩子",但也不怕是怪胎、死胎。痛苦只属于我自己,会带走的。在这个时候,您可要帮帮我啊。问夫人好!

沈老师对此怎么答复,已不记得了。总之,他淡然一笑,并不介怀,对我的失敬与年少轻狂不自量力,采取了宽容、豁达和谅解的态度。这事很快就过去了。再说,他有大事要做,《正常人》下部正等着去完成。此后一段时间,我知趣不去打扰,再度拜访沈府,已是《正》下部问世之时了,这次刊发在《萌芽》增刊上。此前,拙作《9m^2》已在《萌芽》增刊刊出。受到激励,写了中篇小说《离婚》,又投稿给《萌芽》增刊,一审已过,据说原稿放在了桂未明主编的案头。一天,我拜访沈府,聊着聊着,自然就说到了《正》下部的创作和发表,尤其是发表,似乎不像上部那样顺。这么一说,我暗想,之前收到《红岩》编辑张老师的退稿信,曾提到作为面向全国的杂志,上稿会平衡一下,而近一段时间上海朋友稿子多了些,故不拟采用。信中附带提到沈老师的《正常人》下部,说"善增的长篇也希望能在这里用,他也是要求尽快上"。被退稿之后,《正》下部经历了什么,无人晓得。

然而,这一切已经过去了。当下,沈老师对《正》上下部合卷出版,充满了期待,并且期许甚高。"我只要看到《正常人》出版,哪怕出门被车撞死,也不能说命运对我不公平。我有一本《正常人》,就没有白来世界上走一遭。"他说得有些动容,两手搭在藤椅扶手上,椅身不时发出吱嘎的喘息声。像往常一样,他喜欢言罢略作停顿,一面颔首,一面含笑直视对方,仿佛想知道对方是否领悟其深意。我微微有些惊异,不知如何作答,只听他接着说:"《正常人》给我的生命画了个句号,到这里我对得起自己,对得起爱我的人,也对得起恨我的人了。以后的岁月都是赚来的,我想怎么活就怎么活了,真正为自己活了。"末一句,格外轻松洒脱,似乎又有一种沉郁。

之后,隔了较长一段时间,再次拜访沈府,已是闻讯期待已久的大著出版,前去祝贺了。沈家铁将军把门,"立雪程门"等了一会,离开时,竟在外面的马路口遇见。印象中,除非较正式的场合,沈老师一般都穿得比较随意,泾川那会一件开领黑皮上衣;夏日常常一条圆领白汗衫,微微凸起的弥勒佛那样的肚腩上,横挎着一只黑牛津纺腰包,不偏不倚正好居中。那天也是这样一身装束,手里拿一把折扇。被请入内,小写字台上、床沿上,赫然堆放着新书,眼前一亮。可惜,我并不在首批获赠签名本之列。并被告知,样书不多,先要满足一批评论家朋友,云云。聊天中,末了沈老师洒然说:"四十岁一过,我觉得故事已经讲完,没什么好写了。《正常人》是我最挂心的事,现在出了,我觉得即使一字都不写也不要紧了。"不知怎么,说到算命和命运上头。"我很宿命。命中注定,会变化的事,你想象不到的,忽然之间来个变化。我房子就是这样,家里住不下,住小秦那儿,阁楼一到热天没法住。为房子之事，我和小秦拿分币来占一卦。谁知买了房，不到一个月里就全都办好了。"他说。

告辞时，沈老师照例像老派的上海人那样送到门口，一边关照，哪些时间他不在家，哪些时间在家，这样就不会扑空了。天宝西路距离虹口公园后门不远，他每天要到公园去练气功，风雨无阻。"到公园去心静。"他说。现在除了写作，他喜欢在公园一角，香樟树下，打太极拳、练气功，差不多天天与拳友、功友切磋。凭他的悟性，在练气功方面道行日深，慢慢在身边就围了一帮功友兼粉丝。香樟树下的情形我一次也没看见，不过，很容易推想，一定也是教我写作的那股劲头吧？后来，沈老师练功方面的段位上去了，能用气功为别人治病行善。确确实实，不乏治愈的精彩案例，似乎成与不成参半。为此，他出了一本热门书：长篇纪实作品《我的气功纪实》。

五

以后拜访沈府，话题无非是《正常人》。沈老师信心满满，溢于言表。"不管社会上的反响会怎样，《正常人》的影响是确定的，后人在谈文学时不能绕过这部作品。"他断言，进而分析说：整个人类有两种倾向，一是自由派，一是保守派，正常人是属于保守派的，这部作品的意义超出地域、年代。它有两个特点：一不写情节，二写保守的人，前一条几乎在文学史上找不到先例。法国《一个沉思默想的女人》笔法上有这个意思，但作者没坚持下去。作品那样自信，那样笃定，并且自始至终，这需要大手笔、大魄力的。言罢，他缄默片刻，作沉思默想状，似乎某种难以释然的东西萦绕于心。"我有个想法：三十无定，四十无方向，七十无耻，八十无赖。人到四十岁等于死了。"他说。还坦言，到公园练练气功，有时候也感到彷徨，无方向。不知怎么，无意中发觉我嘴里缺了一颗牙。我忙报知来由，如何如何。他脸上带着往日那种热情，兼有长辈对小辈似的关心，神秘兮兮地说："教你一个办法，小便时咬紧牙，保险你牙齿到死都不会松。"

的确，沈老师很关心别人，体恤别人，说他菩萨心肠一点不为过。一次在沈府聊天，他告知有个青年作家失恋，心情不好，有一句话令他很是惊诧、害怕，说"头被她搞晕了"。同样的话，其他地方、其他朋友也跟沈老师讲过，结果不太好。于是，沈老师不准青年作家马上离开，连连劝慰开导。沈老师向我转述是如何劝导的。"我同他讲，'我们过去找女人看见性欲强的都要避开。女人性欲强你吃不消的，这是潜伏的危机。你现在到了这种年纪，想结婚了，现在可以对你说了：找女人还是实实惠惠好，有的女人只好做情人，不能做妻子。现在吹了，是好事，如果你真的结婚了，她有了外遇，那你真的痛苦了，现在损失不大。痛苦对谁都一样，唯独对作家是幸事。留在记忆中的东西一旦落在纸上就会淡忘，记不起了。因此，把它写出来，像歌德写《少年维特之烦恼》。写出来，就可以审视它了，从而超越了——至少，你也兴趣转移了。'"

言罢，沈老师似乎有所触动，有点感慨，对我说："大喜大悲出大作品、大手笔。说句实话，我就是缺少这种痛苦，写不出大气的作品。"

六

接下去的几度拜访，谈的依然是文学，说："一个作家应该把每一篇小说当作最后一篇来写，有价值的东西终究不会被埋没。大作家悲天悯人，作形而上的思考，探索人的终极命运，而不是国家命运。这一切又要形象化地体现出来。"他认为，要出大作品，作家必须具备应有的禀赋、气质和习得的知识，这几方面凑在一起不容易。不知怎么，话题忽然跳到了一位学员、作家身上。说某某禀赋好，具有当大作家的条件，只可惜这块玉没有精琢，他自己也没自觉意识。这位师兄已被公认很有实力、大有前途，似乎家里开了个碰碰车馆。我因而发问："沈老师，那么这些话您跟他说过吗？"沈老师微微一笑，蹙眉叹息说："人各有志，不能勉强。"爱才惜才之心溢于言表，并告知，这位仁兄尽管才气纵横，生活底子深厚，但似乎并不在意，把写作看得很随便，说能赚钱，有生意做，随时都准备搁笔。"当作家容易，当大作家就难了。一辈子有一篇传世，已经算是不错的了。"沈老师感慨道。

一次，有感于九十年代电影、电视剧纷纷热映、热播，大行其道，如日中天，沈老师似乎显得有些低调，甚至"悲观"：

"小说已让位给电影、电视剧等文学样式,向诗靠拢,这不是小说的本质。""小说已走向成熟,成熟就是死亡,你写得再好也超不过大师。我现在要摆脱大师的影响,读书范围要扩大,读两年书,再写一部关于命运的书——哲学书,以形象思维来写。"接着,再次提到他的呕心之作《正常人》。"堪与当代最优秀的作品比肩,已经奠定下了,可以保本了,再写就赚了。"他笑笑说。

这段时间,沈老师天天忙着为妻子发气功。师母秦女士罹患一种令人闻之色变的毛病:脑结膜出血。谁都晓得,此病凶险异常,非上医院救治不可。而且,病人绝对需要静养安卧,切忌动弹。师母娘家也一边倒,认为是必须的。然而,沈老师却逆势而为,处处反着来。虽然他对自己练气功的功效相当自信,可理所当然地招致众人反对,尤其是岳母一家。大姨子二话不说,便将妹妹送进了华山医院急诊室。显然,沈老师所面临的情况异常严峻,而且相当孤立。最终,凭借他非凡的功力和意志力,师母绝处逢生,化险为夷。

仿佛乘坐过山车,我听了吓得一愣一愣,末了总算大大舒了口气。感叹真可谓非常之人行非常之事,委实下了步险棋。沈老师自始至终面带笑意,气定神闲,娓娓道来。说罢,师母坐在一旁边打毛衣,边笑着补充说:"我家有脑溢血遗传,我叔叔、父亲都死在这上面。我头痛得厉害,有这个预感,他说我乱想,说会不会精神出毛病?"去医院里给妻子做了脑电图,也不去看片。一再拒绝去看,医院就把 X 光片送来了。一看,片上有白色的脑积水。经丈夫用气功治疗，竟然消失了。连医生都感到很吃惊。"我头痛得要裂开来，还去上班喔！也真是！眼睛望出去，地上都是洞洞眼，不敢看。怕光，怕声音，看出去只剩黑白两色，颤抖不停，估计是大脑压迫眼神经了。"师母说。末了，笑盈盈地瞥了丈夫一眼："本来我不信气功的，现在跟他一起练。"想了想，又仿佛自责地说："我呀，做事太巴结，劳累过了头。还有结绒线时间太长，低头久了，不好的。"

七

这期间，沈老师伉俪一起去虹口公园练气功。夫妻双双，有说有笑，同进同出。师母养息要紧，我不敢再去打扰。只是拙作《冬夜》是沈老师很关心，并且付出过不少时间的，新近改定后，少不得请他过目。不记得《冬》已改了几稿，冬去春来，寒往暑至。总之，编辑不"枪毙"，那就是说稿子有希望。此番修改，幅度很大。《冬》门房间值夜、巡逻、炉边回忆，分别有两个时态，过去式叙述老木匠、漆匠的幸福、得意往事。关于这几个老头，尽管面对面接触过的，毕竟了解有限。因此，当家具厂的一个好兄弟有办法搞到好几个厚厚发黄的档案袋，那些过去吃百家饭的手艺人的过往，尤其劣迹，顿时像被扒了衣裤那样。搞创作，有时候某人某事素材太多而不知节制，被牵着走，疏于剪裁把握，非但无益反而有害。《冬》

沈老师伉俪一起去虹口公园练气功，好像仍在热恋中。

情况就是这样。

沈老师看完第N稿拙作后，顿了顿正色说："不行的。《冬夜》没你的特色，抒情气息出不来，没写好。写另外东西，尝试一下是可以的，但这是失败的尝试。写作应该露巧藏拙，扬长避短。"受到如此棒喝，我自然很受打击，情绪低落。送出门来，沈老师边走边说，语气缓和了许多，蔼蔼然说："改了两年，没改成。但你以后会知道的，在这里会得到教益的，为你后一部大作品打下基础。"从此以后，我就再没拿着拙作往沈老师家里跑。就连登门拜访的习惯也戒了。总之，告别了天宝西路。这样做并非由于气馁或自负，稿子无非再改一遍。实际上，九十年代初，计划经济转向市场经济，受商业大潮冲击，各行各业，社会的方方面面都在变，包括精神和物质层面，包括价值取向。还有，过去吃皇粮的单位日子不好过了，钱少，为生计所迫。人心浮躁，波及全社会的躁动中，一张面壁的书桌是放不下了。于是，不出两年，我离开安静闲适的红砖小洋楼，开始了记者生涯，天天追逐娱乐或社会新闻。并且，开弓没有回头箭了。

也许就在这段时间里，沈老师对书法的兴趣日益浓厚，还办了个人书法展。某天我应邀一早赶去看展览，地点在东方饭店（工人文化宫）。沈老师还没来。书法作品不多不少满眼琳琅，白晃晃悬挂在沿小马路一侧的檐廊下，有带镜框的，似乎大多没装裱过。书法风格大有赵孟頫、虞世南的笔意，后来听沈老师自己说："我学的颜体，喜欢的是欧体。"怪不得他的手稿像字帖，而且几乎没见涂抹墨团。展出的书作中有一批蝇头小楷，甚至更小。据说，由此沈老师练成独门功夫，进入微书行列，字小到要用放大镜看。后来，由于沈老师长期用眼过度，眼睛黄斑变性，看稿写东西非常吃力，每个字竟然要有一只麻将牌那么大。岁月不饶人，从微书到重磅粗号字，说起来，真有无限的感慨与沉痛。

当记者，自然与小说拜拜。小说是不碰了，但是某年岁末的一天，很偶然的，《书讯报》上一篇书评进入了我的眼帘："徐策靠着他细腻的富有情致的文笔，将这一段表面上没有什么大波澜的感情纠葛写得入木三分。然而，小说如仅仅写到这一步，它还称不上精彩。使这篇小说精彩起来的，是作者在两人协议离婚后，又笔墨淋漓地写了7000多字……这一长段内心独白式的描写，使作品的境界大大地得到了拓展。读着这一段文字，让你觉得自己好像随着作品的男主人公傅宽，从狭小的蝇营狗苟的生存空间里走出来，走到外面广大的天地里，让久受压抑的肺叶尽量地舒展开来，拼命地吸收新鲜的空气。由此我联想到钢琴协奏曲《黄河》里的华彩乐段。本来，小说的情节高潮过去了，读者对人物命运的关心基本得到了满足，此时即应该尽快地干净利落地结尾才是，否则很可能是狗尾续貂、画蛇添足。在这样的时刻安排华彩乐段，是需要相当的艺术勇气的……从行文来看，我觉得徐策之所以无所顾忌地写了这么一大段，与其说是基于对结构技巧的成熟思考，还不如说是受到内在激情的推动。对徐策来说，故事完了，他要借此传达给读者的情志却还缺口气,因此他不得不写。照传统的说法,他是在灵感状态下完成了结尾的华彩乐段。"这是沈老师为《萌芽》增刊上刊出的拙作中篇小说《离婚》,自发所写的书评。之前,我并不知情。

四年后,沈老师再次自发为拙作中篇小说《有四棵树的秋景》作评,书评刊登在《新民晚报·文学角》上,写道:"……我觉得文中的一个比喻'一阵像是把煎在砂锅里的中药滗干的沉默',更能体现作品的风格:一种从世俗人情中提炼升华的超凡脱俗。像某些新写实小说一样,作品有对普通市民的日常琐碎事务的过细描写,但比那些小说向前跨出了一大步,表现了作者对精神超越的不倦追求。作品在写法上又是洒脱自然的,不像有些'先锋'小说,费心把话说得别别扭扭。作者好像更多地受俄罗斯文学的影响,俄罗斯文学是善于向深重的苦难投去一缕圣洁的灵光的。蒲宁式的一唱三叹,屠格涅夫式的田园诗意,使这个九十年代上海市民中很寻常的故事变得玲珑剔透,流光溢彩。"该中篇小说日前刊载于《十月》杂志。

沈老师的谬赞,令我惭愧。实际上,我只是由沈教头调教提携过的青创班众多学员中的一个,并且起步晚,一路磕磕绊绊。再后来,《冬夜》终于在《收获》杂志上发表了。只是中篇"瘦身"为短篇小说。剩下过去时态的故事,以后登在《主人》上。时任责编的嘉禄兄,特为给起了个好看的标题:《湿润的黄昏——虹庙三故事》。

八

千禧年，因我乔迁新居，沈老师应邀前来做客，多蒙盛情，送我一把折扇作为贺礼。扇面上，书有极漂亮的硬笔工楷《心经》。这份含有微书的墨宝我一直珍藏着。之前，沈老师也来过我家。记得有一回，在家请饭，沈老师称赞那一碗红烧大排骨做得好，我太太自然高兴："那沈老师就多吃点喔！"太太一边说，一边朝他碗里搛着，连搛四块。他也来者不拒，吃得嘴里有声，末了一抹嘴巴说："好吃好吃！"

新千年前后，沈老师华丽转身，开启了"善增读经系列"庞大工程，先后出版《还吾庄子》《还吾老子》等多种，气势如虹，著作等身。蒙他看得起，曾要求我发一些新书推介。那时，我在一家报社，负责一份期发行量有60多万份的报纸的编辑出版。每有所托，必须刊出，且篇幅有半版之多。以后，蒙相熟的电视台朋友帮忙，"读经"新书的消息偶尔也在新闻里播出。记得有一回，他让我联系播一则文化演出新闻：话剧《毛泽东1949》。档期紧，被采访的人多（包括作协领导赵长天、著名特型演员孙飞虎、剧作者谷白老师等）。这次见到沈老师，陡然感觉他苍老委顿了许多，头发花白，门牙掉了，说话漏风，某些地方咬字含混不清。正是个大热桑拿天，他T恤加半长西短，T恤外还套了一件口袋很多、饰有网眼的布面马甲开衫，朝两边敞开。汗淋淋的，甩着胳臂奔进奔出。

接下去遇见沈老师，记得是在莫干山，一起参加作协小说组活动。山路崎岖，面包车颠簸，沈老师热心地向大家传授一种防晕车的办法，似乎话音未落，不料他自己先扛不住了，喉咙深处连连发出吓人的声响，还吐了。中午停车吃饭，要走一段坡道，我上前搀扶他，发现他真的很虚弱，脚打飘。返回上海，换乘地铁，跟沈老师有好几站同路。同路并同站下车的，还有一个女作家，碰巧她以前在某个作家班，沈老师也上过课。如此说来，我们可谓师出同门。于是，忙约定找个时间，请一请沈老师，叙叙旧。

岁月悠长，日子过得很快。一年半后，终于在南京西路555号的"萨莉亚"聚会了。记得是我驾车到临汾路把沈老师接了来，并且送回家去。来时上南北高架走岔了匝道，因为以前也有一两回开车捎上沈老师的，他每每会抄近路哪里哪里，只消听他的指令即可。"眼睛不大好了……"他茫然四顾，眼神空洞，咕哝了声。我发觉沈老师眼力很差，但究竟坏到什么程度，也没往深里想。

"萨莉亚"点好了几只菜，饮料是无限量畅饮，有一种锡纸包的起司叫"玛格丽特"。刚进餐厅人不多，也还安静舒服，慢慢就变得很吵。席间沈老师兴致很高，侃侃而谈，滔滔不绝。谈到《红楼梦》，他说：《红》实际上属于市井小说，为什么能胜过当时的小说？因为它一个有形而上的东西——哲学观照，是"有只物事罩牢的"。还有人物特别生动，以情节来推动故事，每个人有追求的目标。尤其每个人物都有性格，特别是林黛玉,很作的。"你踏上社会后可能不喜欢,但看书时就会喜欢她。高鹗调包计写得好,'宝玉你好',神来之笔,谁写得出?一般写不出的,中国古典白话小说没有这样写法的。"他说。谈到这里,我方知沈老师这是有备而来,对他的两个弟子循循善诱。尽管不露痕迹,但细针密缝,明澈见性,把写小说最好的东西倾囊传授给我们。

"我们过去是先中短篇小说,人物、结构、文字弄好了,再写长篇。中短篇小说地位高。但是好的长篇不一样。契诃夫再伟大,比不过托尔斯泰。这要真的好。"话锋一转,沈老师便谈到了他的压轴长篇小说《正常人》,似乎在为自己的创作生涯作总结。"我写《正常人》,每一章都当中短篇小说来写。啥叫'正常人',定义是什么?我一上来就讲这个。喏,几个序,特别《序》之三,就罩牢了。"至于《正》另外的精彩之处,他提到"还有到中学去路上,还有厨房间一段——这段李子云激赏的"。上部写半只台子放东西,下部一只煤球炉怎么放,都可圈可点。我在一旁称赞说:"沈老师真有勇气,写了一段撸管(手淫),厉害哦!从来没人这么写过。"

沈老师神情怡然,颔首会心一笑,似乎一位女性作家在旁一点不窘,也不忌口。"这也是对生命的探索,因为(作品中的'我''小四眼')不晓得是什么。上部这一段也是引起激赏的。我写时一点不觉得淫,全部本事拿出来。还有下部野鸭子降下来,到农场了(一段描写)。这是一般小说里没的。我为什么要提这些?因为既有形而上,又有画面感,这样小说就真

《都市即景：虹口公园寻觅旧踪》组画之一

实了。这就是我过去讲的华彩段落，一下子（层次）就上去了。我写长篇小说还注意节奏问题，长篇一个节奏到底人家吃不消的，审美疲劳了。"他强调写小说要重视内容、意象、结构这几个层面，但也不要太刻意。"我们现在老了呀！老了末要姜是老的辣，弄辣的东西。这是我想跟你们说的。我现在眼睛不行，电脑上的字要放大到三四号字，甚至粗号，才能看字。喏，眼睛要直接贴在屏幕上。从前弄了交关书，准备退休看看。唉，不行了，（纸质书）都不看了。"他怅然道。我感觉沈老师像一头苍老的狮子在夕阳里。正不知怎么说才好，冷不防，他话锋一转，猝然提到一件很隐秘的私事——完全没必要对我们当徒弟的说这些，要么就是心里郁积已久，无处宣泄，非说不可。我一边听着，一边再次有乘坐过山车那样的感觉。

"现在我给你们讲一讲我的事。"沈老师用平静的语调开始叙述。说了他怎么抢救儿子的全过程。上午还去医院看望过儿子，回到家里打了个盹，儿媳紧急电话马上就打来了，说"病危通知"已发出。沈老师连忙赶到医院，这时沈公子已昏迷过去。医生说：如果昏迷不醒，生还的可能只有百分之五。即使生还了，终生都要护理。情况万分危急，刻不容缓。沈老师还是老规矩：使出全力发气功，用意念来抢救儿子。显然，他救儿的理念与途径其他人并不认可，因而产生了极大的分歧。刚开始，沈公子在急诊监护复苏室，随病情加剧，必须送重症监护室（ICU）抢救。这时，对于是否送入ICU，医生和病人家属争执不下。医生要家属签字，沈老师坚持不签，一边继续为儿子发功。因为沈公子一旦进了ICU，就不能像在外面那样留在身边了，更不要说给儿子发功。医生以监护人的资格为由，说父亲不算，儿子结婚了，儿媳才是病者的监护人。沈老师给顶回去。然后，家庭内部进行了表决，表决结果似乎意见很不统一。

沈老师向太太说了当年发气功，从生命线上把她救回来，还救过好几个人等，表示这事他会负责。重要的当事人说"这个责你负不了"。沈老师退无可退，方决绝地说："假使（儿子）有三长两短，我不怪你们，我跟他去了。为什么这样说？因为我所有的三观都错了，对命运、物理的理解都崩溃了，还活着做什么？我用性命担保。"此言一出，大家无话可说。到晚上八点钟，医生告知病人的血含氧量很低，只有5.1，要气管切开，晚切不如早切。沈老师要求给他半个小时，让他发功，保险叫血含氧量逆转到5.2。经过沈老师发功，血含氧量到5.6……不久，又遇上就要休克的凶险，终于挺过去了。接连五天，沈老师一直在给儿子发功，几天几夜不睡。终于，儿子的性命保住了。不光脱了险，经过调养，还康复如初。

这段仿佛山崩地裂般的历险记，被沈老师娓娓道来。"那天早上我就晓得的，是个关口。我拉住儿子的手，心想我撑不牢了，你快点醒来，快点醒来啊！"他颤声说。

九

之后的数年里，再未与沈老师谋面。虽如此，几乎邮箱里、微信上却不断收到、读到他的或连篇累牍，或寥寥数行的文字，还有格律诗。还有吓人的"冲病灶"。那连篇累牍的文字，说真的我不大喜欢。想起上回一起在"萨莉亚"，他说过"姜是老的辣"，大约这便是"弄辣的东西"了吧？以我愚见，体制机制性的缺陷，单靠崇德非但没太大的作用，似乎还是一种浪费。问题的症结不在观念，而是利益相争，是不可逆的。所以，难以理解老师那种博大的胸怀与醒世之说。中国知识分子似乎有一种救世情结，以为握有醒世良药，获赏识被采纳似乎是一种最高的理想。太专注于此，未免曲高和寡。在我接触的朋友之间，甚至有某种讥笑。

老师以他博大的情怀，主张"崇德说"，构建体系，着力甚多，用心良苦，简直就像与风车作战的堂吉诃德，而我却不止一次苦恼地想道：从苦难过来，为什么不是浮士德呢？

其间，拙著《魔都》出版了。看了电子版节选的片段后，沈老师很快就发来了一段音频，表示肯定。不久，写成一篇题为《拨难图存，上海人的精神》的书评。该文在作协上海作家网等媒体刊登。沈老师视力不济，在电脑上写文章，字体要放大到最大号，写好一个字要凑近了看一下。写成一篇文章，何其辛苦。就在这种情况下，还为拙著作评，该文有1822字，字字皆辛苦，行行都殷殷情深。每每念及，我除了满心感激，还有深深的歉疚与惶恐，甚至后悔将电子稿发给他——如果不去打扰，就不会占据他的时间，损害他的眼睛了！真是无法原谅自己。对他已十分脆弱的视力而言，真是作孽啊。

数年里，沈老师邮箱、微信上总是在场的。尽管不见面，网际倒像是贴隔壁邻居，低头不见抬头见。慢慢，邮箱、微信里都不见了音信，虽未免有些寂寥与念想，也并不挂心。岁月静静流淌，不舍昼夜。狗年春节，元宵节的前一天，意外地接到了师母秦女士的电话，说沈老师在铁道医院（十院）住院了。隔天，我便赶往医院里。二楼急诊观察室，几个房间都很挤很嘈杂，好在转角一个房间比较宽敞，病床也不多。沈老师就半躺在床上，半闭双眼打着点滴。沈老师明显消瘦了，神情茫然怠倦，甚至有一种畏怯与迟钝。乍见之下，跟他八九十年代总是热情豪放，铁打金刚不败之身，判若两人。听见跟沈老师伉俪打招呼——师母在另一张空床边忙着什么，沈老师声音轻到不能再轻，问：“哪一位？”我忙自报家门，寒暄一番。在被问"现在感觉好些了吗？哪里不舒服？"他回答：“好点了。胸口闷。"此外，咕噜几句，太轻听不见说什么。接着就是一阵缄默。

从师母秦女士那里得知，沈老师是2月28号进院的。有一次散步，因为体虚脚骨发软，跌了一跤。因没电梯，从此就没下过楼。此番住院，是血糖高引发的疾病。在此之前，沈老师相信气功，血糖高并不在意，一直拒绝吃药。非但如此，连每年老单位作协安排的体检也从不参加。直到有一回去朋友家，朋友拿血糖仪给他测量，方知血糖偏高。即便晓得指标超正常值，也并不怎么忌口。直到这一回，捱不过了，才到离家最近的三级甲等医院挂急诊，并在观察室住下。就是专治血糖高的药，不久前才开始用上的。半个多小时光景，我发现师母总把病情的话题岔开去，谈不相干的琐事，如奥数、卡通、游戏软件之类，沈公子原先读的是复旦数学系，后来喜欢弄这些。我怕打扰沈老师的休息，早早告辞，临别前向沈老师说："好好休息，没事的。以后气功要练，药也要吃，还有体检也要的——许多单位，都要自己掏钱的哦。"不晓得沈老师是否同意，他只是微闭双目，有点气急，胸前一起一伏。"再会，下一趟再来看您。"我说，似乎没回应，也许他说了"再会"，轻到听不见。

我确信有长长的未来。沈老师既然有对生命的护法神功，既然数次处于山崩地裂的绝境中，逆势而上把不可能变为可能，那么，他自己肯定也没事的。然而，想不到，"下一趟"已没下次了。据说，沈老师的老母亲一直不晓得儿子已去世，因儿子跌了一跤无法下楼，不能像以前那样去看望，也很正常。《正常人》原型母亲中年守寡，因受到牵连，被打入另册。年轻时沈老师一直苦于另册人的命运无法改变。如今，因为不想让母亲老来还要面对丧子之痛，故而瞒着她。或许，母亲相信儿子还在世上，或许未必不知其故，只是不点穿而已。

不管怎样，总不由让人阵阵鼻酸。

捣蛋鬼外公其人

小时候留下的印象很强大。提及外公,太太总是满口夸赞,眉花眼笑。有一回说:"外公宠我,不说一句重话,也从不给我做规矩的。他叫我'大阿华'(宁波口音 du-a-wo),待我好,但我印象一直睡在他脚后头,很滑稽。"有一回说:"外公性格开朗豁达,做事响亮,不会搞阴谋诡计。小时候到外公家去,总带我去点心店,给我吃我喜欢的鸡鸭血汤、小馄饨、生煎、锅贴。叫房东打扫卫生,他自己从来不做家务事。"又说:"外公待我很好,待我娘好。人很善良,讲究吃,就喜欢吃。"茶,讲究雨前茶、明前茶、洞庭山碧螺春、狮峰龙井、大红袍、铁观音这些,在外面喝喝茶、谈谈天。

六十年代初,逢礼拜六,必来把外孙女接到闸北外公家去,每礼拜天都这样。因双职工,两孩没法照顾,太太儿时交给阿娘阿爷带,住河南路桥桥堍的德安里。有一次,外公在那里跟离异且怨怼的原配妻子碰上了,还有她的老公某某某——原先是他手下的伙计。以前的姻亲、亲眷都绷脸不打招呼,不光如此,人前人后,只说他是"捣蛋鬼"。讲他不顾家,蛮好一份人家都给吃光用光,被他捣蛋光了。说他厂里不管,好好

60年代初,逢礼拜六必来把外孙女接到闸北外公家去,每礼拜天都这样。

一爿厂被他败光。"真是捣蛋鬼",竟连阿爷阿娘、他自己两个阿妹,也这样说。

"捣蛋鬼?"我很吃惊。一般平辈间,或对晚辈有这样说的,似乎不无奚落、无奈,甚至不屑之意,这种话对长辈,尤其太太嘴里一等一的好人,怎么会?听太太一番解释,原来盖因外公逍遥洒脱、落拓不羁的个性使然。当年,外公在宁波大兴街开了爿厂——远东鞋厂,伙计有几十个,做直贡呢面的圆口鞋、方口鞋,还有皮鞋。这厂在宁波名气很响,无人不晓。可惜,他没心思经营鞋厂,不是很刻苦卖力去做一桩事的那种人,只吃吃白相相,当"甩手掌柜"。他蛮老亏,说吃饭从不自己烧,都是馆子里喊来的。要吃甲鱼、鸽子、鸡鱼虾蟹等,直接饭店送来,这些美味他都喜欢。慢慢,觉得宁波这地方太小,也不好玩,上海十里洋场更加好白相。后来他一个人去上海,把一爿厂扔给了老板娘。他不经营,后来鞋厂一点点败落下去。"外公一点不顾家。偶尔也去逛逛堂子,喝花酒。"太太说。

外婆养过两个孩子,一个儿子很聪明,好相貌,12岁时死的,生脑膜炎。一个女儿也很漂亮乖巧,叫牟兰,身上有个胎记。因为外公不管不顾,外婆一天到晚搓麻将,小孩不管,扔给保姆,两个孩子都死了。没子嗣,这样才领养了一个六七岁的小姑娘——这便是太太的母亲。"外婆对我娘很不好,事情都要她做,连短裤月经带也要我娘洗。我娘老罪过。但外公对我娘很好的。"太太说。小姑娘是宁波一个蛮有名气的医生的外室生的,后来医生死了,外室要嫁人,把孩子送了几家,有一家给做童养媳,她不肯。这时,外公外婆就收养了她。太外婆"咦"了一声笑着说:"活脱斯像他养的。喏,特别是鼻子。"尽管如此,两个亲生的孩子早夭,也许外公觉得没劲,还是离家出走了。搭乘宁波轮船,将外婆一个人摜在宁波,到上海白相,且再不回头。外婆也很傲气,不叫他回宁波去。

外公到了上海,寻了一个女人,是大小姐嫁给他的。第二房岁数差好多。这女人也欢喜香烟老酒,也是吃吃喝喝白相相,也不想做生活。他们是一次去白相,吃饭时搭上,就囤了一道。外公的钞票大多用进去了。有了第二房,在宁波的原配妻大概晓得,大概不晓得。他也从来不瞒的。解放后,政府实行一夫一妻制,他两个老婆,外公要作定夺,为了这事特为去了宁波一趟,跟外婆谈判。外公也不想离。只要原配妻到上海去,愿意跟后面的女人分开。问原配:你肯到上海来吧?原配不肯,说:"上海介破的房子啥人要来?不来。"确实,宁波有一个四合院,有照壁、天井、客堂、厢房。外公说:"你不来,我不可能回宁波去,现在一夫一妻制,你不来只好离婚。"那时,政府还征求过女儿的意见。女儿说:"同意的。离脱伊好咪。"似乎夫妻俩从没闹翻过。后来,那个女白相人生肺痨,死了。

外公从长征皮鞋厂退休,退休工资有60几块,借住在普善路的铁路新村,也还登样,以后这里的违法建筑搭出来,才乱哄哄的。50岁前,有二三十年,外公一直独身生活。开初住在二楼,手头宽裕,饭菜外面叫了来吃。后来认识一个女人。那老太进来,方将一间几平方米的平房买下。靠退休金两人够开销的,但女人不愿意,做了收废品的营生,赚点零花钱,补贴补贴。外公倒也不嫌,只说:回转家里衣裳要换下来。不久,他们带了戆大小姑娘,那是一个私生女,寄养费每月20块,说好养到廿岁为止。

记得八几年的新年里,我们一家去闸北给外公拜年。小平房白天也点着灯。外公瘦了,因骨架子大,还显得胖大魁梧。"真吃过饭了?不要骗我。"他乐呵呵道。忙给二老拜了年,太太教女儿"要叫太公阿太"。外公很开心,因为当年的"大阿华"也这般大。给了重外孙女20块压岁钱,我们婉谢了。"不收?你不收我要不高兴了,钞票我有。"外公说。

房间里挤得无法动弹。天花板上、墙壁上绕着乱电线。金星牌电视机是刚从嘉善带回来的,天线调不好,没法看。"你爸爸过一歇会来的,弄一弄就好了。昨天你爸爸妈妈带来了小菜,一起吃年夜饭。"外公说。靠小窗的墙头挂有年历,年历上有个框子,红十字架下方,竖着两行小字:耶稣基督降世,拯救我们罪人。我问:"外公也信教?"外公回答:"我不信,啥也不信。上不信天堂,下不信地狱,不怕魔鬼,只是外婆去教堂,我也陪陪。"据说老太原先信佛,不久前才改信耶稣教。信佛不能吃荤,饼干里有鸡蛋,吃了不好。春节前回嘉善一趟,让一个教友给看房,不想教友把煤饼都拿了做生意去。"这人做事一点不上台面,我们回来也不说一声,到现在还没来过。辣陌生,门外又放了两筐煤饼,不知是还给我们的,还是什么。"外公嘟嘟囔囔说。那教友白天上教堂,下午摆摊,做红烧豆腐干生意。老太气不过,当即出门找他去了。

"戆大怎么不见?"太太问。外公回答:"戆大她娘领回去了。我说,你领去可以,把她领去,弄死不可以。"戆大是她母亲跟厂里的师傅发生关系留下的孽种。怀孕后,吃药打胎,堕胎不成,婴儿脑子却坏了。据说,戆大的母亲即将退休,因无法安置,戆大的父亲现在将她送到蚌埠老家去,给一个老太领养,也是出20块一月的寄养费。分别前,外公外婆给戆大换了新衣裳。小姑娘怕死了,在火车新客站,吓得大便拉在了裤子里。后来我们才得知,小姑娘离开的真正原因,是老太生病了,肝癌,带不动了。尽管舍不得,还是把戆大送走了。

外公说这趟去嘉善弄得不高兴。老太的过房女儿想骗钱,取走180元去买药,结果拿来几株中草药,这种药随便哪里都能买到。临回沪,还不让老人把自家的电视机带走。更恼火的,是与老太感情生隙。原因是老太不识字,一直不晓得外公离婚的事;甚至他的前妻,居然就住在洛阳新村女儿家里。老太罹患绝症,肝脏已一分为二,一边上面只包了层,里面有三个洞,都是脓水。自知命不久矣,老太方恨恨说:"我死了,你们就可以团圆了。"十分委屈,哭了两天。提起这事,外公心里还是郁郁难平,说:"我跟你外婆离婚四十年了,怎么可能再好?"可惜告诉老太这些,她又不信。"我年纪这样大还会做坏事?年轻时是昏过,这我知道。我在这里,不同邻居搭界,他们要来帮我,他们自己来。我是有事,也不同他们说的。我刮挺的。年轻时做鞋厂老板,过年给伙计每人30元钱用,不要他们还,出手大。宁波做鞋谁不晓得我?"

为此,外公心情不好,也生着病,不久前还在吊葡萄糖盐水。从嘉善回来,马上要过年,可家里没吃的,煤饼居然也被车走了。居委会很好,他们来说,您有事我们帮你办,随叫随到,不用你操心。说话之间,老太外面找了一圈,教友没找到,回屋喊冷,肝痛又发作,大家忙催她睡下。我们忙安慰她几句,还递上春节贺礼。"你们来不要带东西,不想吃。"老太说。这时,一个白头发、肉鼻子的教友来了。他虚情假意,语速极快,极尽敷衍,临走塞给老太30块说:"多退少补喔。"至于擅自拿走煤饼的事,一字不提。

数年后,老太死在外地,她的过房女儿女婿、侄子一干人,带着骨灰盒到上海来闹,要求财产分割,还要房子。外公响亮回答:"我还没死。而且,我有自己的女儿女婿,女儿叫陈某某……"这事就算平息了。从此以后,外公趁前妻不在时,便住到洛阳新村去。在女儿家,满口称赞,说享清福了。外公一向待女儿好,女儿心里晓得。当年他总是叫她台子上一起吃饭,就连妻子也上不了桌。外公乐滋滋,很安详很安静,没脾气,特别好弄,从来不要求什么。这一切,恰与外婆(他的原配)形成对照:外婆横也不是竖也不是,作得很,为一点小事还发难,气咻咻的。外婆一生气就往小东门跑,她三妹住在南市。前脚跑出,外公后脚就到。日子久了,靠这样零打碎敲也不是个事。于是,就打算送外公去养老院。外公应允,但背后一口否认,说"我是跟定女儿的"。

就在这个时候,我去岳母家,常常能够见到外公,说说话,聊聊天。有一回,我竟然大喇喇地问外公:"上海滩十里洋场,那时的风月场所,您去过没有?四马路啦,会乐里啦,还有什么'书寓''长三''二三''幺二',以后我写小说可能会有用……"那时,我并未读过《海上花列传》。外公闻言略顿了顿,随后咧嘴一笑,就大大方方对我讲起过去风月街的情形来,亲历过的也有,道听途说也有,似乎并无传奇,也不狗血。比方说:"打茶围""吃花茶""六跌倒"如何如何。他乐呵呵的,开朗、响亮、不做作,只不过,昏花老眼中,略闪过一丝佻达或黯然而已。

有一回,外婆回洛阳新村后发高烧,住进建工医院。生胆囊炎动了手术,出院后外婆就住在女儿家了。外公只得另找地方。说来也巧,我一个好兄弟的父亲病了,在建工医院急诊间挂盐水,外公也在挂盐水,就在近旁。岳母认识我那兄弟,拉起家常,说将在靠近水电路桥的河边租房给父亲住,那里离洛阳新村不远,好照顾。不久,外公就搬往河边小屋。那天搬家,还是我朋友给叫的单位运输车。以后,每每看望岳父岳母,我们总会弯一弯去探望外公。年迈的外公身体越来越差,由于患前列腺毛病,尿不出,把人急煞。我就曾数次看见外公背身端个搪瓷痰盂,在那里小便,费时很久。外面北风呜呜嘶吼着,天寒地冻。外公苍白消瘦,依然乐天派,一点也不发愁。"'大阿华'来看我了！"他说，笑眯眯乐呵呵的。

一年后，外公去世了。他的遗产——普善路的那间小平房，后来给了"大阿华"。动迁时核定有六平方米。跟动迁办谈判时，双方各不相让常常僵住，相当难弄。最后谈下来，我们自己出四万元，应允将一个两室一厅的小套房分给我们。就是路远了点，在上海大学分校那里。那时离地铁7号线开通还早呢。但不管怎么说，我和妻子总算有了第一套属于自己的住房。说来，也是托了外公的福。

有一年清明节，我们驾车去临平丁山公墓扫墓。回沪路上经过嘉善，专程前往嘉善公墓，给外公外婆上坟祭拜。墓碑上镶嵌着椭圆形瓷质黑白照片，衰草披纷。外公会感到孤单吗？我暗问。这个漂泊的游子，也许一直都是寂寞的。尽管他年纪活到八十八，但在长辈们的口中，依然叫他"捣蛋鬼"，只怕改不了了。

酷暑，写于香泉书屋，2022.7.29

"古代人"吴广洋先生

吴广洋先生是谁？恐怕年纪轻的，知道他的人不多，而在我眼里，尽管他所长在训诂学方面，惜无专著存世，却是一个大学问家。于治学，严谨、缜密、执着；于品性为人，慷慨而热忱，既随和又高古，脱略、敢言。"文革"乱哄哄的，吴广洋下放到了上海家具厂，先在厂教育科，一度到了厂技校，教语文课。金秋十月，万象更新，后来随着教师复职归队，他又回到重点学校教书。

在技校，吴先生被尊称为"老法师"，跟其他青年教师、学生关系融洽，不苟言笑。某年冬天，有个略显富态的年轻老师，穿着一双蚌壳棉鞋进了教师办公室，他见了，嘴里突然蹦出一句："你这双鞋子不要穿！穿了会把脚弄坏掉的。"一语未了，老师们立刻哄堂大笑。某时，见谁快步如飞或慢吞吞的，沪语所谓"脈手脈脚"，立刻说："你们走路这样不行。"似乎对一班年轻同行箍头管脚太多，讲究坐有坐相，立有立相。凡遇到需要当面表示谢意时，必弯腰作揖，双手一拱说"谢谢侬"。凡此种种，一律按老法人的传统，在那个红色年代颇不相宜，因此，年轻的老师们便给了他一个雅号："古代人"，一天到夜这样叫他。

同时，吴先生还有一个类似"谪仙人"的身份。他虽饱读诗书，才高八斗，厂里周遭也就是木匠漆匠，木材、泡力水、672聚氨酯树脂、蜡克，和穿着砂皮布工装裤的工人师傅。被贬谪在厂区里，终究是个"臭老九"。某日，技校师生下车间劳动，正在木工车间拼接抽屉板，福尔马林液体、白胶发出一股刺鼻气味。休息时他吸烟，竟然还给身旁的学生发香烟，弄得那学生暗暗一惊："吴先生哪能晓得我抽烟的？"况且，同学当着老师的面"呼"起来，像什么？那个时候，冲冲杀杀也稀松平常，可吴先生居然对学生仔说："小心，莫要卷入政治，那都是内斗，在争权夺利！没意思的。"有一回，看情形似乎已到了强弩之末，居然连"最高指示"里，也有《枯树赋》了，说老人家提到的。古文吴先生哪有不稔熟的？恐怕更多的，是嗅到了其中的衰败且无可挽回之意。某天，他竟然就在朝南的教师办公室里，挥毫写下"树犹如此，人何以堪"，一吐胸中的块垒。

自然，人皆不能免俗。吴先生把学画的爱徒郑克竞介绍给画家陶烈哉，继而准备带他去丰子恺寓所求教，但说了几回，都未见成行。言而无信不是吴先生所为，便解释说："丰子恺啊，迭个人很反动的！"小郑吃了一惊，直到后来看到丰子恺被批判的黑画："西方出个绿太阳，我抱爸爸去买糖"，才悟出吴先生犹豫再三，是担心丰子恺思想意识方面对年轻人不好，会"误人子弟"。不过，也能看出，解放前吴先生是同丰子恺有些交情的。

吴先生感情深沉，狷介独立，敢言敢说，还有一例。据刘衍文先生《交游漫忆》中回忆：1981年某次同行聚会相谈甚欢，吴广洋等诸公与翁某同席，此人忽对刘说，娶老婆不要娶广西的，那里没好人。刘问他：我太太身体健康，何出此言？此人反问：你的太太如果死了，难道就不续弦了？吴先生听了直摇头，私下对刘说："此公何妄语如是哉！"

吴先生就是这样有一说一、有二说二。回想我最初聆听吴先生的教诲，也是从批评我开始的。那年9月9日，毛泽东逝世。我们中学毕业念技校，似乎噩耗频仍，这头黑纱挂着没摘下，那头又要挂上了。我因为有点画画基础，还能刷大标语，便揽下了活，拿着比手掌宽许多的排笔在技校内外的墙壁上，写比人还大的一行行字"沉痛悼念……"那时人都像是一个模子里浇出来，除了悲情还是悲情。那个时候，我已喜欢写些五七言不合平仄的古体诗，甚而用词牌，填写不成腔调的"念奴娇""菩萨蛮""摸鱼儿""减字木兰花"。悲情之下，便有"满江红"两首，中有"驾崩"一语，指领袖辞世。写完，拿去给也有此好的学徒朋友看。不知怎么一来，居然小范围传播了。

某个劳动周大家去车间。有人说，大名鼎鼎的吴老师要见我，让我吃惊莫名，暗想大约是那"满江红"之故，有些小得意。初谒吴先生，他小小的个头，板刷头倒也乌亮，怪怪的浙江一带口音，比温州鸟语还好懂一些，不过总听不全，打点折。我似乎有些受表扬的期待,不料,他扬着一片纸开口就说:"这是你写的么?'驾崩'不好,这是过去用在封建帝王身上的,旧书、古装戏里常有,搬来用在领袖上面,哪能可以?谬矣谬矣……"我羞赧难当,也明白先生不光指谬,还含有训诫我,不要因文字招祸的意思。过来人知道这个分量。

就这样,我成了吴先生的学生,凡有学习上、创作上的事常去请教,获益匪浅。我也能听出他的弦外之音,意思不必急于求成,莫存"一夜成名天下知"的妄念,学问都是苦中得来,要耐得住寂寞。其时,我正孜孜以求脱离繁重单调的体力劳动,向往那种遥远的梦:坐在办公室里,一杯茶、一张报、一支烟(我不抽烟)。当时脑子搭牢,钟情于高乃依、莎士比亚和易卜生;契诃夫戏剧也读过一些,但是散文化、没情节、慢节奏,且时时要停顿一下,把我吓退了。我向往舞台,向往某天一部叫好的戏剧出自我手。显然,是受了《于无声处》爆款的影响,特别是该作者原为热处理厂的一个工人。追逐梦幻,代价是厚厚一摞稿子积满了灰尘。后来,歪脑筋一转,想话剧大约很难,戏曲倒可以一试。

于是有一天,我揣着火热的剧本《紫玉钗》,上吴府拜访求教。吴府在上农新村,它也是一个有轨电车站的站名,3路或后来的93路。我家离这儿不远,出门往五角场方向就在这里乘车。吴府门前有一条小径,两边花圃,路旁时疏时密的苍翠芭蕉有一人高。周遭有一种庭院深深芳草寂寂的感觉。拐进小楼,木楼梯上去,家里不很宽敞,南北通间,中间用橱柜之类一隔为二，光线不很好，靠窗则比较亮。书房朝北，一排乌木书橱森然。搁板上，几个木匣深色底子上刻有"唐宋元明"的粉绿字样，都是线装书。这种住宅，在八十年代算阔气的了。总之，不像劳动人民住的地方。

之前，我已多次登门拜访。吴先生古文底子很深厚。每每让我多点读《古文观止》，闲谈中，随便拿篇先秦散文等，就一通讲。自然，他们那一代做学问的人都这样。吴太太偶尔碰见一两次，都是一口怪怪的浙江官话。他女儿只见过一面，她嫁给一个浙美毕业的青年画家。吴家的这位女婿，我也见过一回。吴先生戴一顶灰色的压发帽，把我引进书房，刚落座我便呈上了戏曲本子《紫玉钗》，它取材于唐传奇。吴先生神色凝重，略略翻了翻。如果我稍稍懂一点戏曲常识或有自知之明，那么，这个《紫玉钗》断然不会写，更不会来打搅吴先生。因为戏曲舞台上早就有《紫玉钗》或《霍小玉》了，后者还是荀派保留剧目。我就像一只绿头苍蝇乱撞窗玻璃，玻璃外的美好不是我的。一礼拜后，见面时吴先生板着脸，只字不提《紫》，只劝我赶紧去参加中文专业自学考试，文凭要紧。说着，把几本小册子交到我手上，说："再晚就赶不上这趟了，快去快去。"我有点懵，故意提醒还有一部了不起的剧作，还在他的案头呢。吴先生不紧不慢地递过那个稿本，加了一句："放下，什么都放下，趁这个机会多读点书。不懂的，可以请过来……"随即，写了张便笺给我，说去找谁谁谁。

就这样，我掖着《教育学院招生简章》和中文专业自考大纲，骑了一通脚踏车，冲到了位于淮海中路、襄阳南路的教育学院。现在这个位置是一栋摩登的玻璃幕墙商厦。教院内绿化很好，大楼古色古香，上面一个类似琉璃瓦的大屋顶。很快，找到了纸条上的那个人，他叫李贤忠，吴先生的得意门生，学院总务科一个俊朗的小木匠。他带我一起去注册，然后听一个个辅导讲座。夜幕中，四楼或五楼的大阶梯教室灯火通明，前面两块大玻璃黑板写满了，"欻！欻！"飞升上顶，又是两块弹出来。后来，跟李贤忠过从甚密，一次次到他在校内的合住寝室，他床前墙头满是练书法的墨迹。对于一个小木匠来说，相当惊人了。我们仿佛像结对子，一起参加自考，一起对笔记、做卡片等。有一回，我们一起顶着大太阳骑脚踏车，到中山西路华师大附中老式公房，给一个中文系的老先生做防蚊纱窗。弄了一整天，小酌喝了两瓶"波士顿"。至于考几大本的古典文学给划重点，想也别想。

两年半后，过关斩将，终于把中文专科拿下了，好像也没哪门挂了科的。有时三门，一般两门。据说，《形式逻辑》重考率颇高，有考了两三回的。还有，白寿彝的《中国通史》，砖头样的三四本，简直渺如烟海。此君翻车的特别多，我也一枪过。只不过，我初尝辄止，《中国通史》及另一门课，已是本科课程所需。后来"专升本"，另一回事了。回想赶考，很奇怪，竟然没一次去找吴先生补课的。唯一的一次去吴府，还是我当时务工的某厂，技术科新调来一个叫宋雅兰的，未语先笑白面秀气的一个女子。从前也是技校生，且跟吴先生很熟。于是，一起去了上农新村，再沐师恩。

后来换了单位，匆匆多年，混得不好，羞于见师。虽然也常打算去见见吴先生，汇报一下，不知怎么一耽搁，都撂下了。后来听说吴先生已故去。直到今日，为写这篇小文，才东打听西打听吴先生的种种情形。除了他当年的得意门生郑兄，和他一度在技校时的老同事金老师说了交往经过，至于吴先生的教业轨迹、学术背景、成就与著作之类，难闻其详。找了相关的一些朋友，上互联网百度键下"吴广洋"猛搜，除了有的文字偶尔提及名字，主要资讯总也阙如。我曾经那么景仰的大学问家，似乎在这个世界上消失了，没留下片言只字，也没他的照片，落到了湮没无闻之境。不能不说，这是一种悲哀。

据郑兄介绍，他最后一次见到吴先生，是在华师大古典研究室（一说是上师大），职称为副教授，文史馆馆员。吴先生说："一切都好了，就是身体不行了！"实际上，他是长寿的。据他的前同事金文亚回忆，八九年前，技校老同事去吴家探望，他已是九十几岁的老人了，精神很好，思路清晰。他给大家看自己的书法。吴夫人已去世。告别时，女儿不放心他送出门，说：来看他可以，出去不可以。据一篇文章所述，称"2007年又师从已92岁高龄的著名经学大师吴广洋教授学习儒家经学"。似乎其他文章也带过一笔，说他是"海上易学高人"之一。对于吴先生与经学、易学的联系，据郑兄回忆，曾经的《新闻午报》周五有个文艺评论版，以前住在闸北他每周必买。记得上面有过吴老和其他人的内容，好像也是讲易学的，神神鬼鬼的事情，怪力乱神，有大半版之多。

  当年，吴先生断然叫我放下，赶紧去考文凭，无疑是对的。否则，我之后的一切都不会有。此言让我一生受益。可惜老先生已不在了，上农新村的寓所早已拆了，寓所旁绿树亭亭如盖芭蕉摇曳，均化为乌有。这一切，委实令我忧伤。

          盛夏，写于香泉书屋，2022.8.2

苍黄背影：老顾与老许

七十年代末，老单位从南京路旁的石潭弄迁至江杨南路210号，便开始到新址上班。江杨南路在那时还比较偏远，手扶拖拉机突突响，阿乡灌地割稻，挑一副菜担路边在卖。秋天来了，麦田里还烧着麦秸或野草——以为是着火了。毗邻的有黄河家具厂、保温瓶厂等，似乎都迁厂而来，再往外就是田野了，周遭一片绿油油或黄澄澄的，高压线铁塔上面被风刮得呜呜叫。本地人都习惯地称闹市区为"上海"，自然，去闹市就叫"到上海去"了。

新地方的隔壁黄河家具厂，是专门加工木材的。过了几年，当时七字头的，中学学历不算，统统要"回炉"——文化补习培训，等考试及格准予毕业。就这样，我们这批人，就被安排到黄河厂里去上课，一个穿米黄风衣的刘姓老克勒执教语文。我语文好像还行，受到老克勒的激赏。于是，每每有语法练习或写作文，座位近旁，一些年轻娇美的阿姨妈妈便与我热络，我也摊着簿子让她们抄好了；有的还给当"枪手"。有一回，补习班搞活动去长风公园划船，一个标致但微跛的小姆妈蛮暧昧狂野，欺我没脱单，媚眼睃了我一下，轻声说："嗳，侬晓得哦？长风人少，谈朋友划船，有的小姑娘裙子底下是不穿的……"说着，拿粉肩跟我肩胛蹭了一下，很有诱惑性。自然，我装戆。但某种怜惜的好意，我也懂的。毋宁说，只有在那里，才找回一点感觉。

在首个入职的单位很没存在感。风吹麦浪、傍晚火烧云的风景好是好，可惜，留给我的唯有苦闷与惆怅。因为体力劳动，也因为跟木头打交道。一个偶然机遇，让我去门房值夜，有了大块大块的自由时间，真想喊万岁。如今那门房间的原址成了拐弯的一溜水果店、便利店，厂子化为高层住宅区。保德路九十年代才开通的，它是厂里让出的地皮。寒夜，烤着旧柏油桶炉子，夜读易卜生、莎士比亚或契诃夫的剧作。一边听几只"老崩瓜"——其中有个长着龌龊眉毛的老男人，围炉吹嘘风流或得意事。一旁的德牧咧嘴甩尾，好像能听懂。窗外，朔风怒号，雪花飞舞。夜深了，披上再生布棉大衣踏雪巡逻。

靠躲进门房总不行吧。于是，一个个出逃的计划都在酝酿中，可惜做起来何其困难。突然，喜从天降，位于淮海中路附近，一个局直属的技术管理所愿意接纳我。初闻这个喜讯，高兴得小腿肚子直发抖。然而，凶信马上来了：厂里不放，公司不批，急煞没用。找厂长，一个本家，皮肤黝黑，人称"黑皮"。他脾性粗鲁自负，行事专断鲁莽，口音有点像苏州人，据说是寒山寺一带的。之前，因给厂工会打工，揽下了进厂的一长溜黑板报等，写写画画。可能因这个那个不顺眼，黑皮曾对我摇头说："侬啊，续（书）读了太多了许（些）。"不无讥嘲。就是这位一厂之长,听我想走,一脸蛮横,语重心长地说:"小徐,劳动光荣,流汗快活,你要安心在车间……"

离开厂长室,闷闷的。接着,晚上去第三把手Z寓所央告。此人被称作"老宁波",笑容可掬,黄鼠狼脸,齆鼻阴鸷,浅浅几茎唇髭,光秃秃的脑袋上戴了顶宽松的蓝呢制帽。过去Z常对我好言好语相勉,冷不丁也冷冷一瞥。说起来,我的那点薄技,被借了去,为厂里做事也非一天两天了。Z的格外热情也许由此而来。等我一番说,Z忙问了厂长怎么回答,然后,笑脸就僵住了,随即把刚才说的话推个精光,黄牛肩胛,虚与委蛇,百般不行。想到第一把手不在厂里,黑皮已否决,Z就是唯一的希望了,请求"放我走"的话,不禁有些沉痛酸楚。Z横也不行,竖也不行,还计谋颇深地哄我如何如何,给我吃"糖精片",实际一戳就穿。从Z家出来天已擦黑,沿街一爿做招牌、店招的店铺,门外是福建中路、汉口路的一个拐角。听说,Z早先是虹庙弄家具街上,某木器店的一个伙计,极善于见貌辨色,旧时商场中的油滑做派很重,但因善于逢迎领导,步步高升。我刚才去过的那个地方,据说曾有过大小老婆,这样的人,还举了右臂宣誓呢。

接下去,我跑到江西中路某号一栋大楼,去上级的竹木公司劳资科陈情。一个歪嘴的中年男,打断了话,劈头盖脸就是一顿训斥,欠多还少,大光其火。我转身离去,还听见一迭声咕哝:"不想劳动,就想往外跑,这种人多了。不安心工作,凭这一条就不能同意!"无奈,只得去找养病在家的第一把手老顾。老顾的家在浦东北蔡,那时要市轮渡摆渡过江,到塘桥再换长途汽车,感觉既远又很不方便。老顾之前任职的都是大厂,在公司里也有点名气。按他的能力、资历,被调到偏远小厂,无疑大材小用了。因此,也许会有几分落寞吧。跟前几位第一把手不同,他沉稳低调,说话不多,但不怒自威。

北蔡到了,那是一个小县城模样的地方,周边都是农田,白云低垂,拖拉机突突突响。一栋青瓦平房里,我见过老顾,准备好一大篇腹稿,感觉并没发挥好。老顾调任到厂的时间不长,况且不是科室里办公的,接触就更少了。好在那时搞宣传突击,我经常也会被借去一礼拜或几天的。对这次上门请求,自感把握不大。老顾不怎么说话,双目炯炯,神情肃然,腰板刮挺,颇有军人风度。"你这个人,我晓得的。"他开了腔,说话一点不拖泥带水,简明扼要,条理清晰。"我看是一件好事嘛,既然不能用你,既然有更合适你的地方,我们要欢送——我同意。"然后,他拿了张有厂家抬头的便笺纸,给第二、三把手写了短函,并盖了私章。得了放行令,仿佛唯恐有变,我抓了纸片就辞出。来到明晃晃的石板路街上,还几分恍惚,几分忐忑,竟然忘了高兴。

后来,对厂里一位长我八岁的老友说起,他也颇有同感。数十年后,他还由衷地说:"老顾也是我此生所遇的贵人之一。没有他的提拔,我可能一直是生产资料仓库的管理人员。我由衷敬佩他!"老友大返城顶替进厂,开初在福建中路口的厂晾木场搬木头。据他介绍,老顾无论是气质风度、观察处事、分析理论，还是言辞精到、举措果决，在厂里历任领导中，没人能望其项背的。他曾多次在科室会议上，听到老顾的发言，那真是精彩；每每针对问题，直截了当，一语中的，绝无虚言。

从北蔡出来，我感到周身轻松。"咔哒"一声，一把死锁打开了，竟然波澜不惊。岁月顿时静好起来，因为很快，我就会置身于陕南邨旁的一幢小洋楼里，坐写字间了。

陕南邨（旧称亚尔培公寓）里住着大明星王丹凤，是件心照不宣的事。新入职的办公楼在南昌路197号，刚好紧挨着那个楼区，盼着啥时候能遇见她。可几年过去了，连个影子都没有。也是，八十年代中期，她还在香港当垆卖酒，怎么可能呢？八四年前后的十多年，真是黄金时代：生机盎然、胸襟开阔、思想自由、言路广开，人们普遍求知欲强。早晨离这儿不远的襄阳公园里，人们不是树下拿小卡片在背着什么，就是准备考音乐学院的，在亮嗓"米～依～嘛～啊～"。真的，仿佛情侣座都让位给用功者了。地处南昌路、陕西南路十字街头的小书摊，书也卖疯了。在那里，尼采、萨特、海德格尔大本的哲学书，居然非常热门，我就背了厚砖样的《存在与虚无》《存在与时间》回家去。

回想刚到所里报到的情景，还历历在目。带花园的小洋楼有三层，入口五级台阶，精致拼花马赛克铺地，放了些盆栽。二楼深赭色木楼梯拐弯处，一个不大且窄长的房间里，一位银发精瘦、大眼袋、高尖鼻子的人，向我伸出一双大手，握住并且摇了几摇。话语亲切和蔼，一种笑纯净开朗，这一切，与稍显苍老疲惫的面容有点形成反差。他就是老许，某所第一把手，前手工业局干部处处长，老干部。所谓干部处处长就是威仪赫赫，下到某单位，台上手执一纸宣布干部任免。后来我曾无数次参加过这样的会议，任命局级或处级。老许就是这样一个威风八面的角色。他年少时参加革命，曾任吴学谦或乔石的小交通员。不过此说并非他亲口所述。总之，论资格、资历，是相当可观的。机缘巧合，我被引荐给老许，也不知介绍人怎么说的，反正老许一听，对小青年印象不错，没面试，就答应调进所里。如此一来，就像农村户口落到上海，我也有了"以工代干"的身份。实际上，对于一个局直属的技术管理部门来说，像我既非全日制理工科大学毕业，又与所里业务不沾边，不懂专业，根本就不存在进所的必要性和可能性。我估计，前干部处处长的余威，应该起不小的作用吧。

我的工作具有给所领导当秘书的性质，先到一个科室实习半年，并在假三层小房间里给人复印。好像也没多久，就成了首任的团支书，不久，进入党员预备期。同时，新婚一年后，女儿出生，而且在作家协会青创班也淬炼过了。好事不止成双，都纷至沓来了。那时我住在浦东张杨路、文登路（后改东方路），开发开放中，浦东还是懵懵懂懂的，甚至乡气十足。上班要走十多分钟路，到现在的八佰伴大厦不远处乘86路，到陆家嘴轮渡上摆渡船过江，到八仙桥26路起点站乘车，到陕西南路下车。这漫长之旅，经常会与住在潍坊新村的茅兰芳老师碰上，同行。茅是所支委、科级领导，前部队任文职上校，据说出生于有钱大家庭，人伍颇有寻求保护之意，因此养成了极低调的脾性。她人非常好。某一时期，形势所驱，所谓"文革"污蔑、不实之词均推倒，而在所绿皮箱里的人事档案，也属于清理之列。这项工作，不知怎么茅老师让我来当助手——也就是，不实、过期的东西该剔除，许多黄黯黯的表格须重填。所里所有人那些如影随形之物，或明亮或恐怖或邋遢的东西，甚至有不少卑鄙小人的阴险至极的小报告，都一一呈现，回想起来真不可思议。而依墙高高摞起的绿皮箱，就在老许房间里。

小洋楼原先是私宅，不知哪个倒霉蛋给搬走了，老许这间办公室可能是一个盥洗室或浴室，靠有层西式木百叶窗的窗畔，有个小水槽，瓷砖地。房间实在有点小，故而，我在那里当助手抄抄弄弄，老许好像每回都要把交椅让给我坐。具体怎么见面、说些什么话，甚至究竟是不是就在这个时空与老许交集，隔了卅四五年，记不全了，但是老许特有的那种亲切、质朴、和善、信任、期许，眼中透着暖意，特别是眉间像老广东那样白而长的寿眉披纷，这一切，却异样清晰，异样鲜活。"好好干！"他仿佛这样对我说。但由于层级关系，况且我进所之前，他到任已有一段时间，所以，老许在所里的实际情形、处境、心理状态等，我是接触不到的。我只零星听到些关于他私生活的传言或议论。据说，作为一个单身的父亲，他抚养大女儿，但到了鳏夫想再婚时，好像女儿颇有微词，甚至还有冲突。准备跟老许结婚的女子，据说是某医院的一位医生，医院就在淮海中路牛奶棚,也就是现在的上图对面。我只听说,并不当一回事。总之各有各的难处,老许也许很不幸福;至少,家里闹矛盾,两代人感情隔阂,也许他心里不痛快吧?还有,他的第二婚成还是不成?最终两人结合还是分手了?都不晓得,也不会打听这些。

转眼廿七年过去,我早已离开那幢小洋房。写这篇文章,我才向老单位一位资深老同事打听老许。据这位老同事介绍,技术管理所筹建时,由另一位转业干部负责,该干部原在部队枪械所任所长,相对比较懂行,业务抓得紧,所发展较快,形成全国二轻网。由于某种原因,离任而去。这种情况下,把老许与另一位干部一起调到所里,走马上任。二位领导原先都没接触过这方面的工作,业务不熟。老许来所担任第一把手,应该说,属于安排性质。按当时所里的职级,还是低配的。老许工作并不顺利,干群人际关系似乎也不是很融洽。后来,所领导拍板,进口一个叫动平衡测试的大项目,投资大,效果不理想。因为这种动平衡在局里只有一家厂要用,比较浪费。由此,也看出领导业务不熟,决策失利。似乎吃牢他不懂业务,不知什么起因,一个年轻人跟老许大吵,竟然到了拍台子、摔门很响的程度。还有,老许一天到晚在办公室里,不深入群众,谈谈心。

工作、人际关系、家庭纠纷等,为此似乎受到困扰,使老许有点忧郁。"老许为人正派,老干部,应该多尊重尊敬他。尤其是,看得出上面对他安排不当,勉为其难了,大家应该同情支持他。尽量给他创造一个环境，尊重老同志，这才是正确的。你尊重他，他同你的关系也好，老许对我很客气的。但有个别人对他太不尊重，这点我很抱不平的。"老同事说。

　　由于上述原因，后来局里有一个工作组开进来。再后来，领导班子换了。此后，我再没见过老许。同样，自打北蔡家里跟老顾一别，之后也再没见面。不管见与不见，他们都留在我的心里。麒派创始人周信芳的《华容道》我爱听，演得好。危情所迫，曹操以种种爱才惜才重才之举，来打关云长的柔软处，唱道："望求君侯放我一条生路……感君侯大恩，唉！大德呀……"关羽唱道："哎呀！往日杀人不眨眼，今日心肠软似绵。"每当听到这里，我便感动莫名。放一条生路，是慈悲，也是德行。

　　放一条生路，后会有期。可是，由于人事无常，岁月易老，后会常常是无期的，甚至竟然没有。一叹。

酷暑，写于香泉书屋，2022.8.7

《申城漫忆：风情外滩上海的客厅》组画之一

大鼻子汤及其他老师
——五十二中琐忆

前些年，母校五十二中举办 60 周年庆典，我们这些 75 届的小弟弟小妹妹也重返校园，与 58 届至 74 届的学长校友欢聚一堂，躬逢其盛。各届尊敬的老师来了不少，但是，"遍插茱萸少一人"，我独自期盼已久的画画老师汤雪轩却没来，未免有点遗憾。

假山和课桌椅

五十二中创办于 1955 年，虹口区唯一的完中，教室里清一色苏联制式的课桌椅，写照了匆匆的中苏蜜月期。但记忆似乎有点阴暗。校门入内右手边几百米处，有座假山，一侧有石径环绕而上，树影婆娑，绿意盎然。这里，原先是一座贴地的钢骨水泥碉堡，门极厚重，里面幽暗潮湿，一股触鼻的霉蒸气。1972 年我们进校时，校长宋列群被当作"牛鬼"，不久前还押在黑漆漆的碉堡里，时称"牛棚"。六十年了，假山依旧，师友老矣。登高，视野之中一切熟悉而又陌生。朝水电路方向，曾有个露天游泳池，对外开放，门票五分，因冬天闲置，便可放大缸"腌咸菜"。

教学大楼风格似杂糅了苏联式，有的装饰纹样也有点汉民族味道。家里离这儿不远，我小时候调皮，常常"翻进"围墙或教室，去打乒乓。记得那时，几乎每个教室里都是乱糟糟的，苏联式桌椅相连的大家伙十有八九坏了，或缺胳膊少腿，或桌上的活络翻板残缺。说来，苏式课桌椅虽为主流，毕竟破坏严重——据说，大炼钢铁，然后反"苏修"，毁了不少，于是，就用非苏制式的桌椅替代。所有这些课桌椅，都挨墙高高摞起。窗玻璃或无或破，剩下一些，还粘着米字或小格子的防空纸贴。我专找相对齐整些并且非苏式桌椅的教室，翻进去，将九张书桌朝中一靠，形成一个小乒乓台，并稀里哗啦推开其他课桌椅，或摞起或反扣，自然就空出一大块地方了。乒乓板赤膊的居多，也有到中央商场专柜去，胶上海绵，再粘上正贴或反贴牛筋皮的。乒乓球有连环牌、盾牌、红双喜，有的踩瘪过，沸水里一汆，瘪处凸起，再拿笔套或笔杆滚刮一下。不过，球就不够平滑了。

两个人你来我往打得正酣，忽然间，比我们高年级的野蛮小鬼吆五喝六闯入，要驱逐我们。汗"淌淌滴"弄好的乒乓台，再说球打得正好，哪肯给人？争执起来，"啪啪！"先是一道风，然后脸上火辣辣。这才明白，自己挨了两个嘴巴子。至今想起，我还悻悻的。那时都讲"配模子"、拼体力的，拳头打天下，可以摆大王。仿佛回到蛮荒年代，只有丛林法则。不过细想，这样的逻辑，现在是否好了点？

后来，我们到五十二中念中学。破课桌椅能修则修，经过修复，这种苏联制式依然占主流。它木质坚硬，清水漆膜，呈浅棕色，桌面约30度倾斜，下端有个活络翻板，根据需要掀或盖。盖下时稍不留神会发出砰砰声，地方也大好多。这个一掀一盖的动作，有时会是一种表情，比如开心、欢呼或愤怒时，桌主人就会把翻板弄得发出异响。连续翻动，猛如机关枪。淘气的学生还会拿刀片刻下几个字。考试前，有人会将答案、公式或外文单词抄在背面，便于作弊。

至于，在盖板翻起来时，悄悄给女同学留个条传情约会，这样罗曼蒂克的事会不会有？答案是否定的。因为那时男女生同桌，互不讲话，左右两边，居中位置抑或有一道物理的或心理上的"三八线"，绝不僭越。有一度我跟朱同学同桌，后来她成了我的太太，当时却没老狼《同桌的你》那样的复杂绵长，甚至可以说连话都不讲，妥妥的两个哑子相邻。记得那时，如果教室里只有女生，男同学会不进去；如果发觉桌椅间变得净是些"男男头"了，女生心慌起来，立马逃走。而突然起立是不可以的，因盖板翻下，朝胸部以下要伸出好几寸，猛然间站起，轰隆一声如撞墙了。这时，小女生脸涨得艳如桃花。

老师们

我们的体育老师都是男的，一个叫郭建光，和《沙家浜》

里的指导员同名同姓；一个诨号叫"矮脚方"，名字不记得了，好像他属于备胎性质。曾荣获双杠、鞍马双料冠军，身材魁梧，肌肉发达，双腿短而粗。栗子肉，一件运动背心绷在身上，显得很小。他在高低杠或鞍马上如飞翔一般，呼呼生风，旋转后跃下，纹丝不动。郭建光白头发，一对迎风流泪的眼睛。受不得委屈，不经意地挤挤眼，真会哭。瘦细的脖子上常挂着铜哨，足蹬一双旧白球鞋，浅帮，回力牌的。五十二中是本市为数不多的拥有自己足球场的学校，七人制足球市里也好算算的。足球是它呱呱叫的名片，60年不改。绿茵场上，升起了许多足球明星，其中就有国家男队主教练朱广沪。前国足前申花主力吴兵、毛毅军、朱琪、张勇等，也在这里起步。"蛮老卵的。"我朋友夸赞说。然而，我们那时对体育课似乎无感。每逢体育课天下雨，就很开心，因为不用去操场了；而这个时候，郭老师也会吹嘘吹嘘某个冠军的事。

工基（物理）老师叫黄伟猷（音），脸方方瘦瘦的，人高马大，一双手也很大，写黑板特别威猛。粉笔划过玻璃黑板，常在一小撮手指间折断，而磨砂玻璃也不时传来"唶~唶！"的呻吟。大约粉笔粗糙，总有些杂质，不知怎么一来，陡然发出刺心之响，让人发毛。更严重的，他性子急，脾气有点小暴，因为有一帮不大喜欢读书的学生。演算习题，教了两三回，下面还不懂，急得黄老师脸涨红，终于失去耐心，气咻咻的，一迭声问："怎么回事，还不懂么？"终于败下阵来。

教数学的张鹏老先生，年纪比一般教师大，总是一身旧哈哈的蓝卡其中山装,头发显然吹过风,灰中带黑。人虽和善,脸绷得紧紧的,有不少纹路,深浅不一,法令纹明显。嘴削薄,中间往往有个烟嘴燃着。他进来,常捧着硕大无比的木质三角板或圆规。他废话不讲,但有一回,某男同学课间一个不可描述的行为把他激怒了,便当众让该同学认错。男同学也真的怕了,结结巴巴含含糊糊,颤声说:"……罪魁祸首……看行动。"老先生一听勃然变色,盯牢这句话不放。"……罪魁祸首……看行动?"竟然用讽刺的口吻说了好几遍。张老师带某地口音的戏仿,特别滑稽,滑稽中别有一番沉郁与痛彻。教我们的另一位数学老师黄则轲,大男生的样子,面孔白皑皑,发须浓密,鼻梁上架一副玳瑁架眼镜,似乎过于腼腆,动不动就会脸红——红到脖颈的那种。

语文老师、副班主任马骏骧,不光功底深厚教书有方,而且是正宗的老克勒,头发往后梳,根根清晰,呈方便面状。衬衫领子洁净挺括,平常的卡其布上装也能有料子衣裳的感觉。裤缝照例刀切一样齐,一双黄皮鞋,精致不染灰尘。说他像老学究的模样,实际年纪并不大。他上的语文课,还有课外兴趣小组,在音乐、英语方面他也"蛮来赛",会教大家唱英语歌,歌名忘了。自然,语文课是他的本行、强项。有些课文总让他很陶醉,每每这时,他手执书本,就在课桌间的三道空地上踱起方步来,一边大声朗读,一边来来回回走着。细心的同学发现:老师念书时,一不经意间,会将另一只手伸到背后,在屁股上搔个痒什么的。日子久了,更发现这竟是他的一个招牌动作。有一天，老师照本宣科，课文上有一段火烧云的描述。"晚霞晚霞"，他大声念着，一面挠了挠屁股后面。大家看了捂嘴直乐。往后，干脆就拿"晚霞晚霞"来指代马老师了。话说回来，这一切丝毫无损于马老师的清誉。后来，他调到区重点复兴中学去了。

英语、语文老师李嘉树，阔面大腮，大脑门，几梳子黑或银灰的发丝，一只油亮多肉微红的大鼻子，蛮洋气的那种。个子不高，细腿，将军肚。他是三班的班主任，教英文，不知为何，到我们十班时而教英文时而教语文。尽管如此，他也像教英文那样讲究字、单词的发音吐字，分前鼻音、后鼻音以及儿化音等等。我至今记得他上一堂与三国志有关的什么课，里面提到许多小船，有一艘叫"艨艟"的，他语速极慢，口吐莲花，咬字清晰。不光如此，他似乎很乐意打感情牌，注重情感沟通，尤其对所谓后进同学，更加给予关怀，甚至有点讨好他们了。

有个叫"小猴子"的，非常顽皮，不爱读书。他家里很苦，母亲似乎老来得子，加上"拖油瓶"之类，所以，李老师会很关心他哄他，"小某某某"，洋里洋气地叫着他，我感觉这样的口吻，应该冲着洋囡囡小姑娘才对，而不是调皮捣蛋、嬉皮塌脸的"小猴子"。还有，李老师对留级生、孤儿也是格外留心，总是柔声叫着"某—某—某"。一种甜腻腻情侣之间才有的舞台腔。不过，某些时候他也格外严厉，近于严苛。我有个发小同学，有数学天赋，不喜外文，且很调皮。一次上英文

五十二中七五届10班班主任老师。

课，李老师领读外语单词，说到"father"时，该同学应了一声"嗳"。李老师顿时大光其火，责令他："出去！"于是，该同学乖乖地离开教室。

实际上，教英语的张鑫荣才是我们专职的英文教师。作为一种参照，我们小学英文老师朱薇薇，穿着比较"飞"，飘逸的高腰裙，有时牙边绣花衬衫与外套之间，还掖着条丝巾。由于小儿麻痹症有点微跛，缘于此，人们似乎原谅了她的华丽。而张鑫荣老师不敢恭维，竟是一副邋遢相：中装上衣这里那里一块油渍；怒发冲冠，蓬乱，这里那里翘起或瘪下一小绺，还很油腻……他脸大鼻高，白净，有点结巴。比如，他上课会说："你们学外文不能囫囵吞……吞吞……枣，一点不消化。"但说英文立刻就很流畅了。他还会其他外语，据说，都是靠自学得来的。

他家里成分不太好，好像吃过"轧头"，但不服，说话有点冷面滑稽，嘲讥讥的。九班某女同学不光功课好，还善画。有一次她的作业本给人家拿去抄，你抄我抄，不知怎么簿子给弄脏了，谁用橡皮擦了擦，变成个小野狐脸。张老师批改这个作业，用红笔写下一行批语："你是美术生，不仅要美化，清洁首先要做到。"该女生在批语下回敬说："您批评就直接批评好了，请不要用这种带有讽刺的口吻。"过后，上课时，张老师趁空来到该女生桌前，压低声音笑问："哪能侬还不买账？"

张老师喜欢来点冷幽默，不过，令我印象最深的，却是最后的告别。我们都听说张老师已是肝癌晚期，家里唯一的一个女儿还小。某天,他像往常那样走进教室,穿着蓝灰中装,手里捏着打圈的课本,或朗读或写板书,英语字母连贯、漂亮。这节课快上完了,他从讲台的木踏级下来,略略顿了顿,然后庄严却不失俏皮地说:"我的课,就上到今天为止。好了,再会了。"听得出来,故意用一种苏北口音,好像这并非他的祖籍。大家嘻嘻哈哈,并没有特别的惜别或挽留之意。缄默片刻,他又补了一句:"祝小将们——前、程、远、大。"还是戏仿的苏北腔,脸上遽尔一笑,然后,转身离开教室。

没多久,就听说张老师病故了。

"托马"与"癞蛤蟆"

地理老师张义勇、政治老师陈惠良比较特别。一个长长瘦瘦,凹眼窝、高鼻梁,有点像托马——罗马尼亚电影《多瑙河之波》里的帅哥男主角。一个下巴颏吸进,嘴大而鼓出,两腮含了檀香橄榄,留鬓角,油头粉面。的确良草绿色上衣,时而穿着,时而披着,肩胛时不时一抖,十足粉面小生的料。未承想,大家却给了他一个不雅的诨名:"癞蛤蟆",沪语叫"癞格波"。

张义勇老师寡言寡语,板书却写得富丽纤秾,婉转流利;陈惠良口才一流,天花乱坠,引人入胜。早先,除了上政治课,他们还先后担任红团的指导老师,并且,后者还曾充当了前者的"刀斧手"。关于这段苦涩的过往,我们七五届大多不晓得，只偶尔听说"托马"是右派之类，总之栽过跟头。老师们皆讳莫如深，闭口不谈。我写这篇老师记，这才向家兄打听些原委。那时念小学、中学都按住地划块，因此，兄弟姊妹往往皆为校友。二哥七二届，早三年进了五十二中，并且是"红团"里的，人称"徐老三"。问了"托马"，不料却钩沉起一段蒙冤旧事来。而且，二哥竟然还是亲历者和见证人之一。

那年学校里，执掌大权的自然是军代表和工宣队。军代表姓花，笑嘻嘻的，人称笑面虎，很有点政治手腕。工宣队赵师傅，绍兴人，来自高压容器厂。1970年夏，一个运动呼啸而至，层层落实，每个单位都要抓"现反"，不然过不去。花代表比较会搞事，很快，将目标锁定在红团指导老师兼政治教员张义勇身上。张，南京人，年纪30岁左右，住在校游泳池后面的一排单身宿舍里。他有一只可以收短波的半导体收音机，没人时会听听短波，故而接触的资讯，比别人多得多。有可能他上政治课时，有些话比较激进；也有可能不知不觉还透露一些短波听来的内容，总之，运动来了，正好撞到了枪口上。很快，他就给控制起来。这还没完，他调教的红团干部，也一起被送进化工学院办学习班——实际上，就是转弯子，并让其反戈一击。毫无悬念，接下去，该发生的都会发生。

"我肯定没说过他的坏话。"二哥回忆说。作为红团指导老师，年纪只不过大十来岁，大家交往密切是一定的。张老师风华正茂，才学过人，特有的气质风度，包括一手好字，都让大家倾倒。可能有点大意了，他那只要命的半导体收音机就扔在寝室里，不当回事。当下化工学院办学习班由花代表、赵师傅主持，张被收押在那里，师生并不见面。"办班结束，那天下着雨，卡车开出来。只见张义勇淋着雨，立在车斗里，两手把着车头后面的护栏，周围绿化很好。这一幕，真是太有电影那样的画面感了。"

回到五十二中，刚好放暑假，张老师作为被管制者，单独关在教室里。同时，其他教室还关了好几个"历反"。这其中，有一个叫姚锦芬的语文老师，以后还担任过我们十班的班主任。姚老师资格相当老，据说曾与邓颖超一起参加学生运动。毕业后，我们还到山阴路她府上，看望过她——一个好人，但喋喋不休细细碎碎的长者，一如当我们班主任时。

牛鬼蛇神一直被关押着，直到九月一号开学。操场里，同学们顶着烈日席地而坐，这既是开学典礼，又是批斗大会。张老师、姚老师等一批牛鬼，一字排开，低着头在主席台前示众认罪，而主持这个大会的，除了花代表、赵师傅，就是接任红团指导老师的陈惠良。接下去，就不用说了，都差不多。不过，还有个插曲。批斗如仪，台下，有个教物理的N老师也没少扬臂喊口号。跟赵师傅一样，他也是绍兴人，儿时得过小儿麻痹症，落下了残疾，一脚高一脚低。为此，一脚的皮鞋后跟厚厚的。此君上物理课兴味上来，便喜欢说："美国驼力士（杜勒斯），掌握了爱克许（即英语字母X），造出了原子弹、氢弹、导弹。"如此一来，崇美崇洋、毒害学生无疑。批斗会开到一半，大太阳晒得大家昏昏欲睡，冷不丁，一声喝令，

N老师当众被揪上台去。揪上台也算了，不料，他的病足因鞋底加厚之故，太沉了，靠他一己之力怎么也上不了台。又急又惊吓，居然小便失禁。"我这才晓得，他的皮鞋底厚得不得了，有十几厘米。弄上去很麻烦的，还尿裤子了。"二哥笑了笑说。

回想起来，让人好气又好笑的，还有花代表、赵师傅这哼哈两将。花代表一直蛮花的，喜欢开玩笑，有点色眯眯。穿的是四只口袋的军服。七二届某班有个班干部叫某某某，后来他担任某厂一个局级的党委书记，那一届同学中算混得好的。此人纯天然的鬈毛。有一次，花代表对他开玩笑说："某某某，你的头发跟我下面的毛差不多。"大家哄堂大笑，其中还有女同学。到了我们七五届进校，赵师傅还在台上，一个眉毛漆黑、胡子拉碴的小个子。我记得，有一次请工宣队领导到教室讲话，赵师傅来了，一口绍兴夯榔头大白话，说同学平时不用功，到了考试时，"头皮搔搔，钢笔咬派（破）"。一面说，一面还做出挠头样子。

这时，大家立刻像开锅般地笑成一片。

大鼻子汤

当年我功课一般般，因有些画画的特长，成了美术课代表。缘于此，跟教我们年级的美术老师汤雪轩接触较多。承蒙厚爱，还得以经常在他办公室里看他画画，有时也把课外画的习作拿去，请他指教，聆听教诲。

汤老师有一颗大大的鼻子，似乎无甚造型，也不希腊风那样的洋气有雕塑感，就是大而已，并且鼻根扁平。"鼻如悬胆，山根通直"是谈不上的。这是马铃薯般的存在，双目不大，且比较靠拢。冬天，他脖子上戴一只咖啡色绒线领套，若出门，便拿绛灰长围巾一围。因家在松江，路远，平时索性就住在单人宿舍里。若回松江，或打松江回校，下雨天，他总是擎一把比他人还长的长柄伞，脚上一双元宝套鞋，拎一只不大不小的毛蓝布袋子。他走起路来，身子略前倾，一条胳膊总是像钟摆那样在胸前晃着。

教学大楼大厅中央和两头两脑均有楼梯，一条走廊贯通东西。图画老师的办公室，在走廊东面。这间办公室很大，两个教美术的老师合用。另一位老师姓臧，科班出身，教上一年级，大约到了退休年纪，身体也不大好，所以不大看见。当年，美术老师除了教学，还包揽下全校的政宣美工活，包括绘制政治性主题的海报、招贴画，以及校入口处、底楼中间过道和操场上大幅的宣传标牌等。运动一个接一个，环境布置一茬又一茬，似乎应接不暇，臧老师不在，这些事都由汤老师一人唱独角戏。所以，他总是忙得头头转。迎面一张长台子上，照例摊着或大或小、或画完或未完的宣传画，彩色颜料瓶七七八八，盖子或开或关。旋开盖的瓶口插着油画笔。还有一摞摞学生作业，等着或正在批改中。

忙里偷闲，下了班汤老师不忘揭几笔自己喜欢画的国画——彩墨或工笔或写意的老虎、仙鹤之类。他的国画，也很像他的个性：软软的、古色古香的。他为人敦厚老实，质朴内敛，巴巴结结做事，不声不响，不很张扬的那种。很奇怪，办公室竟然还有一个调皮男生，比初中生略小些，净在汤老师背后做怪腔。经常会挖苦、讪笑他几句，博得一笑。这个男生，便是汤老师的儿子，长得眉清目秀，鼻子也不大。看得出父亲对儿子很好，笑眯眯的，绝不大声说话，也不管束什么；也有可能太忙，顾不上。

尽管汤老师这样劳碌勤勉，还忙不过来，于是，他的徒弟们成了"小工"，给做下手。一些画画特长生是这里的常客，经常来开小灶学画，不过，所谓"美工组"活动，倒也没有。同年级中，有一对龙凤双胞胎，是"海司"（东海舰队上海基地）子弟，一人喜欢画画。九班有一个叫美珍的女同学，念小学时是我同学，她是汤老师的得意门生，经常会给老师做个帮手。那时，画画的题材大多工农兵形象加学生，后面红旗飘飘，祖国大好山河，或雷锋端着冲锋枪等，画幅有两只乒乓台大小。虽为水粉画，不强调明暗，色块平涂的居多。"我下课放学就帮他画。"老同学美珍告诉我说，"有一次汤老师叫我吃饭，我不好意思吃人家饭，一口气冲回家，吃了饭又跑去继续画。画好大部分，然后他会修改修改。实际上，这过程中我学到不少。"

第四学期，毕业分配临近了，汤老师曾两度推荐美珍同学去学美术专业。一次是沈阳军区来招美术生，汤老师特为安排好见面会，对方一看似乎很扫兴，说："怎么都是女的？"另一次，是听说上海市美术学校招生，问美珍同学："你想去哦?如果打算上美校，户口一定要落在轻工业局，再去报考。"当年分配讲"档子"，按照美珍家里"一工一农"的条件，这是报考最关键的一步。然后，就凭本事去考了。预知报考信息、路径，还有专业能力，缺一不可。机不可失时不再来，美珍同学抓住机遇，赢得了入学机会。以后，就在前校友陈逸飞的老师——孟光先生的指导下学画，并如愿当上一名画家。"汤老师是我恩人、贵人，给了我画大幅画的机会，还给了我报考的机会。若非如此，人生的路就会大不一样。"美珍说。

我虽也很喜欢画画，也有幸常得到汤老师的指教，但并不像美珍同学那样优秀，所以，幸运之星似乎并未照耀着我。不过，即便如此，我心目中贵人的席位，依然为汤老师留着，尽管有些不确定的神秘因素，或许可说是虚位以待。如前所述，作为课代表和爱好者，跟老师打交道的机会甚多，有时也在那间办公室里画画，并且课外习作得到许多教益。或许汤老师那时已有点老花眼了，每每看较小幅的东西，往上衣口袋一掏，拿出装在硬皮匣子里的老花镜，虎皮色镜框的。说着说着，便将它架在了大鼻子上，镜片后眯缝着一双安详恬淡的小眼睛。见不满意处，不加考虑，就用大橡皮擦起来，擦完了小指、无名指的指甲掸掸，间或使劲一吹。

初三到崇明岛学农，在南盘漩镇营部办《学农战报》，使我有机会在他率领下，刻钢板蜡纸仿宋字、画些压角题花，或栏目头，然后，拿着油墨滚筒油印。两回学农，皆与汤老师一个农家屋檐下，同吃同住。当时，营部男同胞还有带队的朱师傅，来自汽车附件厂。那时学校负责后勤保障的是丁桂英老师，好像还是"校革会"什么的，更年期火气大，凡事都很挑剔，喜欢大嗓门说人。有一回，不知为何，我莫名其妙就给她骂了一通，很不服气，当众顶撞她，弄得鸡飞狗跳的样子。汤老师性情温和，忙拉我到一边，批评加劝慰，说了好一阵。不料我得理不让人，气得他拂袖而去，"那我也管不了了！"他发怒说。印象中，这是他第一次发这么大的火。返沪后，进入毕业分配的阶段，跟汤老师就不怎么见面了。

等分配的时间漫长，未来不知在哪里。因此，担忧、愁闷、焦灼。有一天，班主任老师到我们住地家访，同学们在一个新村，差不多还是同一幢楼，或左右相邻。那个时候，分配尽管按档子讲硬条件，但具体去哪里，是好是坏，仍然有一定的弹性。这个分配权有一定程度握在班主任手里。因此，班主任从来没这么神抖抖过——至少，我们是这样认为的。仿佛他说的每句话、某种暗示，都是某种上苍的旨意，关乎你将来的命运。就这样，班主任走家串户，终于来到寒舍。说起来，我是班干部之一；尤其是学农时住在营部南盘漖镇，对这位老师，也少不得迎来送往。总之，凭这点交情，我的分配去向即使不会顶好，但也不会最差。对此，我是心里有底的。记得班主任似乎带有几分玄机、几分神秘地跟我说了一段话，大意是：考虑到你的特长，让你到某个地方去，那是工艺美术方面的学校，在嘉定外冈，具体嘛不能说得很详细……

我有过窃喜，有过心潮澎湃，有过天从人愿的笃定与欣悦，甚至也有过天降大任的预期和踌躇满志……然而，高兴得太早了，这一切只不过是提前透支了欢乐。后来，我拿到了毕业分配通知单，上面明白无误地写着：手工业局竹木公司下面的一个家具厂技校，请于某月某日某时去那里报到。

　　一切皆已注定。以后，该发生的也会发生。许多年过去了，然而，当初毕业分配那个朦胧的悬念，有一部分至今依然无解。我无从知晓：那一年，令我倍感亲切、渴慕，心向往之的空心汤团，究竟是怎么来的？是谁促成了这一切？那"上帝之手"是谁伸出的？假如这样推断可以成立的话，给我的定向安排，应该是确凿不虚的。否则，不会有那许多说辞。顺着这条思路，后来变卦了，那一定是中间发生了意外。于是，我虽然与工艺美术暌违了，但还是落在了其上级手工业局的大系统里，这就有某种逻辑可循了。

　　自然，这也许是多因一果。包括：毕业分配时大权在握的朱师傅，我同他两次去崇明都一起住在营部；班主任老师；美术教师汤雪轩等，这些老师或师傅可能都起了某种作用，抑或某人起决定性的作用。但不知为何，我似乎更乐意归因于汤老师。

　　哦，大鼻子汤，谢谢您。

　　　　　　　　　　　酷暑，写于香泉书屋，2022.8.16

老表龙虎兄弟

故乡上虞下管,素称"万年管溪、千年古镇、百年老街"。以前清明远道去给父亲、叔叔扫墓,都是朝发夕归,行色匆匆。2019年,母亲以前的娘家丁宅那里似有不便,遵嘱不用上那里去了,得便,我与太太决意投宿在下管一家旅社。先父"叶落归根",坟就在不远处的小溪埠头。这么多年来,多承老表阿虎兄弟关照,常去坟上打扫、看顾,所以,趁留宿之便,也想前往阿虎兄弟家拜访一下。也巧,刚准备好水果等礼品,小老表阿浩骑摩托车路过这里,便给我们带路。我驾车开夜路有点怕,尤其山路弯弯,道旁又多有沟壑。

十来分钟后,就在一幢石头房子前泊了车。家里寒素、杂乱不堪,我们不期而至的造访,令主人阿虎又欢喜又窘迫,似乎还有点狼狈。他照例是那种热情到过了头的客套,夹着赔罪那样的诒笑、歉疚、羞赧与某种婢膝。表哥与我都肖狗,要长我一轮,论年龄、排行,他都在我之上;况且,以前也没少麻烦他。如此谦恭,甚至卑微,让我既不安又不快,感觉一道鸿沟已将彼此隔开;而这,一点道理也没有。临别,留了点钱给他。阿虎似乎连连催促谁出来跟我们照个面,我猜想,可能是一个正睡在床上的女人，迟迟不应答。屋外，漆黑夜空星星大而亮，仿佛触手可及。

两年后，正月里从阿浩那里传来噩耗。阿虎死了？坐着接电话，我几乎跳了起来。据告知，阿虎一年前脑子不好了，眼睛也看不见，得了阿尔兹海默症。特别是摔了一跤后，就缠绵病榻。因夫妻关系很不好，照顾极其有限，致使生了褥疮，屁股有一半烂掉。躺了有三个多月，咽了气。因阿虎生前信奉耶稣，按教规好像过年不能出殡，又在石头屋子里停尸多日。后来，葬在了山地往上走、一个叫"童郭"的公墓里。阿虎以前是个石匠，给别人采石造坟无数，到头来，公墓却成了自己的安息地。

"怎么会呢？"我一直无法相信这是真的，因为记忆中的阿虎，真是太鲜活、太有趣了。那时，还住在河滨大楼，阿虎来过几趟，嘴里"妗姆妗姆（舅妈）"，亲热地叫着我母亲。有一趟，我大哥陪他到老城隍庙去，从河南路桥下去，经过历史博物馆那幢楼，一路上，他有说有笑，又是讲笑话，又是唱绍兴鹦歌戏，唱得老好。我家兄弟几个都很喜欢他。豫园外九曲桥畔，有一架拉力机，一个武松打虎造型，倘若膂力可嘉，那上面就会灯泡全亮，音乐全奏。阿虎正当年，健旺强壮，力气奇大，哪肯输给别人？于是就上去一试，结果似乎没发挥好，只弄个彩灯半开。过年喜铺里，少不得挂满玩具兵器、孙悟空和双插雉鸡尾羽的白骨精假面等。我们买了几杆红缨枪，高举手中，枪杆上绕着彩色斜螺纹线，煞是晃眼。

阿虎是个大受欢迎的主,他活泼、爱讲笑话,又总是投合你的高兴,正中下怀。"徐文长孲个人啊,下作才(是)下作则个……"打了过门,掀开话匣子。然后,说了一个个段子,有许多奇奇怪怪的事。他插科打诨,能说会道,活力四射。记得小时候阿虎每趟来,每一次都被他迷倒。所以,每趟离开河滨大楼,我都要赖在穿堂或长廊里翻滚,以示不放他走。

阿虎很有点小聪明,会给人剪发修面,会吹梅花(唢呐)拉(胡琴)弹(月琴)唱(绍兴戏),也很会打纸牌。似乎就没有阿虎不会的。此外,打牌会小小地作弊一下;会吹点小牛,还喜欢作弄人,似乎不无小奸小坏,但也止于玩笑胡调。一脸天真无邪,笑容灿烂,偶尔也做做鬼脸。他们兄弟四个,数他顶活络。后来,有个传闻,说他娶了新娘,但新娘似乎肚皮里已有了,掐指头算算,怎么也碰不拢。因为很受伤,后来,夫妻关系就一直闹得很僵。反正有的是力气,阿虎不断地打石头、盖房,给人造坟。大铁锤的锤柄软软的,双层毛竹篾片,很有弹性。是一个呱呱叫的石匠,只不过门牙给崩了半颗。"阿虎后来相信耶稣了唻。"亲眷说。

我家老大只比阿虎小六岁,岁数相差不大,可以玩在一起。不过,当面或者背后,提到家兄,阿虎总是咧嘴笑笑复摇头,抱怨他借了一本《四游记》不还。姑父似乎有点耕读味道,也可能出于曾当过道士的一种习惯,眼睛非常近视,近于目疾,却手不释卷。每每鼻尖碰书页,且多为线装书,黄渣渣,软塌塌。我估计,老大借去的就是这样一本老版线装书。

关于这,家兄解释说:是的,当时从阿龙、阿虎手里借了一本书,书名忘了。之后去石弹下,他们追着要,有好几年。应该是在去黑龙江军垦之前。这本书,后来家里也没见着,不知是哪个环节上弄丢了,也有可能还给他们了。印象中,从石弹下借来的书都不好看。于是,书成为老表之间一宗悬案。

我大哥回忆说:"当时住在下面,阿虎带我去陈溪一个叫石笋的地方,记不得是乘车,还是翻山去。一路过去非常高兴。阿虎结婚后,跟我们联系就少了。"婚后,阿虎另住一个地方,也不远,我们回下管基本是在石弹下的嗯娘(姑妈)家吃饭,大老表阿龙忙这忙那,张罗一切。吃着饭,阿虎闻讯会过来坐一会,但并不上桌。记得嗯娘总会说:"阿虎你一道吃,一道吃。"阿虎并不理会。估计他们已分了家,自顾自。大老表单身,母亲自然跟着大儿子过。阿虎的石头房子是他自己造的,在半山腰。自从分家后,我们去石弹下都是阿龙招待的,有时也留宿。嗯娘嘴里一直说:还是阿龙"靠得牢"。

石弹下嗯娘家这所房子已是新址。老屋在溪边,抬头会看见一棵百龄的乌桕树。后来修路,才搬迁到了坡上,这下离乌桕树更近了,差不多笼盖在它的婆娑树影里。新盖的房子有三开间,宽敞高大,但我们还是恋旧那所老房子,尽管那里暗黢黢的,老旧杉木的板壁板窗——楼上面南的一排窗子往外一挑,拿木棍撑住,远处山峦高低起伏,尽在眼中。正对面一座山很高,山上什么也没有,山顶略有几棵高而歪的松树,稀毛癞痢的样子。树梢云际,几只老鹰或盘旋或静止不动,隐约传来几声"嗷～嗷～",不无悲凉。门前不远处有一条小溪,清亮澄澈。再外面就是布满苜蓿或麦浪滚滚的田畈了,妈妈羊咩一两声,田埂细细弯弯,通往山脚下。这里,曾经是我们儿时的天堂。

小时候,包括后来年纪大点,去石弹下总是很开心。记得有一次,我们三兄弟从外婆家丁宅出发,徒步去石弹下,翻山越岭,累个半死,脚板底下都起泡了。嘴上喊真当犯不着,老乌桕树在望,心里乐滋滋的。小路在坡上,嗯娘家的老宅子在地面,所以,最后一截路几乎是冲下去的。老屋后面就一堵鹅卵石墙,背阴,中腰处有扇木头小窗。"到了到了!"我们大叫道。土矮墙一拐,家门口道地蹦出山羊,小羊羔垂着个吃饱草实敦敦的肚子。地上泥泞,还撒满了比人丹大些的黑羊粪。姑父做过道士,后来道士不让做了,但他依然很有些仙风道骨,衣裾飘飘。我上初中时,姑父咪着小老酒,微醺着对我说:"喏,侬阿策画的老虎呀。"正门放乌木长几的墙上,贴着水墨老虎中堂画,我的手笔。姑父常常会向人炫耀炫耀。不过,那里已是搬迁后的屋子了。

再后来,我们去石弹下,阿虎大多礼节性地来照个面。我们一行踏着山间小径离去,阿虎女人会在更高的石头房子前突然露头,远远说一些客套话。"下冒(回)一定来呀!"她说。亲切,但似乎怯怯的。

后来的后来,阿虎就在杭州、上海、绍兴等地给人做保安。尽管老表很壮实,可是打石头毕竟是拼年龄、体力的,慢慢这个"大力士"就退场了,一条背脊稍微有些弯。听说阿虎在上海南汇、奉贤已有多年,却从不来找我们——我想,阿虎是有些傲骨的,大约不愿意感觉比住大城市里的老表们差。我大哥住在杭州,阿虎就在浙大区域,杭大路旁边做保安,但从没上过老表家。我大哥听说阿虎在那里当保安,几番寻觅方见了面。以后,又去看过他几趟。阿虎似乎对当下的生活很满意,说起来一脸得色。"我唵(很)快活哉,吃饭也方便。一些学生大手大脚掼东西,衣裳啦皮鞋啦,都蛮蛮好的,经常捡到。"他笑道。"做稀客,不做生活,能赚钱,还拿到东西。"

　　除了鼻子底下这些事,阿虎还喜欢看报、听广播新闻,关心时局,一些时政要闻也相当了解。某年清明,我们回乡扫墓,阿虎陪着去小溪埠头。一路上,竟然不停吹嘘吹嘘克林顿、奥巴马和白宫,说得有鼻子有眼。我们在外头路远不便,多年来,我父亲、小伯、爷爷娘娘的坟,一直多亏他照看。后来,阿虎不常在老家,这事又多蒙他的小弟阿浩费心,或扫一扫竹林的残枝败叶,或积了水开沟弄干,某年老表兄弟还给垒石立牌——钱,自然是我们出的,但费工费力,尤其山路不便,也格外辛苦。"那,也是我们自家的大舅舅、小舅舅、外公外婆呀!"老表们笑笑说。而作为至亲的我们,往往不无愧怍。

　　听说阿虎走了,而且那么不堪,我大哥甚为悲伤。"阿虎是非常好的人,我们非常喜欢他。哪知他是这样走的,听了蛮难过。"大哥说。沉湎往事,缓了缓,又补了一句:"石弹下唵娘家，阿虎更活络，阿龙更木讷实惠。"

大老表阿龙比阿虎长好几岁，早年出天花落下了麻脸，看似阴郁寡淡，实际上待人很好。阿龙平生顶扬眉吐气的，是当兵在杭州养军马。马群中，有一匹青花斑纹的年轻母马，让人发噱。某年嗯娘去军营探亲并来我家小住，张口闭口，都是小花马——乡下土音，加上学普通话，变成"小发马"，令我们不胜其烦，便管嗯娘叫"小花马"。后来，它竟然成了姑妈的雅号。我大哥说："分了家，阿龙跟'小花马'过日子，所以对他的印象逐渐好起来。阿龙话是没有，闷葫芦，你说什么都是'嗯''才貌才貌'（是的是的）。小时候，我们要爬山，他领我们上山，爬得老高。他蛮实在，蛮真心的。"因此，才有他母亲"靠得牢"一说。我想，阿龙当兵，确实有过一段短暂、骄傲的幸福生活。但作为一个退伍兵，也没给安置、安排工作什么的。总之，种种不如意之后，学我姑父的样，一度当了道士。也无非给人打醮送终而已。

九十年代的某天，我大哥大嫂供职的钱江五金工具厂大门口，有一个人在东寻西寻，嘴里问着："你们保安科的徐诚有吗？"原来，阿龙看见老表穿警察制服，以为是保安服，必定在保安科无疑。也巧得很，厂劳资科就在大门进来的第二间办公室，我大嫂就在那里上班。隔着一道矮树篱，阿龙探头探脑，又问了一遍。我大嫂晓得是大老表，忙说："好的好的，我带你回家去。"这次到访，主客都很高兴。如果乘宁绍火车，驶过临平站，远处便有一座带个土黄疤的大山一掠而过，这就是临平山。郁达夫曾有一篇登山游记。我大哥那时的家就在山脚下。晚饭后,他们到山麓散步。那里有一棵树很眼熟。"这是棵乌桕树貌!"阿龙说。这乌桕树与石弹下的那棵一样,只是小了很多。以后,每每散步经过这里时,大哥总要学舌说一遍:"这是棵乌桕树貌!"

我大哥还陪阿龙去杭州逛了逛,柳浪闻莺、三潭印月、岳坟、玉泉、虎跑等是必去的,楼外楼用了餐。故地重游,愈加高兴。临回石弹下,还送了他不少衣裳和皮鞋。鞋是我大哥的尺码,41码。阿龙比表弟矮,脚比他小。大哥说:"阿龙你穿一穿,大小对不对?大了,就算了;正好就拿去。皮鞋倒是新的。"大老表穿上皮鞋,脚后跟约空出一指半,走路未免哐几哐几。阿龙欣然说:"好个,才候数才候数(正合适)。"

第二趟去老表家,阿龙身体已经不大好。老表俩一起到阿虎当安保的地方去。聊天时,说起胞兄的病情有发展,阿虎听了火烧火燎,脱口说:"……要不要:我马上就回去打石头,与阿浩一道,把你这只坟弄弄好?"阿龙一听,神色稍微僵住,咕噜一声:"哪记(能)有介急?"骤然之间,仿佛生死两界横在眼前了。也是不巧得很,这趟阿龙来,正好我大哥的儿子考上复旦大学,要送他去上海念书。来得不尴不尬的时候,家里事多。正值炎夏,酷暑难当,晚上让客人睡在客厅里,空调冷气开得大,因为要捎带给另一卧室降温;而已抱着病体的大老表身体虚弱,竟然受不了这样的寒意,咕哝了好几声:"哪记介冷?空调好不好关掉?"一般健康人,怎么理会病人对"冷"

大老表阿龙比阿虎长好几岁,早年出天花落下了麻脸,看似阴郁寡淡。

的感受？白天大太阳火辣辣，阿龙要到杭州去配药，那时临平去杭州，既远又不方便。要乘 21 路车，中午的太阳晒着，车站旁鲜有树荫，车子又迟迟不来。

阿龙盘桓一礼拜，但去大学报到这事，又催得很紧。无奈，我大哥只得向大老表说："阿龙，没办法，我要送儿子去上海读书了，真不好意思。"无疑，主人等于下了逐客令。一年后，阿龙病故。这么多年过去了，这事我大哥还一直耿耿于怀。"那时 21 路站候车，阿龙的样子，就在眼前。现在家里有自备汽车，上哪里都很方便。回想起来，应该待他更好一点。每每想起，心里蛮嗒嗒动。"我大哥说。

年少，或年轻时涉世、阅历不深，现在回想起来，石弹下嗯娘、姑父，包括老表们一片真情，待我们是不错的。这种感觉，只有到我们老了，步入六旬才真正体会到。那时年年去石弹下，他们都热情招待。"我们兄弟更喜欢住在石弹下，一住两三天，总觉得他们的菜好吃，一天三顿，实际上都是有付出的。"我大哥说，"他们当时确实很不容易。只有设身处地想想，才会觉得他们好。当时我们印象中，好像石弹下等欠我们多，好像阿爸为他们付出蛮多。仔细想想，那不过是站在我们的角度上所想。"

家父 1949 年前离开乡下，到上海去闯荡。他是念旧惜福之人，曾回报乡里至亲堂房以某种照顾。我似乎就有这种感觉，仿佛还听说石弹下嗯娘——父亲的亲姐姐，因子女多，经济上不宽裕，加上成分之类破事，弄得不甚如意。每有所求，家父会伸出援手。似乎还听说那栋老屋修缮时，父亲也接济过。"当时父亲在上海拿工资，总要养家糊口，要更多的钱拿出来支援下管、石弹下，拿出更多，可能也不现实的——但阿爸这个人脾气蛮好，乐善好施。他应该也有付出，但不会介许多的。我这样想。因此，换位思考一下，应该感激石弹下亲眷了。"我大哥说。

如今，嗯娘姑父、阿龙阿虎都已作古，感谢他们，这些话也不知对谁说了。

酷暑，写于香泉书屋，2022.8.24

庙湾的姨父姨娘

庙湾这个弹丸之地，因庙得名，如今已重修了一座庙。这儿地势像一张拉满的弓，一头通往县城丰惠，一头通向下管。中间，是一个长途汽车站。小时候，坐着上沙岭呜呜叫的破车刚停下，外婆家的亲戚早已等候好了，行李袋什么的，手提的提，扁担挑的挑。那会儿，坐车去百官镇上曹娥火车站很麻烦，买票、乘汽车要轧破头，跟打架一样。

好在我舅舅有个高中同学是个大角色，既管票，又管车。火车早上六点多钟开，来庙湾车站天色欲亮未亮，灯光摇曳，只见他胳肢窝下一面卷拢的小旗，脖子吊着个哨子。车一到，立马吹哨打旗兼吆喝起来。车顶上头，也在乱着装许多大件行李、箩箩筐筐，拿粗绳子扎紧。据说，三年困难时期，鸡蛋不让带出去，上车要盘查，查到要砸掉。舅舅有一次跟他们吵了起来。这种情形过了1962年才好一点。我们回老家过年，离开时，外婆总是给带上年糕、大箬壳粽子、长生果、番薯干之类；一只旧洋铁长圆罐头里，盛满糯米粉，粉里埋了许多鸡蛋，一举两得。

庙湾有一个出名的木匠，叫林伯铨，长辈们唤他"阿铨"

或"铨木匠"。那是我大姨父。说是姨父，实际上，他的原配妻子已死了，亡者留下的两个女儿，一直存续着早先岳父岳母与女婿的关系。两家平时走动，春节必访，而遇上婚丧嫁娶等，都要去的。于是，我们春节也定规要去庙湾，做人客，拜个年。

记得去林家台门要拐好几个弯，进了没大门的门口，迎面一个小院落，中间有个天井，大鹅卵石铺地。大姨父家在右手边打横的一排楼房里，客堂合用，他们占一间半，有二层楼。台门应该是祖屋，他们与阿铨的弟弟住在一起。大姨父个子不高，一脸皱纹，略有唇髭。冬日始终戴一顶海虎绒有檐的藏青帽子，还像电影里老支书那样，喜欢肩披外套，蛮有派头。话虽不多，但吃四方饭的人，自有一种练达与圆融；临大事，还特别压得住场。他朴实、勤劳，艺高品端，先后收过两三个徒弟，其中一个还招为女婿。由于口碑好，生意多到接不过来。我们堂屋里吃饭，饭后，大灶头通后面的门一开，立刻传来潺潺水声——是灶头伸出墙外的宽嘴里淌下的。

沙地上，大鹅昂首挺胸大摇大摆，弄不好会啄你一口。除了"白乌龟"，家里还养着鸡、鸭、羊、猪，那时每家都养，因为过年要吃。如今，家畜不许养了，据说会污染环境。后门步行十来分钟，就到群山环抱中的湖面了，这便是大齐岙水库。一路上，给我们带路的表妹阿四，一边叽叽呱呱，一边不时会捡些枯树枝一类的柴火，抱回家。

庙湾姨娘家的菜肴特别鲜美，让我们好吃好喝。并且，碗

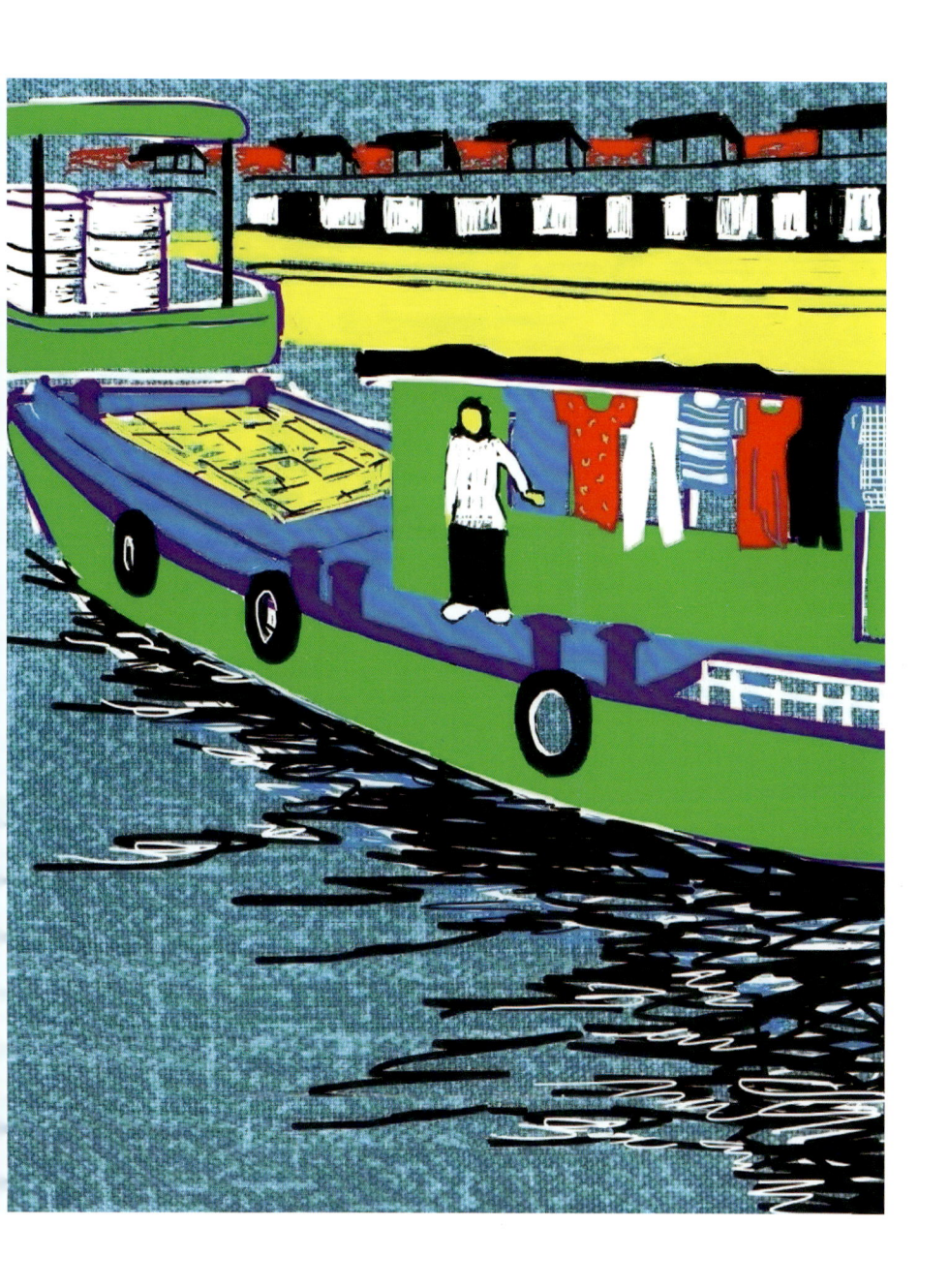

《世纪回望:苏州河上船的回忆》组画之一

盏很精致，高脚镶金边，碗底錾着个"铨"字。这在家家粗瓷大碗中，别有一番富足、殷实气象。姨娘与我妈同龄，及耳乌黑短发，微微有些发福，围着白围单，麻利、干练，又清爽相。一张口，竟然是"老好""老多""老灵""老好白相"等，一种带嵊县口音的上海话。主屋高高的木柱上，挂着姨娘的小镜框，这是她年轻时照的着色老照片，嘴唇血红，蛾眉淡扫，妩媚温婉。姨娘曾做过上海姨娘，不光烧菜好吃，家里也管得井井有条，一看就是贤惠、能干的好主妇。

姨娘叫单招花，嵊县人。嫁到庙湾之前，姓马，她是阿铨的续弦。阿铨原配是我母亲的姐姐，有两女阿娥、阿凤，不幸生老三坐月子时落下了病根，不久死了。之后，阿铨还娶过一个，但此人没多久精神就出状况，没法一起生活。就这样，原配走了八九年后，阿铨方与招花结婚。而招花之前，在老家嵊县也有过一段婚姻，生有一女。男人亡故后，去上海做娘姨——那时应该称保姆了，只是由于沿袭老叫法而已。那时，不好随便出去，东家请娘姨也不好随便请。招花把头婚女儿带大，三十来岁，毅然离乡，这是不无勇气的。有可能，抑或与亡夫旧恩难忘，抑或嵊县的环境所迫吧？

2005年，我为写《上海霓虹》，因小说里有关于当年在河滨大楼当娘姨部落的描写，招花姨娘刚好有亲身经历，我便电话采访了她。其中，有些素材已化用在小说里了；另外，原型人物的一些情节是"杂取种种"，虚构的。至于对姨娘为何出走这一节，并没问过她。总之，有了上海做娘姨这番经历，让她会说几句上海话,烧菜也更配我们的胃口。不光好吃,烧得也快,手脚爽利。然而,她那双手冬天生满冻疮,通常又红又肿又紫。乡下女性非常辛苦,水缸里的水冰冷刺骨,终日浸泡在水里,未免伤手。

大姨父是手艺人,吃百家饭。据说办合作社时,木匠个体劳动属于单干,不行,要成立木业社,赚的钱也交给社里。木业社那段时间,他回家吃饭。不管在不在家吃饭,大姨父木匠活很辛苦,回家照例不做家务,里里外外由姨娘一手包揽。要紧的是,尽管林家吃手艺饭,但在农村,每家每户照例有若干自留地,以解决一家的口粮蔬菜之需。这份农活,需要劳力,这个劳力一般由儿子承担。而林家很不巧,原配生有两女,续弦所生也都是女儿。阿娥阿凤成了务农主力,老大老二出嫁后,后面的大女儿等替了班。于是乎,在去游览大齐岙水库的路上,阿四忙着捡柴,就不奇怪了。招花姨娘家四个女儿,个个灵巧把家,冰雪聪明,活泼爽快,能说会道——一张张嘴都甜得很,只可惜念书不多。农村一般人家女孩子似乎也意不在此。

1972或1973年,我外婆家老屋要大修,大姨父带了几个徒弟来弄的。这个时候,我外公病了一场,加上年纪大了,作为子女对后事要准备一下,便让阿铨将两具寿材也带上。老人家的寿坟筑在芋艿湾,按照那时程序,做棺木的木材要在芋艿湾大队批,准予之后,就地砍伐合抱粗的上好树木。等晾干了,锯解、做棺材。这些事,都是前大女婿给做的。七十年代初，我们去外婆家，堂屋隔层上柴火之间，赫然搁着两具棺木，总觉得阴气森森，头皮发麻。那时年少，不晓得棺木是空的，寿材要到人殁了才会用上。后来，到了1974年大年初一，外公的大限到了，卸了门板，就让他躺在上面。然后，大家一起守灵。我当年一面守灵，一面还画了一张速写。

那年春节大雪纷飞，出殡前，给我外公入殓的情形，至今历历在目。即令在"文革"妖孽中，几百年的传统葬仪似乎未改，我耳畔传来一方说"……三斗……三升……三石"，一方忙应答："有！有！有！"乡音铿锵，既庄严又滑稽，似乎在说有多少东西给亡者带走，黄泉下吃用不愁。还有，我大哥属龙，犯冲，幸好大哥那一年军垦农场没探亲假。否则，难保要给撵走。众亲戚中，大姨父显得很特别：缄默不语，肃颜含悲，凡事皆不抛头露面，仿佛守定分际。实际上，他见多识广，对如何办理丧事出了不少主意。我舅舅、小姨父毕竟还年轻，这样的生死大事谁经历过？所以，有大姨父把关，诸事给提点提点，就不会有闪失了。

我印象中，过去每趟去庙湾，都只一餐或两餐饭，踏月而归。1974或1975年的暑假，母亲让我送在沪小住的外婆回乡。外婆带着外孙女莉珺，天热，女孩头上生满了带脓血的热疖头，一路上"外婆外婆"哭叫着。赶在农时，务农人照例忙得很，赤日炎炎，空屋寂寂，外面太热也不好去玩。恰逢那年洪水暴涨，外婆家隔了数百米的大坝外，原先偌大鹅卵荒石横陈的溪滩，变得汪洋一片。据说1962年发大水，大坝都被冲了。

潮水还在涨,会不会再次发生那年的灾情不晓得,反正,庙湾车站的长途汽车是停了。我好无聊,想回上海,汽车不通。正百无聊赖之际,姨娘捎话来,叫我去庙湾住几天。所谓"客气不能当福气",若在另外一些时候可能会推辞,这趟想也不想,跑得个快。

"电灯亮,广播响,家家户户牵风箱。"小女孩阿六对我唱道。斜阳残照,牛羊归圈,飞鸟归林。炊烟一片,白烟氤氲,衔檐遮瓦,笼盖山脚,恍若灵魂出窍。入夜,我睡在夏布帐子里,摇着芭蕉扇。这张眠床,是家家户户照例有的架子床,只是木料好,做工比一般更精致考究,雕、镂、镶、嵌,包括传统图饰,无不臻于完美。靠床的木柱上,挂着姨娘那幅着色老照片。曙色宛如一支支金箭银矢,打斜角穿过夏布帐子,亮得晃眼。一大早,大灶边,姨娘已双手端着一碗水糯米粉汤团过来,带有小尾巴的豆沙馅圆子不大不小,一口一个,入嘴即化。"电灯亮,广播响……"隔墙又传来阿六的哼唱声。

七十年代,一般乡下人家,用美孚油灯或小油灯还很普遍,"电灯亮",绝对像如今我们开了宝马 X3 自备车。似乎那时半导体收音机还不多,家家唱主角的,是拉线广播,一种长方形上大下小的上漆木匣。通常以土白"上虞县人民广播台现在开始广播……"开启新的一天;而夜里结束前,必定放些绍兴大班,只是唔哩唔哩,嗤啦嗤啦,不甚分明。

住庙湾姨娘家,仿佛掉进了女儿国。姨娘四个女儿,大名分别叫美丽、美娟、美芬、美六,一般也只喊阿四、阿五、阿六。最大不过跟我相仿,最小还是萝卜头。年龄不大,但个个都响亮能干,似乎与张爱玲的小说《琉璃瓦》里有得一拼。只不过,林家女儿强在勤劳活泼上。众姐妹,似乎阿五顶漂亮,有点像美术片《哪吒闹海》里的哪吒,粉白鹅蛋脸,明眸皓齿,只缺了眉心一点红。后来,在去丁宅的路上开了爿小店,她当老板娘或店长了。众姐妹一个比一个会说,嘴是那样甜。想想看,每天包围在"小哥哥""小哥哥"这一声声呼唤中,是一种什么感觉?

不知怎么,破天荒有了一种类似宝哥哥的感觉,其实我家境并不好。在乡下,觉得要像个上海人,尽管年龄不算大,也晓得偷偷把衬衫、卡其西短裤叠好了压在枕头下,弄出刀削面那样的褶缝——似乎过去好人家,有让保姆熨衣熨裤的习惯,穿出去有点高级感。不知为何,在家里有些一般男小人那样的粗放,或邋里邋遢,到了乡村田野,自觉不自觉,倒晓得要给上海撑一撑面子了。幸好,也只衣裤上几条褶缝而已。置身女儿国里,刚起床,在姨娘打开的红木镶螺钿的妆奁匣的粉镜前,有没有沾些水,梳个三七开小头路呢?肯定不会。

时间容易过,很快就要告别庙湾了,步行去外婆家大约十来分钟,本来说好傍晚凉快,放我走的,不料晚饭已在烧了。阿六一面唱"家家户户牵风箱",一面双手拉着风箱杆,发出有节奏的"梯嗒梯嗒"声。主人盛情留饭。我一面后悔自己说话不算,走了走了,再吃一餐饭;可去意徊惶,似乎也愿意多待一会儿。这时,这个时辰不会在家的大姨父,也来饯行了。

"招待不周，侬啥辰光再来呀？"姨娘笑盈盈地问。大姨父的唇髭沾上些老酒珠子。我照例回答些客套话，但也明显觉得喉咙有些发紧。末了，我说："会的会的。"沿着大坝往丁宅街走，夜幕中环山如抱，月明星稀，犬吠相接。溪滩里水位很高，水声喧虺。外婆家因为我迟迟不归，小姨父已打着手电筒，顺必经之路找来了……

千禧年，我购得属于自己的第二套房子。那时，庙湾姨娘家的大女婿，在沪做装修业已有多年，自己当老板了。"铨木匠"出师的徒弟手艺没说的，自己人也可靠。自然，这套毛坯房就请他来做了。先隐蔽工程，再打格栅铺地板，完了做漆水。清水漆刷到一半，就在这时，传来噩耗，大姨父去世了。这个装修队里，有一个漆地板的小伙子，他是表妹阿六的老公。老丈人走了，连襟俩立马要回去吊丧。作为房主，当然希望工期快点，但事发突然，尤其是庙湾姨父走了，我忙催他们快去，并委托给带上一个白包。那时我正负责一份报纸，周报事多，走不开，就没去庙湾参加大姨父的葬礼。

到了新千年第一个十年，一般人家，清明一到无论远近，都会上坟去了。自驾回乡，在以前的外婆家经常会遇见庙湾姨娘。有时是众亲眷一起吃饭，有时是她一个人骑了小三轮车来；抑或为了团聚，抑或为了上丁宅的教堂做礼拜——姨娘信了耶稣教，信徒活动自然多。

姨娘老了，齐耳短发如雪，黑黑胖胖的，脸圆圆的，似乎线条都很圆润。上了年纪，免不了"三高"，此外耳朵重听严

姨娘老了,短发如雪。女儿们都很孝顺母亲,知冷知热。

重，说话很响。别人对她说话听不懂，照例哈哈一笑。好在还算健康，胃口好，力气大，骑小三轮车快如飞，而且稳当。也许由于耳朵不灵，交流不便，我每每见到庙湾姨娘，都没像往日那样攀谈过。

据说，直到她过世的三个月前，她还在骑车，小三轮上，间或还捎点自己需要的小东西。她各方面都好，四个女儿当上或将当外婆，女儿们都很孝顺母亲，知冷知热。林家台门，包括大姨父又造过的老屋，早就不在了。她女儿女婿各自都有自己的房子，且房子造得小别墅式样，十分气派。姨娘跟大女儿美丽一家过。她心满意足，除了念《圣经》，做礼拜，就再没别的事了。

大姨父去世，隔了廿一年后，姨娘也跟他去了。那天，早上还好好的，只略感头昏有点不舒服，大女儿给她吃了点东西。大家在小别墅的楼上，过一会下楼，母亲扑倒在地上，已经走了。姨娘兴许弯腰捡个东西，头朝下，一下子就栽倒了。估计是高血压、心脏病骤然引起的。

出殡那几天，丧事办得排场很大，人非常多。姨娘在嵊县的亲生女儿也来了。其间，每天丧宴都有十几桌。小别墅里摆三桌，其余都在屋后的空地上。送殡队伍很长，一路乐队吹打，用的都是耶稣教里的乐曲。

初秋凉爽，写于香泉书屋，2022.8.31

双林记

世纪之交，迎来2000年的第一缕曙光。不久，就是龙年春节了。大年初二，报社领导来家访，随行者提了一盆盈尺高的君子兰，嫣然开着粉色花，好兆头。那时，寒舍在祁连山路、靠近上大新校址的地方，僻远了些。开摩托车，夜里必经的一段公路黑如墨汁，凄凉荒寂，难免每每要生出被大都市抛弃的感想。然而，能有这样一套两室一厅的屋子，算很不错了。家访领头的是车先生，中等个子，脸形略长，一张口，露出牙龈上隙缝明显的牙齿。他精干、爽直、很有亲和力，操着一口老北京四合院里的普通话。

一番这种场合照例要说的话之后，未落座，车先生便笑着说："小徐，你这房子不行，住得太远了，不方便。做新闻的要随叫随到……"前世不修，我从未分到过一平方米公家房子，他的话正说到我的痛点上。过去单位福利分房，有一类是住房条件较好，轮不到；还有一类是住房条件不好，但单位的房源太紧张，也分不到。上述两种我都不是。

结婚时，未婚妻的娘家因女儿嫁到浦东，天天要摆渡过江，当时正盛传"宁要浦西一张床，不要浦东一套房"，显然给吓着了,遂提出将我的户口迁入女方家里。我年轻懵懂,不知轻重,居然答应了。以后,我和太太自己差不多都有了新结婚分房的机会,但每每一句话给顶回去:"你户口不在这里呀。"可以说,婚后所有矛盾、所有不快,皆因住房而起,它简直是痛苦的根苗、烦恼的渊薮了。结婚那年,我母亲快要退休,单位第二次给分了房,这次在浦东张杨路乳山路,小套房有一室半。朝南的一间给我们做了新房,只是委屈了母亲、妹妹,轧在半室里。后来妹妹出嫁了,母亲为第三代忙碌奔波,常在那里过夜。兄妹中只有我留在家里。虽也清楚,只是在此成家而已,这里的属性却是大本营。既然分不到公家的房子,靠自己,住房这大宗财产又实在无力解决,剩下的就是苦熬了……

当下,听闻车先生这番说,正好大吐苦水。并且掂量一下,作为周刊一个中层或业务骨干,为之扭亏为盈、市场大卖,也有一份苦劳。如此,吁请领导解决困难,应该不算过分吧?我忙回答:"车领导,我实际上有很大的一件事,一直在等单位分房。过去某某某、某某某都找过,电视台也蛮肯帮忙……"车先生听了和颜悦色地说:"小徐,你的心情可以理解。不过,福利分房这个事情总体上结束了,以后该怎样就怎样,有你的也不会少。但问题是必须自己先想办法。你想改善房子吗?你有条件改善吗?有,那么好。目前上海房屋市场处于最低谷,买房子是最合适的时候。"

新千年前,"三报一刊"整合,即沪上三家热卖的广电报刊，加解放系的某午报，合并一家报社。报社筹备领导小组的组长就是车先生，副组长为唐先生。之前我就听说，车先生出身红二代，他父亲是大名鼎鼎的车文仪。粉碎"四人帮"后，调整上海领导班子时，中央派了苏振华、倪志福和车文仪到上海来。时任江苏省委书记的彭冲则来沪担任第一把手。于是，当年上海人就开玩笑说："他们是搭了棚（彭）车来的。"车文仪为1976年后首任的市委宣传部长。既然贵为前市领导车文仪的公子，本人又在基层领导的层面上，对方方面面、上上下下的情况、资讯，肯定比我们清楚得多。"风起于青蘋之末"，对一些宏观政策的走向与变动，敏感度一定更高。他的话，绝对不会是随便说说的。

大年初三，我就开始找房子。首先想到的是儒商、房产代理商姚先生。之前，姚先生曾组织策划了"建国50周年上海经典建筑评选"，评委中外建筑名家、艺术大咖有好多，包括画家陈逸飞先生等，该活动盛大举行，反响热烈。我就是在这次活动的报道中结识姚总的。评选揭晓，这一页就掀过去了。姚总春节里照例会有不少拜年的电话，唯有我问了楼盘如何如何。不久，我又冲到他位于衡山路上的办公室。他向我推荐了万里城。正月里，我骑上摩托车，后座坐着太太，一溜烟往新村路开去。

万里城万米景观绿化带气宇非凡，假山、亭子、灯柱、喷泉以及高低错落的水系，乃至多高层建筑等，无不透出浓浓的法国风情。这是上海大剧院水晶宫设计者——夏邦杰先生的手笔。前不久，我刚游历过凡尔赛宫、枫丹白露、香榭丽舍大道等，眼前如斯法兰西的味道，哪有不钟情的？事实上，不光其风貌中我意，价格也颇心动——其时，还有退税、零首付、蓝印户口等，何况又给我打了折。就这样，只花了46万，就拿下了毛估估有160平方米的三室两厅房子。随后，装饰以黑大理石壁炉架，搭配以分别为十九世纪教堂风格或欧陆风情的红木角橱、榉木玻璃橱；正厅窗前，一双来自老城隍庙的鸡翅木带云石片太师椅及西式搁几，书房一面半墙的落地书橱；奶黄色墙壁上，挂些密集组合排列的貌似十八世纪铜版画镜框。一个安心之所，就初具规模了。

从此，可以安居了。终日怡然，有时候也会悚然一惊——猛地打开家里所有的台灯、吊灯、射灯、壁灯、镜灯等，似乎惊魂未定："咦，这难道真是我的家么？"如果我母亲过来，我便一次次问："妈，我这里跟当年河滨大楼舅公的房子比一比，哪能啊？""侬好侬好。"母亲肯定地说。岁月慢慢流淌，不知不觉，报社领导由筹备组组长、副组长变为书记、总编。上面委派新的领导来了，而唐先生也已坐上第一把手的位子。车先生杳然不见了。自然，领导更替不是我们要关心的事。渐渐，如果依稀还记得他那牙龈上隙缝较大的牙齿、老北京四合院式的普通话，以及夏天一身运动员的装束：穿白色耐克鞋，小腿肚上，一双晃眼的白色长筒弹力袜，似乎再就没什么了。不过，他给我的金玉良言倒一直牢记的。

廿多年一晃而过，一个偶然的机会，我才晓得了当年车先生的"去也匆匆",有理由说,是职场上受了无妄之灾,命犯小人了。据说,某人想调入报社,但据人力资源人员所掌握的情况,此人不适合调进。作为第一把手的车先生自然要秉公办事。由此,之后不明来源的匿名举报信不断,说得都毫无根据,却耸人听闻。我还听说,车先生早就退休了,离开官场一身轻。各方面都好,只是一双膝盖由于缺钙,都换上了人工关节,手术做了两趟。还听说,新千年那时,车先生提醒我买房的话,也对报社内不下十人说过。他可谓种下一大片绿,自己却得到了一枚刺。

如今,恐怕不会有人知道洛川东路一段曾号称"欧洲城"了,闸北公园一角,高高耸立的白色古堡式塔楼,是当年雄心勃勃的遗物。我供职的报社最早就在那里。数年后,又移师建国西路、思南路附近,整栋的玻璃幕墙,那边离田子坊非常近。从洛川东路到建国西路,我在职场走得顺风顺水,作为主要负责人之一,打理某刊或某报。前者,峰值发行量50多万份,期平均30多万份;后者,峰值发行量近百万份,期平均60多万份。怎么说,这也是一种业界神话。自然,这是大家的功劳,我只在某个时间段做了分内事。职场的事大家都懂的。那时,早晨上班,单位走廊上一路走过去,迎面而来,遇到不管熟悉或不熟悉的,一片声的"徐老师""徐老师",自然这是客气。

然而,在此之前,职场上我却遇到了拦路虎,此事一直困扰着我:评职称。因为要考外语,而我们七五届、五〇后这帮人,英语过去没好好学,也没补习过英语单科。所以,要通过英语职称考试,比登天还难。当年业务考核、聘任制,经常会有竞聘这样的事。如此一来,我尽管业务还行,但硬件上缺了一块,很伤脑筋。坐在管理位子上,只有初级职称,属于"低职高聘"。如此一来,年年或隔些年,年报社照例举行的竞聘竞岗,硬件上每每要吃点亏。总之,地基不牢,可谓一个心病。某天,唐先生把我叫到他三楼偌大的办公室,蔼然说:"你可以去转一个系列,参加评中级职称,这样就不用考职称外语了。"然后,打电话给原先某台台领导的搭档、负责人力资源的S先生。

按照规则,如果转系列申报专业技术职称评审,需要有一年的间隔。一年之后,我申报了艺术类中级技术职称,不久,就获得了中级技术职称的聘任资格,并被报社聘为中级。困扰我多年的职场拦路虎,竟然这么容易就拿下了。事实上,作为新闻从业人员,工作兼具新闻类与艺术类两种属性,无论从哪一条路径参加聘任申报工作,都不光很正常,而且是容许的。转系列之举,并不存在所谓旁门左道一说。关键是,要有高人指路,而唐先生就是这样的高人。实话讲,由于种种原因,报社由"三报一刊"整合而成,各路人马之间,未免有些新旧亲疏,这也是人之常情。说起来,似乎并不认为我属于唐先生那边的。假如不真心真意,出于任何一种理由,他都可以不对我提起"转系列"这件事,照样相安无事。

然而,唐先生就这样做了。后来,从中级到副高、正高,全都仰赖于此。有意思的是，以后评高级职称只消考古汉语即可，并且被妥妥拿下了。关键的关键，在我迷惘无助时，靠着唐先生的指津，一点就通。如果说这是一种"恩"，而接下去，数年后又遇上一件难事，那就是"德"了。

某年，刚巧有了一个难逢机会，机不可失，我便萌发了离开报社的想法。有一个多月的时间，在正常业务之外，我忙着从做N个概念版开始，包括物色得力之人等，新起炉灶，拟办一份报纸。虽然它属于行业报性质，但首创总是难的，何况"婆婆"特别多，众口难调。这个时候，美编，一位长发男老兄给了我鼎力支持，从创意、划版、拼版，到一次次做出样报的版面设计。到这份新报纸的准备就绪，水到渠成，上级单位直接就出了调动函。调动函到了报社，引起了小小的惊诧；领导则十分被动，甚至愤怒。这是意料之中的。

当时，唐先生把我叫到他的办公室，合上门，问了来龙去脉，然后，仔仔细细问了我的想法。我表示：在这里已经碰到天花板了。我做记者时，某刊前三版大多由我采写，有的独家报道是活抢活夺才得到的。常常已在电脑房清样了，留给我两个或几个版面，等我采访并连夜完稿后发给责编，再上版面。我做报纸的管理者，除守住60多万期发行量大关，还搞了一些活动，不时有一些小小的举措，甚至编了一本如何写好新闻稿的讲义。我对得起这个职位了。一阵缄默，见我去意已决，唐先生便痛快地说："好，既然这样那我就不劝你了。"

唐先生慨然放行，让我走，这是他的"德"。离开后，因为要到报社的电脑房里清样、拼版、出菲林片等，每每遇到唐先生，都是春风拂面的样子。再后来，他退休了。据我所知，他原先是一所区重点中学的语文老师，八十年代广电向社会招聘时进入广电系；当过新闻部的记者，担任过某台副台长。以后，就是"三报一刊"整合筹备组的副组长。跟车先生流星一般划过不同，他妥妥是一棵常青树。他很喜欢编辑出版书籍，看稿啦，校对啦，做版啦，一脚踢。我们常常在电脑房遇见，他总是拎一只老款的竖形袋袋，里面大约都是原稿啦、校样啦、红笔啦。踏着实笃笃的步子，那种笑容是五十年代的，抑或是教书先生的。不苟言笑，冷冷外表下也有暖流。肯帮助人，却不言谢。他对我有君子之德。这么多年过去了，对此，我深深感激。

　　走笔至此，这篇小文就要结束了。很巧，车先生、唐先生名字中都有一个"林"字，故称"双林记"是也。

中秋佳节期间写于香泉书屋，2022.9.11

文学的朝圣者

一

新入职的单位在南昌路197号，一幢红砖勾缝、有白色浮雕券拱窗子的小洋楼，刚好紧挨着陕南邨（旧称亚尔培），大明星王丹凤的寓所就在那里，尽管她本人已去香港开酒店了。只隔了一条淮海中路，斜对马路就是大名鼎鼎的国泰电影院。据说，那里曾是赵丹、上官云珠常来的地方，一度寓居在附近的张爱玲，甚至把它写进了小说。《多少恨》里有这样的描述："这地方整个的像一只黄色玻璃杯放大千万倍，特别有那样一种光闪闪的、幻丽洁净。"

说来也很梦幻，从生活底层乍来到小洋楼办公，加之接连被委以重任，入党也进入预备期，再加上新婚之喜，感觉像是芝麻开门，好事都摊上了。大抵一部苦难小说的结局也不过如此。那时，我附带的一项工作，是负责跑国泰电影院，每月给所里职工团购电影票。上班观摩电影是大家所期待的，关键是拿到上档期的好片。为此，我有事没事，常去国泰电影院票务组老许那里坐坐，以便好片一个不漏。老许瘦高个子，有点谢顶，戴着总像老式夹鼻眼镜的那种细框镜，一种斯文儒雅君子之风，显然来自遥远的三四十年代的老国泰。"喏，晓得你要的，已留好了。"在一只紫红木匣无数一小沓、一小沓的多彩电影票里，老许递过一小沓对我说。那恐怕是上海首轮、国内很早放映的进口动作大片：《阿姆斯特丹的水鬼》。我眼睛发亮，笑道："老许，您真够意思。"

有时候并不团票，也愿意在魔幻城般的电影院里流连不去，或原二至三层的弹子房后改咖吧的所在呷一杯咖啡；或最高层的放映室门口往里张张；或老许正好有空，听他吹吹"老国泰"如何如何，比方说到当年领票员清一色的白俄小姐；来这里看电影的大多上层人士，精心打扮好了才进场子；如果电影已开始放映就不允许入场；放映完毕后让女士先行，如此等等。有一点老许没说，但我倒留意到了，就是"国泰"秋冬观影前，顾客可将身上累赘的风衣、大衣、皮大氅脱了，一只柜台前递交给服务员保管，并领到一枚铜制小圆牌。观影后出来，领回衣物，既方便，又有一种仪式感，甚至高级感。我在那里感受到遥远的上海风情。

当年国内无缘首轮同步的欧美、好莱坞大片，自然，《阿姆斯特丹的水鬼》便吊足了观摩者的胃口。实际上，与其说人们想看发生在阿姆斯特丹运河中连续残酷谋杀案，不如说，对阿姆斯特丹的旖旎风光更感兴趣些，满足看看世界的好奇心。因为有跟老许熟悉的便利，我蓦地突发奇想，思忖道："小X她不是想去澳洲、想去看看外面的世界吗？请她来看电影，她一定高兴。"于是，我自己掏钱，买好两张联座的票子，并且想也没想，就将其中的一张电影票，邮寄到老地方迎勋北路某号去了。以后情形就在意料之中，小 X 姑娘收到了我的信，没说不接受邀约——没说不，就是同意出席。至少，按常理，我这样认为，并且一阵莫名欣喜。

开映那天，我在国泰巍峨、气度不凡的门首伫立良久，小轿车、的士在眼前的十字街口唰唰驶过、驶过，尤其是微雨中，霓虹光影、小轿车灯光泻地流淌，紫莹莹的，一片绚烂迷离。不久，我退守在大厅中，眼前虽有两尊莹洁华美的维纳斯雕像，两道马蹄形的扶梯向上盘旋，四壁古罗马式浮雕疏密有致，却无心打量。过后，进了场，我来到紫红丝绒的对号坐席前，入座毫无声息。开映约有十来分钟，引导员打着手电筒将一批迟到客一一带领入座，而我旁边始终空空如也。在料想中，为小 X 姑娘所预设的种种可能性：路上堵车啦，遇上突发事件啦，身体偶有不适啦，甚至电影票弄丢了，等等，渐渐受到无情质疑。末了，到了电影放到一半，被邀请人的坐席还是空的，我终于相信，"非不能也，乃不为也"。自然，被人家放了白鸽，既有小小的不快和愠怒，甚至被羞辱了，但细想也无可指摘。

现在，我已婚，她未嫁，能说什么呢？曾经有一年间，球就在我的脚下。

二

话还得从四年前说起。

1978年，由于种种阴差阳错，我到位于虹庙弄（现石潭弄）上的某家具厂入职。每天，开铜盆锯（木工机械锯床），大圆锯片钝了不时要到磨刀间去磨砺，这样就会无数次往返于虹庙弄的弄堂里，经过大门紧锁的虹庙边门。这条弄堂其实是一个时代缩影：解放前后，这里是响当当的虹庙弄家具街，谁家办婚事先要来此地定做红、白木家什。对私改造一来，四十多片店、四十多个老板全换了，店面作场，都收归国有。于是，这里与南市区紫来弄几家私企家具店，北京路四川路的水明昌家具店合并，统称为"水明昌"。对我来说，真是祸福相倚，让我能够耳濡目染这些个败了业的老板、老板娘的种种情状，还有幸与其中一个的大公子交了朋友。这位本家宗兄长我七八岁，博闻强记，文史知识渊博，教给我许多，特别使我了解过去资本家的生活是怎样的——那时，他的小开父亲还在，从前有一部洋红别克车。虹庙弄那些狼狈不堪的昔日小老板，对我开启了一扇华丽殷实的门。以后，我在"河滨大楼三部曲"中，写了当年的资本家如何节节败退，毁家败业。

不久，该厂从南京路迁至江杨南路，就有了风吹麦浪、傍晚火烧云的风景。可惜，留给我的只有苦闷与惆怅，因为体力劳动，也因为跟木头打交道。那时，逃离繁重的体力劳动是必须的。天赐良机，一个不大不小的工伤事故，让左手食指粉碎性骨折了。病休期间，满脑子都是高乃依、莫里哀、莎士比亚戏剧。每天，脑子里尽是这些大师们在奋蹄狂奔，就在这种浸淫滋养之下，居然，完成了一部莎士比亚式的诗体悲剧。实际上，对我来说，文学之星实在相当辽远而冷淡。我们七五届这批人，不幸从二年级起就撞上了灾星，几乎没受过合格教育。加上自小在画画上，虚掷了许多年，转身一头扎到文学里，实际世界名著一本也没读过；连普希金、莱蒙托夫、拜伦、济慈、雪莱等的诗作，也是到上图一首首抄来的。

七十年代初、中期，流传过的手抄本《少女之心》《塔里的女人》《第二次握手》，前者看得脸红耳热，心怦怦跳，甚至有懵懂的生理感觉；后者不像《少女之心》那样污秽刺激，所以，传抄或传阅起来也不那样神秘。老友伟明兄就曾亲手抄过整本——也就是两个黑面抄的容量。未免心虚，遂在手抄本的扉页上写道："春风不吹花不开，主人不在莫打开"，以示私密。我读得津津有味。后来才知道，《塔》其实出自四十年代无名氏的《北极风情画》，言情小说路子。《塔》里小提琴曲《卡法蒂娜》被用作核心桥段，这首曲子后来也听到了，竟然是克莱斯勒演奏的。至于《第二次握手》，那种大情怀，我很无感。

八十年代初，在屈家桥畔，我家旧居北面墙上，供着两尊"菩萨"——自作的彩墨画莎翁和贝多芬。如上所述，因一度沉湎于莎剧不能自拔，不知好歹，在工伤病休期间，居然模仿伊丽莎白时代戏剧样式,写了一部注定会惨败的五幕诗体悲剧《云》,厚厚一大摞方格纸给糟蹋了。然后,揣着厚厚沉沉的稿本,去找当时还在热处理厂上班的宗福先。当年,《于无声处》大红大紫,激发了多少文学寻梦者的雄心。我傻傻地想,宗福先是工人,我也是工人,工人一定会帮工人的。于是,莽莽撞撞地骑车到凯旋路,骑了一个半钟头,不料却扑了个空。前两天,自荐的一封信,就原封不动地躺在门房间一角的尘埃里。不用说,找知音和导师的希望落空了。回家途中,路过陆家浜路上的宏光木器厂,在好兄弟乌崇波那里吃了午餐。

乌崇波君,是技校班上,我们四个形影不离的好兄弟中的一个。长脸盘,喜感十足,满口宁波土话,常常会眉飞色舞起来,特异之处在于一根眉毛动,一根不动。他的冷面滑稽会逗人捧腹。长得宽肩胖,粗胳膊,孔武有力,因而被赞为"老牛"。同时,发起牛脾气来也让人吃不消。尤其是与班上一个小女生恋爱上了,小两口不知啥原因,经常闹别扭。有好几回,朋友聚会时,他很晚突然出现了,铁青着脸,眼白翻到额角头上。一张椅子反骑,气鼓鼓的,一言不发。据说,朋友谈崩了,被索要"青春损失费"。那时,我们都很年轻,又是很铁的兄弟,自然大家常常混在一起,聊天、喝啤酒、弹夏威夷吉他。

四兄弟中,数他的家境顶好,其父亲是船长或大副之类,住在某金笔厂隔壁的罗浮路上,临街三层土木结构房子。去他家时,他会摆弄些老留声机和黑胶唱片。崇波母亲,活脱脱一位三十年代电影里的富家太太,乌发微鬈,皮肤瓷白,举止优雅。有一回,她望了我数秒钟说:"阿拉崇波的一班朋友中,侬我顶看得上眼。"后来,可怜崇波君不寿,我们去参加老兄弟的葬礼,再碰到崇波母亲,她竟然一点也认不出我了。也可能,白发人送黑发人过于悲恸,其他已无感了。

那天,就在钣金工的小屋里,乌兄告诉我宏光厂有个小X,文学家,才女,写得一手好字。况且,很有背景、人脉,问我要不要认识一下。不久,她噔噔噔来了。见了面,上了木楼梯,就在二楼一间小小的团支部办公室里坐下。眼前这位姑娘,大约一米六的样子,穿着工装背带裤,戴着帽舌直竖的工作帽,杏眼不大不小,鼻梁不高不低,头发眉毛浅褐色,好像眉眼都淡淡的,也就是俗语说的邻家"黄毛丫头"。虽不高,然而玲珑有致,富于青春气息。活泼爽利,率真大方,天性温厚,柔中带刚,况又吐字极快,滔滔不绝,那阵势几乎是压倒性的。同样,不被她火焰般的热情所感染也不可能。我强烈地感受到那种碾压。言谈之间,突然又狼狈地发觉:那厚厚沉沉的稿本,居然没作品的名字,也没装订过,只用可怜的硬纸板夹一夹,就这样鲁莽地交到小X姑娘手里了。因为她说,不妨送给《萌芽》看看。但之前,她得先看一看,掂量掂量,倘若没价值的话,也就没必要送了。我心里一紧。

两天后,我收到小X厚达6页的长信,满纸一顿痛批,说这也不好,那也不好。总之,觉得作品很差,甚至有浪费她宝贵的四个钟头之浩叹。虽然我不知天高地厚,弄出个非马非驴面目可憎的五幕诗体悲剧,但它别具一格,一行行都是诗一般的语言,而且大致押韵,容易吗?何况,据我愚见,这可是对莎士比亚大神的一种致敬或认祖归宗,哪里就这么差?当时我廿四岁,年少气盛,自然不服,颇不以小X的猛烈挞伐为然。不打不相识,我们的交往就这样开了头,并持续了一年。

八十年代,交往沟通主要靠信件,小X很会写,下笔百行,一写数张。自然,我自诩写作的,怎么会吝啬纸墨?于是,就有了漫长而频繁的通信。渐渐,就有了一次次的写作打算、创作计划及作品构思,渐而觉得个人是孤独的,形单影只,力量不够,需要组成创作联合体,一起创作一部了不起的大部头作品。在文学的原野上大吼一声"我来了",大有必要。接着,就贸然而又唐突地向小X提了出来。她似乎微微吃惊,不无犹豫与矜持,但最后某种不可知的力量占了上风。她有点老成持重,也许是某种欲擒故纵,冷静或勉强地回应说:"是吧?我没像你那样的信心十足,既如此,那就试试吧。"还说:"(某个创作构思)真像你说的那样好?走一阵再看看吧。"如此等等。之后,有了漫长周详而又不厌其烦的讨论。之后,有了投寄厚厚书信的畅快与孟浪;有了盼着回信的热切期待与渴望。之后,一次次兴致勃发,谈文学、谈艺术、谈音乐、谈旅游、谈梦想;似乎唯独没谈将来的生活,更不会谈情说爱了。

于是,成了文学知己、写作搭档。当时,虽没问小X是否已发表作品,都有哪些,只晓得她似乎经常出入文学沙龙、周围有一帮文友或写作者。其中,有后来因长篇小说《死是容易的》一炮打响的作家阮海彪等；而我还是文学很外围的人，摸不着边。果然，诗体悲剧《云》送给《萌芽》编辑一看的事不提了。不过，仁慈的小X姑娘还是将我这不值一看的稿本，推荐给圈子里某些朋友看。记得小X提到，她的闺蜜小W就看过。小W出身书香门第，亲舅舅在复旦大学当老师，不光后来出版了上下卷的长篇小说《大学城》，其高足还是后来大名鼎鼎的知青作家梁晓声。小W早慧，很有文学潜质，竟然年少时就已在《少儿文学》上，发表作品多达两三篇。她在评价拙作《云》时说："……可见知识面很广，连花卉植物居然也写了那么多，有些我都叫不出名。"至少语气上，一派鼓励、温婉、亲切。后来，这个不合时宜的诗体悲剧《云》，改了两稿，改成稍稍接近舞台剧的五幕话剧《罪人》，可算作是与小X合作的一种收获——她提意见，我执笔。

《罪人》完成后，小X拿去给住在浦东上钢三村的文友L君看。L君跑在前头，1979年已在外省大型文学刊物上发表了短篇小说。经小X介绍，我跟L君认识，并成了文友。L君读了《罪人》，照例提出若干意见，还拿去给人艺老导演张北宗先生看了。通常都戴一顶红色贝雷帽的张老，既是老演员又是导演，抗日演剧队出身，跟秦怡是好朋友，资格很老。张老觉得《罪人》不够成熟，舞台上立不起来。第一个所谓合作的成果，锁进了抽屉里。

就这样，匆匆那年，文学上合作的计划差不多都完成了，承诺均已兑现。然而，也有了一种迷乱与纠缠：这一年，到底算合作写东西,还是谈情说爱?对此,各有各的理解。从女性角度,加上乌兄添油加醋的撮合,似乎认为,假如是谈情说爱的话,明显不够格;从男性的角度,所谓创作、写作的原动力首先是改变环境,从繁重屈辱的体力劳动解脱出来,而后才有感情之花含苞怒放。边走边看,即先有物质基础,才有感情升华。

于是,不可理喻、不能理解,甚至不能忍受的是,一年间,我迟迟没有行动——对,行动,哪怕是与小X姑娘见个面,哪怕一次约会,哪怕一起看场电影也好。其间,乌兄倒是牵线搭桥,制造了许多次见面的机会:有一回说,小X小恙已愈,最近常在蓬莱公园晨练,如果要见她,到那里肯定能遇上;有一回说,谁谁谁结婚,新婚之喜得点喜气,前往祝贺一下,人家姑娘一定高兴,肯定不会拒绝你的好意。说着,记得还拿出一叠那个婚礼的照片。照片上,似乎当女傧相的小X姑娘,回眸一笑,一池春水微波荡漾。更有一只拎在手里的当时最时髦的四喇叭录音机,满大街走。不消说,"四喇叭"放着邓丽君的歌曲……如此等等,乌兄煞费苦心,但我冥顽不灵,木讷迟钝,毫不在意,不惹情丝,只顾自己闷头写、写、写,竟然把抛过来的绣球,一次次错过了。一个注定不会有结局的了局,已浮出水面。不断通信的两个人,很快走到了尽头。

也可以说,不是恋情的恋情,从开始到结束,热烈交谈的倒是文学、写作和音乐。那年寒舍墙头的另一尊"菩萨"——

贝多芬，对我而言，更多的是一种精神引领和励志作用。因为除了从傅译《贝多芬传》上，获知大师的音乐生涯、非凡杰作，如果想亲耳聆听贝多芬，根本就不可能。记得在与小X频繁的通信中，彼此大谈贝多芬的交响乐、钢琴、小提琴协奏曲及序曲，像那么回事。实际上，刚从荒芜岁月、文化禁锢中走出来，八十年代初，除了轻音乐《致爱丽丝》，耳朵旁，贝多芬交响曲连一个音符也没擦过呢；而对方，恐怕也不会比我好多少。当年深度沉湎莎剧与贝多芬音乐，后者只是纸上谈乐。就连我们信上大谈的《约翰·克里斯朵夫》，还是2020年才读完的。

真正亲聆贝三、五、六、九和钢琴小提琴曲及《序曲》，还是多年以后。九十年代中叶，我有机会踏上波恩的土地，用朝圣般的心情感受贝多芬出生地的点点滴滴。耳畔回荡着《田园交响曲》的雷鸣电闪、煦风和畅以及鸟语鸣啭，而眼前，似乎并没很多的森林环抱与古堡塔尖，有的只是混凝土方壳子的多层楼房，幸好每幢楼都漆成彩色，稍显灵动些。英俊奶爸前搭后背着孩子，往往还推着童车，与太太徜徉街头。礼拜天商店一律打烊，对游客来说，多有不便。多年过去了，贝多芬交响乐三、五、六、九，常听常新，多有惊喜。不过，对第四交响曲里的那种青春、温暖、醇美，以及无穷动，和第七交响曲里无以复加的酒神狂欢，也有了新发现的激赞与陶醉。

如上所述，与小X的合作即将散伙，感情关系还没确立或开始，就要结束了。因为在此之前，明显已感到好景不长，交往骤然变得尴尬、冷淡、疏离起来，天平已发生倾斜。情况不妙，小X的热情分明已退潮，分手在即。"你很没劲！你很差劲！"姑娘仿佛带着恨意，这样对我说。

靴子快要落地了。

三

1983年春节，大年初二，L君在家里举办一个茶话会，分别向文友小X、吴某某、我，以及小X的闺蜜小Z，发出了邀请。这是一个小小的文学圈子，具有文学沙龙的性质。后来，尘埃落定。过了三十九年之后，小X芳踪全无，与她失联有廿七年之久。因为要写这篇回忆文字，好不容易找到了L君。L君早已退休，之前下海经商，有了某某公司总经理的名头，已离开文学，自称"多年以来一直践行着两大爱好——摄影与书法"。问起当年他如何会发起府上的茶话会，早已印象模糊，经过提醒，很遥远的记忆方始被唤起。L君告知，那个年初二的欢聚，实际上，既是欢聚之夜，也是一种无奈的分手。因为这其中，既包含着明里宣告L君与小Z不再存在谈朋友的关系；同时，暗里还有小X与我不明不白的感情就此打住的意味。对此，受邀者全都心知肚明，只有我傻傻地被蒙在鼓里。

显然，我真糊涂到家了。如今，虽感到有点冤枉、有点好笑，但也为人家一番好意深深感动与惋惜，为流逝的青春而怅然。于是，我便很好奇地向L君打听：那小X究竟是怎么看我的呢？或者说，我在姑娘的心中究竟占着怎样一种位置？对我来说，感情迷雾重重，现在终于拨云见日，揭开谜底也是好的。起码，不再糊里糊涂被人家一脚踹了。L君遂对我谈起小X，说：她不是那种娓娓道来的人，个性很强，讲话方式不是很强烈，但是很执着，她认定的事不会改变。"看见没有？"L君笑着对我说道，"你们后来一个在澳洲，一个在上海，她未嫁，你已婚，依然保持通信，彼此敞开心扉，推心置腹。就是说，许多事都改变了，但当年说的做朋友的承诺，依然没变。"

有趣的是，L君告诉我，有一回他竟然一本正经地问小X："嗳，你跟徐策到底怎么回事？是否朝着今后家庭的方向走？你不好让人家莫名其妙的哦。"小X如是回答："我觉得，好像跟徐策（感情）走拢去的话不可能，我跟他就是朋友。"据说，就在1983年春节跟我摊牌之前，还专门跟L君打过电话。讲起她与我两人关系不可能的原因，说：尽管徐策这人很忠诚，但将来的人生会怎样，我没有自信和把握。相比之下，我们在接触的过程中，不是一种可以结合在一起的感觉，做朋友可以。一句话，不是一个可以信托终身的人，一个缺乏自信、未来很没把握的人。换句话说，就是觉得我没花头，作为一个男人，怯懦、窝囊、没魄力。末了小X沉吟说："我准备好好跟他说一说。"言下之意，准备拗断了。

于是乎，年初二欢乐的聚会，已然笼罩在淡淡的离愁别绪中。现在回忆起来了，那个大年夜、正月初一，我正心绪不宁，忽然接到小X打来的一只传呼电话，说帮她带手风琴，唱歌要伴奏的。后来，又来电说不用带了。那又何必呢？也许，与其说背手风琴，还不如说给出了一个私密空间。那么，既已打定主意跟我拜拜，为何又多此一举呢？经过岁月如许沉浮、历练或烁打之后，我老了，如今云淡风轻。青春如梦，有无限可能。对于往昔，超然绝尘，无非一笑罢了。

话说那天在江边码头，我们不期而遇，又一起乘上摆渡轮。天气很冷，江风如刀，小X穿着考究、保暖的浅色呢绒外套，自始至终，蒙着大口罩，只露出一双澄澈空蒙的眼睛。船行江上，暮霭沉沉，水波浩渺，微微有些颠簸。渡船内，形单影只。此时此刻，如果我有一点勇气，只消一个动作，啥都别说，只紧紧地把姑娘戴着深色尼龙手套的手攥握在手心里，并且停留几分钟，或许就够了，或许还不够——总之，她未嫁，我未娶，没啥不可以的。然而，渡船在行驶、在靠岸；上了浮桥，登岸；然后，一段长长的小路或黑灯瞎火，或半暗半明，两人肩并肩默默走着。偶尔，也有一两句不相干的话。然而，从码头，到渡船，到长长的昏暗小路上，直至到达目的地——上钢三村某号的L君家里，自始至终，什么也没发生。

L君家，聚会气氛欢快、融洽。东主L君盛情款客，来宾笑逐颜开，自报家门，欢聚一堂。他们中，主人L君当时在某造船厂党办工作，文学创作上已小有斩获，踌躇满志；客人吴某某是L君邻居的一位亲眷，常来亲眷家造访，家住南市老城厢，两人都酷爱文学，谈得来，成了文友，时不时为一篇未来的小说，阳台上站两三个钟头。他在科影厂工作，已有作品若干。关键一点,还是穿针引线者,把远在老西门那里的文青小X、小W等介绍给L君,从而形成了小小的文学沙龙。当年的文学沙龙,夸张点说,就像九十年代炒股票的人、股票公司或大户室那样多。说一个插曲,我因写这篇回忆文学出发地的文字,蓦地想起年初二聚会时有个叫吴某某的,记得当时L君向我介绍他,响亮地说了声"某某报记者"。

既然是后来的同行,那好办得很。托朋友辗转打听,果真找到了当年的《青年报》资深人士吴纪椿老师,仿佛把他从历史深处拎了出来。巧合的是,他居然也曾采访过某造船厂等。后来证实,我记忆有误,两个吴老师沪语读音虽同,实际远开八只脚。不过,吴纪椿老师如是回答:"当年我在《青年报》负责'红花'副刊,接触的文学青年实在太多。接触后不可能一直联系,除非他们过来。那时社会风气倡导学习,追求文学成了风尚,由于新民晚报还没有复刊,每天我必须处理一二麻袋的来稿,许多文学青年都过来帮忙的。记得连程乃珊投稿都要两次以上才能发表哦。"又说:"那时年轻人的理想,今天的人是无法理解的。"真的,当年的年轻人不想钱,只想发表作品脸上有光,做梦也想轧到杂志、报纸副刊版面上去,让文稿变成铅字。文学那种烈火烹油之盛,可见一斑。

当下,看得出小X与上述这些人很熟,见了面如鱼得水,容光焕发,骤然像换了个人,满屋子欢声笑语,插科打诨,谈笑风生。身旁,还有来宾小Z,披着及腰的长波浪,脸部线条有雕塑感,白净,可惜稍欠苗条些。她是小X的闺蜜之一。

《申城漫忆：风情外滩上海的客厅》组画之一

如上所述，其身份特殊，曾一度与 L 君谈恋爱，哪知互相都有憾意，不如趁早愉快分手，两不相欠。后来我方得知，这一对谈朋友，居然还是小 X 一手撮合的。

据说，小 X 那种热情如火、柔中带刚，一旦认准的事不轻易改变的秉性、为人，在撮合他们二位谈恋爱上，尤显突出。一开始，两人职业性的落差太大：一个在造船厂，那是造军舰的半军事化万人大厂；一个在某菜场，属于大集体性质；一个文学上小有成就，况且是厂党委办坐办公室的；一个在菜场鱼摊头上卖带鱼，下了班似乎还有股气味。更何况，当年小菜场很辛苦，凌晨三四点钟就上班了，如果将来一起生活，很不方便。即便差距如此悬殊，靠着一番滔滔的说辞，小 X 居然说服了当事人，两人走过一段情路。至于后来分手，则是姑娘的母亲不愿意让女儿嫁到浦东去。那时浦东还是乡下，一江之隔，存在明显的地域性差异。

聚会上，有颇具年味的饮料、甜食、瓜子、糖果之类，更有每人必备的助兴节目。谁谁谁开首朗诵了普希金的《皇村回忆》；我背诵苏东坡一首《念奴娇·赤壁怀古》凑数；各人都拿出了小小的妙招。轮到小 X 压轴时，她姿容清丽，大大方方，亮开嗓子，唱了朝鲜影片《南江村的妇女》插曲"故乡的骄傲"。嗓音浑厚而富有磁性，吐字清晰圆润，余音袅袅，霎时把大家镇住了。歌声惊艳了我，但想到即将到来的离别，未免有些黯然。

回家路上，远远近近，年中的炮仗烟火很闹猛，这儿炸耳的"砰—啪！"，那儿亮眼的"嘘—吱！"爆竹的嫣红纸屑厚厚密密，塑胶跑道般铺了一地。从周家渡到江边码头，再到乘上18路电车，小X、小Z和我一路同行。公交车到了老西门站，小X、小Z下车，我则一部车到底，乘到终点站虹口公园。

次日，郊外偏远的江杨南路旁，我在厂门房间值班。广播里一播再播当时风行的《龙的传人》或《潜海姑娘》。再过几天，小X那封故意延宕的信就寄到了。谢谢姑娘的好意，这封绝交长信延缓到过了春节，才寄给我，为的是让我好好过个年。开头写了一段颇具抒情意味的内容，说1983年春晚，李谷一所唱的《乡恋》如何摄人心魄。然后引入正题，洋洋洒洒回忆了一番，字里行间，话说得很中肯，委婉而又直率。大意好像是说：你既然想谈朋友，又不敢提出来，一个男子未免太懦弱、太缺乏自信，也太乏味了，如此等等。"多么泄气啊！"信上言之凿凿，展读格格不吐。事已至此，无法辩解。况且，把写作上的合作从一开始就带入这种语境，也欠公道。我无话可说，只感到脑子木木的，四肢像被灌了铅一般沉。感情还没真正开始，却已结束。

"算了算了！"我颓丧地想。你可以说一个男人不够机灵、不会接球，但不能说他懦弱自卑、没男子气；你可以说运气不好，但不能说不努力；你可以说他没发挥好，但不能说他没花头。因为后者，很大程度上是对一个男人根本上的否定，注定未来十分暗淡，将浑浑噩噩，独孤终老，一无所获。没有比这更加让人胸闷、使人沮丧了。虽然很可能我们都有误会，可能都误读了对方的初衷，加之乌兄好心好意却适得其反。但不管如何，回忆一年间走过的路，小 X 慷慨热情地接纳我，提升了我的趣味，超越了我的边界，助我护佑我，引领一个跌跌撞撞的梦游者走上文学这崎岖之路，还一定程度上拓展了我的地平线，有了小小的人脉与圈子。

为此，我始终心存感激。

四

痊愈后，我被照顾去门房值夜，有了大块大块的自由时间，真想喊万岁。就这样，冬天披上再生布棉大衣巡逻，烤着旧柏油桶炉子夜读，要不听老头吹嘘年轻时荒唐事，一旁的德牧咧嘴甩尾，好像能听懂。那时，我一本接一本念着契诃夫、易卜生、奥尼尔或莎士比亚的剧作选。窗外，朔风怒号，雪花飞舞。1983 年虽是失落的一年，咬咬牙也挺过去了。

一转眼，从江杨南路来到了淮海中路。八十年代中期以降，小洋楼里上班，记得南昌路陕南路十字马路口满是书摊，供销两旺，尼采《查拉图斯特拉如是说》等居然也是热门书，而且价格极其便宜。就在那里买了尼采、叔本华、基尔凯戈尔的许多著作，包括把有两块砖头厚的《存在与虚无》《存在与时间》，坚持读完。

其间，作为手工业局某技术管理所首任的团支书，局以及下属各公司的团活动，自然都要参加，或团干部培训，或联谊采风。记得有一次，在南京路时装（原先施）公司的顶楼上，曾见过小 X 一面，匆匆打个招呼，印象飘忽。不久，应技校的召唤，说凡在那里毕业的历届学生，即刻返校去办理一件什么事。正好忙脱不开身，抽暇去了趟母校，那事的办理已近尾声，来者寥寥。想当年，每逢上木工、油漆专业课，或下车间劳动，大家一抹色都穿灰白的砂皮布背带裤，戴砂皮布袖套，作场间或车间里逛来逛去。或推刨子，或拿漆刷，一帮子小木匠、小漆匠，无论男女，皆戏称"小三子"。

　　正跟过去某个老师笑谈之间，一个熟悉的身影一晃，噔噔噔疾步走来，竟然就是睽违多年的小 X 姑娘，似乎面颊一红。"怎么是你？你怎么会在这里？"双方都"咦"了声，仿佛很惊诧。等弄清楚原来一个曾在这里念过书，一个如今就在这里当政治老师，不禁莞尔。天色昏黄，时候不早，技校老师们下班了。那时，老沪太路不通公交车，上下班到共和新路有蛮长的一段路要徒步。得知小 X 也乘 46 路，"我们一起走吧！"我说，邀约马上得到赞同。一路上，我们似乎都欠着对方一个交代。这几年怎么过来的，说复杂也复杂，说简单也简单。无非已成家了或没成家，已发表作品了或没发表，如此等等。怎么想到来技校当老师的？似乎说复杂也复杂，说简单也简单，如此等等。不用赶路、赶时间，竟然走得大步流星。等意识到姑娘绷在石磨蓝牛仔裤里的腿，步幅稍大，方觉可能因为要跟上我，她有点吃力又不好明说，因而似乎有一种歉意——自然，某种介于惭愧或歉疚之间的心情一直相随着。上了 46 路车，车厢里挤，泛泛的，只说了些不相干的话，倒也不忘互留电话，就辞别了。

仿佛有许多话要说，又无话可说，闷闷的，这样一种焦灼缠绕于心。后来，问了技校班主任金老师，对同事小X有何印象？金老师说："她呀，没印象，来校一年，见面打个招呼而已。小X蛮活络的。刚刚来不熟悉，刚刚熟悉又跳出去了。"据说，八十年代某某技校是公司的一块金字招牌，公司团干部就喜欢往那里跑。说穿了，镀镀金而已。与小X同在公司团委、但没交集的她朋友某老师说：与小X卅多年没碰头了，只晓得她到澳大利亚打工去的。出去之后就没联系过。

实际上，小X姑娘去澳洲前后一段日子，我是了解的。就在那次技校偶遇后，又接上了头，间或会有一两通电话。乌漆漆的拨盘胶木电话，放在三楼办公室进门靠墙的一只高几上。"嘟——呤呤呤"，U字形的声波在大庭广众荡漾，私事照例给公开在大家面前。我心里忐忑，向单身的小X打出了分手后第一只电话。对方是常有的那种传呼电话，老阿姨会拿着电喇叭去喊谁谁谁。十多分钟后，居然回电了。仿佛两个星球就要撞在一起，拿起听筒，心咚咚直跳。通话也就是一般性质的通话，问你怎样？还在写？作品发表了吗？如果处女作发表了，别忘了给我看看。如此等等。

这时，出国潮俨然成了一件大事，几乎家家波及。一拨又一拨年轻人往外跑，拦也拦不住。借用米兰·昆德拉的书名，也许人都喜欢"生活在别处"吧。小X还在漂。后来，据说打算去澳大利亚。吴兴路上,司法局办理公证人山人海。我二哥那时在市司法局,可想点办法。几次见面行色匆匆,公事公办,有点飘忽,印象不深。似乎也说过:"一起去牛奶棚(淮海中路)喝杯咖啡吧?"也就客气客气而已。

大约在等待大使馆签证下来的日子里,刚好国泰电影院放映一部异国风情的片子,可以看看国外什么样子,顺带也想跟小 X 叙叙旧,可以上附近的天鹅阁、莱茜咖啡馆坐坐。想得倒美,结果被小 X 姑娘放了鸽子——也许另有隐情,也许根本就被当作空气。那有什么?男人要有绅士风度。

好吧。之后去澳洲之前,小 X 突然给我打来电话,说要走了。并说可到她那里去见一面。末了一句"你现在忙,没空就算了",让我不喜。除了写写画画,人情世故、你来我往之类我皆不懂,以至站在办公室窗口干着急,为带什么见面礼犯愁。送啥好呢?留学送一支 HERO 牌金笔自然好,但人家似乎出国打工,会不会觉得是一种小小的讽刺?又念及礼物太重,如果遭到拒绝和嘲笑,情何以堪?况且,也不够时尚。送那种一次性的碳黑水笔,太便宜。女性总喜欢抹香水,是不是找一款?显然,香水不是想送就送的,它所传递的信号比较含混或暧昧,人家会怎么想?再说,舶来品一般从国外带回送人,哪有出国相赠的?何况,这东西吃价钿,选好牌子太贵;大众化的,又像打发人了事。

这么忖着,已经弯过南昌路,到了陕西北路上。往复兴中路方向,文化广场鲜花市场本市最大,要不带一捧香水百合、郁金香或玫瑰？太招摇了，而且，角色上不对，兀自摇头。过了美心酒家，要不带一份粤式点心去？一想，拎在手里晃几晃几，过年跑亲戚的样子，不像。再说时令也不对，离中秋节还远呢。再往前，淮海中路口，也只有右一爿"公泰"，左一爿"第二食品店"了。前者买水果肯定不可取，后者已无法不选择了。结果，挑来挑去，鬼使神差，居然偏偏买了一大听乐口福，装在袋子里。多年后，这里的"公泰""第二食品"荡然无存，一边是三层楼高宽阔的大屏幕，一边是玻璃幕墙高楼和 10 号线地铁某个入口处。

临去，来电又说正要去南市某地段医院挂盐水。反觉一阵轻松，因为总算避免去她家里的尴尬了——尴尬什么天晓得。就这样，在南市某地段医院一个小小静静的输液室，与小 X 见了一面。昨夜她突然发烧了，乏力疲惫得很，肤色有一点点象牙黄和苍白，两颊却微微泛红，想必未退烧的缘故。杏眼略含血丝，眼光无力却带着温和的暖意，人变柔顺了。见了我，略颔首笑了笑，"你来了。"干咳着说了声。据说，过去学生时代，她一向以话锋凌厉、锋芒毕露闻名于校。但此时此刻，已没了那种倔强或犀利，也没了那种任性或睥睨世人——仿佛对世俗带着小小的讽刺。"快要出门了，偏偏又这样子……"她撇了撇嘴，仿佛有点露怯。接着，我们说了些送别或小恙中都会说的话，尽管很放松，但也小心翼翼，多半礼节性的。还顾及透明输液管里的液体在慢慢滴着，若将要滴完，赶紧喊护士来换。

交谈中，时不时偷偷往放在输液躺椅旁的大家伙打量一下，这便是不久前我选了又选才选中的礼物——大听装的乐口福罐头。天晓得，怎么会选上的？望着它，不禁狼狈之极，背脊后滚汗。此刻，想到它的不合时宜，它的愚蠢古怪唐突，真该马上把它从窗口掼出去才好。然而，直到分手，我都不敢提这个礼物。最后，原封不动把它拎走了。

"到了澳洲，我会在第一时间给你写信的。你呢？"小X疲惫地说，随后安详地望了我一眼。"是的是的，我也会经常跟你通信的。"我忙接口说。"本来嘛，我们之间打交道，就是从写信开始的。"正打算逗趣调节气氛，一想不对，舌头打了个滚，按下不表。"记住，作品发表了，别忘了告诉我一声。再会。"说着，她另一只没扎针头的手，举了举。

"好的好的。再会。"我挥了挥手。

五

某天下午，L君突然来电问我："想不想一起去见见小W？"早有所闻，说小W是"才女中的才女"，出身书香门第，年少时，多篇作品就已发表在《少儿文学》上。加之曾经由小X推荐，看过拙作诗体悲剧《云》并置评鼓励，自然应该去拜望拜望，并面谢她。除此之外，作为同学和闺蜜，肯定对小X的过往很熟悉。对此，我也很有兴趣了解。小X抵达澳洲乃至现如今，我们均有书信往来——到了国外，物理上远隔万里之遥，心理距离似乎反而近了，可谓"天涯若比邻"。

傍晚，在杨树浦某文化馆一个舞厅兼咖吧里，我们与小W见面，宾主忆往道今，兴致很高，晤谈甚欢。此前，我跟L君曾合作过一个试图用台湾流行歌《橄榄树》串戏的三幕抒情剧，两人一起构思，我执笔。话剧初稿曾拿给人艺老导演张北宗先生看过，被首肯"有一定基础"，肾上腺素飙升，改来改去，可惜最后还是撂了荒。L府朝南一间稍大，隔着小过道厅，朝北一个斗室。白天要上班，夤夜常常还为了稿本交谈、争论不休，弄得隔壁不胜其扰。终于某一晚L的妹妹蓬头睡衣，冲我们一顿狮子吼："吵死了，啥辰光啦？你们俩还在不停地说、说、说！"窘得我们直吐舌头，自然，音量可要压低些。累了，有时也说说别的。之前，只晓得L君跟小Z谈过恋爱，并愉快分手。哪知有一天不知怎么，说起感情往事成云烟，L君竟然深情绵邈，幽幽说："小X与小W年轻时不一样，小W鹅蛋形的脸，晚上灯光一照，穿着白颜色高领绒线衫，就是油画里那种古典美。"

后来，听L君说起，有一回在小W家里，谈到她小时候就能够写少儿小说，不无赞佩和羡慕之意。"哦，我小辰光发表的。"她只淡淡说了声。小W虽然清高，且文学造诣较深，但很随和，没一点傲气，尤其不在乎别人超过她。对她来说，发表或没发表过作品，是无所谓的。据说，当时L君突发奇想，打算写一部造船厂题材的长篇小说。她说，这个题材到目前为止还没有，极力赞许L君的构思与想法，甚至主动提出

"我和你一起合作"。由于种种不顺,加之家里忙着让小W结婚,这事黄了。言罢,想到原来文学的追梦人大约都有过相似的经历,我不禁会心一笑。

此刻,一位看上去年龄比我们都小的女性,面带微笑,款步走来。她一袭长裙,眉眼娟秀,身材匀称,细白皮肤上泛着莹莹的光泽。亮晶晶的脑门上绝无一丝刘海,梳着乌润及腰的马尾巴。"小W,你好呀!"L君远远叫了声,握手寒暄,并把他心目中的女神介绍给我。虽然初次见面,之前已无数次谈到她的种种,所以,彼此倒更像是可以交心的老朋友,或兄妹似的,竟可以无话不谈。渐渐,小W一扫开初的些许羞赧,落落大方,挥洒自如,却也不失端凝与贵气,一种出身有教养的家庭环境使然的骨子里的清贵。

那时,跳交谊舞,学三步、四步舞之风很盛,某文化馆自然不甘落后,开了个很大很豪华的舞厅迎客。舞池被一只高高的球形多棱调光旋转灯照彻,时而金蛇狂舞,时而火树银花。一曲终了,舞者纷纷散去;一曲方起,人们已交换好舞伴纷纷入场,如此周而复始。我们三人坐在舞池旁,边交谈,边啜饮,边被邀与不认识的舞伴共舞,或彼此邀请,一起跳舞。由于舞池强光切割,雅座顿时变得昏昏然,人影模糊。就在这样幽幽的氛围中,我们三人时而谈着话,时而跳着舞。记得我向小W问起小X,是否还有联系?中学时代有哪些忘不了的回忆?小W告知,自从小X去澳洲后就没联系了。印象最深的,是学农时宿舍里晚上共枕夜话。那时,处于"为赋新词强说愁"的年龄，多愁善感，且对未来、对结婚成家没信心。"你不要自卑，说不定将来你会找到爱你、保护你的丈夫……"小X安慰她说。

还谈到小X的姐姐比她纯情，后来姐姐读复旦大学，出国。一晃，小X和姐姐都成了老姑娘。小X似乎看不惯小W的新婚丈夫，不屑于谈他。还在谈恋爱时，他一直守着她，这也使小X生气。新娘新郎是旅行结婚的，回来见过一面，可能她想，小W比她小两岁，倒先结婚了，很冷淡，这不符合她张扬奔放的个性。后来，在公共汽车上闺蜜又见了一面，这时小W怀孕了，小X瞟了她鼓鼓的肚子一眼，只字不提。也不管她先生就在旁边，似乎不想跟她多说。她们的关系就这样结束了。"我听说，她觉得我沉沦了，没救了。她对我找这个归宿很失望吧？"小W苦笑道。

一曲慢四步舞曲后，我回到雅座上，这时L君刚好受邀与一个陌生姑娘下了舞池。我啜了口香气馥郁的奶咖，抹了抹嘴边的泡沫，笑问："小W，你是不是出身书香门第？看上去有点贵族小姐派头，这不是恭维哦。"小W略怔了怔，稍停片刻，随后回答：不是的，所谓稍沾点边而已。我外公原是外国铜匠，挣了钱想回去置田产，把所谓的钱都买了西洋参（和黄金等价），因回乡奔丧，行前把一箱西洋参交给朋友托管，谁知乡下出来，朋友称西洋参失窃了。后来，就在南市买了一上一下板房住下。我父亲有点小财。我舅舅根正苗红，沾了成分的光，进复旦国际新闻系学习。自从父母去福建支内后，我和哥哥一直随外公过。

　　这样，就一直跟我舅舅相处，从小跟文艺圈子里的人熟悉，受了熏陶。舅舅、舅妈把我当女儿，舅舅没小孩，总教我管他叫"爸爸"。有文艺界朋友来，或去解放日报社时，就让我在席子上玩。舅舅教我练字，常常赶在礼拜六写好交差。练好字，帮舅舅抄文稿。这时他写小说了，我能指出点毛病，并做些文法上的修改。总之，舅舅夸我字好，逢人就说："你们知道吗？这是我外甥女写的！"之后，又让我抄文稿。我和哥哥偷看舅舅私藏的书籍，其中有好多外国文学，《简·爱》《傲慢与偏见》《呼啸山庄》等。外公、舅舅宠我，养成了我的娇生惯养、张扬个性。外公死后，妈妈回来，给我校路子，让我学烧饭、做衣服，叫我服从她。我跟妈妈个性不一样，幸亏没在一起。从小，我是一个崇尚个性自由、爱幻想的女孩子。同外公过，我是自由的，妈妈一回来，我受管束，变得有点压抑了。嗳，很烦人……

　　一曲终了，L君方回雅座，小W却被一条陌生的胳臂挽走了——按舞场惯例，拒绝人家是不礼貌的。何况，她还是文化馆的工作人员之一，尽管已下班。L君纳罕，问刚才你们聊什么，这样扎劲？我采取"进攻是最好的防守"之法，问了L君对小X有何印象？并告知我们目前还时常通信的。L君吃不准我啥路数，但看在老朋友的分上，点了点头。"据我所知，小X家里是这样的……"他慢慢道来，"当年，她父亲是一个国有企业的厂长。所以，当时上海没几台彩电时，她家已经有了。记得好几次我们到小X家去看彩色电视片、电视剧。而且，她家住房环境也蛮不错，独门独户石库门房子，有天井，那时算条件很好了，跟我们哪能好比？阿拉三四十平方，住五六个人那种，差得远。"

我憬然说："对了，于是，人家就会有点小小的优越感。"L君颔首说："优越感在她跟人的接触中，的确体现得很明显。比方讲，她有既定的世界观、价值观，并且坚持自己的观点，告诉你该如何如何，很优越嘛。她经常会问：'嗳，你怎么会这样想？'然后说你应该怎样怎样。朋友之间，跟她交往，她有点居高临下，仿佛负有对别人的指导意味。我印象中，小X属于有话就说、很率真的那种。还有，她也很执着，认定的东西不大会轻易改变。"我深以为然，不过也很好奇，问："你们认识比我早多了，她跟你谈得蛮投机的，难道就没擦出一点点火花？"L君打了个过门，说："我年轻时喜欢的类型，是鹅蛋脸、古典美，一种柔柔的、斯斯文文的、书卷气的……"我笑着打岔说："哈，晓得你在说谁了。"

正说着，小W离开舞池，仿佛觉察出雅座前有点异样。翩然入座，目光在探寻，仿佛问："嗳，你们刚才在说啥呢？"端凝中，自有一种天然去雕饰的亲切与妩媚。

六

这段时间，与小X偶有信件交往，交流融洽。不久，小X

的同胞兄弟也打算去澳洲,受到所托,我答应相帮一起跑一趟市司法局公证处——大的作用没有,至少时间上略微快点。为此,小X的同胞兄弟特为来到小洋楼。这脸盘、五官、浅褐接近棕色的眉眼头发,甚至笑容,兄妹俩怎么会这样像?乍见之下,我不禁惊异复亲切起来。复印好材料,然后一起去了吴兴路。

其间,我在艰难中挣扎,在泥泞中跋涉。终于,能够发表若干纯文学小说了,并且还都是本地或外埠的省级刊物。因为按照加入中国作协上海分会的规定,须在省级刊物上得有相当数量的作品才行。省级刊物发表不大容易,且周期长。总感觉太慢,够不上一定数量,而如果没达到这个数量,便无法跨入作家的门槛。正好,这个时候阿章老师复出了,主编一本"海派文学"丛书,由浙江文艺出版社出版。也许通俗小说相对容易发表吧,显然是一条捷径。多承嘉禄兄关照,给我一个向阿章主编讨教的机会,九万多字的拙作中篇小说《紫色》初稿,有幸被海派文学丛书看中了。担任特约编辑的是黄志远兄。之前,他在解放日报连载《货腰女郎》,登上文坛,旋即接连推出多部长篇小说。不久,我收到一封编辑来信。黄老师在信上说:

　　徐策兄:《紫色》有点意思,这类稿件适合我刊用。问题是盼能在剪辑(构思)上花点工夫。尽可能制造悬念,以自杀为开篇也未尝不可,然后层层剥笋。当然也希望有别于破案小说。"丈夫"这个人也别忽视，这同样是写得出深厚感情来的人物。多写悲情，少做理性的分析，作者最好少介入（青创会许多同志均有此习惯，但这不符合我刊）。至于性场面可以适当写，要意淫，不要行淫，想必你能理解。我总觉得一个作品里作者想要表明的东西最好让读者悟出来……盼早日完稿。颂：撰安！

　　　　　　　　　　　　　　　　　　　黄志远　10.14

　　《紫色》虽是虚构作品，但并非杜撰，其人物有原型，情节有依据，故事来自我熟悉的某个单位。女主人公是厂技术科一位能干的女科长，小巧玲珑楚楚动人，但丈夫有病，不能满足。女科长跟刚入职的徒弟共浴爱河，被抓了包，遂约定共赴黄泉。不料，徒弟走了，师傅被救起。意外的是，她竟然出现在死者的葬礼上。

　　这个凄婉的故事，其写作动机，大概大部分出自我曾读过的手抄本《塔里的女人》，是对言情小说的回望。受教于黄志远兄寄来的信，我专程到零陵路黄府去拜访过。《紫色》稿件的续完和修改相当顺利。记得当时致函给黄志远兄，末了还特为提一句："……前两天到沈嘉禄兄处去玩，已跟他说好，我那篇《紫色》出来后，恭请阿章老师、您老兄一起去小绍兴吃鸡去。望能给个面子，阿章老师就拜托您老兄去请了。"

　　经黄志远兄点拨，稿子如期完成，改名叫《白色康乃馨》。到了正式发稿阶段，不知为何，特约编辑换了，换成王果老师，一位五十开外、清癯瘦削、眉毛特浓的老诗人，因胡风案蒙冤数十年，刚平反复出，满脸沧桑。初次见面，赠我的一本薄薄的诗集，满纸烟云，满是泪痕。经王果老师编定，拙作《白色康乃馨》于年初在海派文学丛刊推出。它与一般杂志不一样，32开大小，篇幅约占四分之一强。由海上名画家谢春彦老师配图，并题曰："殉情人绘来，不觉寒意生笔底下矣。"跟之前发表在杂志上的任何一个中篇小说都不同，《白》为该丛书的头条主打，封面、扉页上重磅标题，十分醒目。同期，程乃珊老师的大作《菜场浪漫曲——〈上海屋檐下〉系列之三》放二条。这给我带来很大的成就感，也小小满足了虚荣心。于是，忙把单独一册《白色康乃馨》寄往澳洲——为了使它更纯粹些，我毫不留情地将其余的一些书页剪掉了。看上去，就像一个单行本。

由于先后在《红岩》《萌芽》增刊（多次）等杂志上，发表了若干纯文学作品，加上通俗小说《白色康乃馨》，已具备向中国作协上海分会提出申请入会的条件，拜托某所同事梁衍兄引荐，拟请时任市作协领导的白桦先生担任我的入会介绍人，并荣幸地获得了同意。在美好的1990年之夏，我荣幸地被批准加入中国作协上海分会，终于成为一名作家。时隔卅二年，至今我还珍藏着当时写给白桦老师的感谢信。信上写道：

尊敬的白桦老师：您好！

我一直是您最忠实的读者，还在很久以前，您的作品以其磅礴的气势、可贵的怀疑精神、卓越的才华深深地打动了我。从此，对您新问世的作品十分留意，您的文字我感到很亲切，在心目中，把您当作文学上的导师，您高不可攀。没想到，这次非常荣幸地得到您的提携帮助，使我很感动。尤其令我惊讶的是您那么平易近人，对晚辈您那么热心，我找不到恰当的方法来表达这份感激之情，只能冒昧地给您写信了。

　　这次我入会是很不容易的，作家对我来说是很神圣的。我想，任何时候都不能玷污这神圣的称号，而做到这一点，唯一的途径便是不断地写作、写作，应该写出配得上的作品来。当然，写作变得很难，它是一生的修行。想到您对我的关心——很大程度上，我把它看成是您对我们这些到处碰壁的、有一颗忧虑而又躁动之心的、想在文学上有所为的后生的关心和爱护，便觉得备受鼓舞。借此机会，向您表达深深的谢意！问您的夫人好！祝身体健康！

学生徐策

　　记得三十五年前，当我第一次踏入挂着作协上海分会牌子的巨鹿路675号——普绪赫花园，立即有一种异样的感觉。面对这样一座神圣的殿堂，眼前有这样一位至善至美的女神，崇敬、仰慕或虔诚之心油然而生。心跳的感觉，虽不同于情人间才有的"小鹿乱撞"，但也明显微微颤栗。作协青创班的一堂堂课，就在大堂或西厅里开讲，授课者在我眼里都是大牌：周介人老师,驼色细格子粗花呢西装,半高领粗绒线衫,白净清秀的脸,一头天生鬈曲的乌浓密发;瞿世镜老师,大大而又光亮的脑门上,搭着差不多几梳子的乌发,丝丝缕缕,头路清晰,等等。午后冬阳照在西厅彩色玻璃上,明艳动人,一片璀璨。我听着课,间或也开些小差,随手在簿子上画起速写来。

以后,来到这里的次数渐多。印象最深的还是那年甲肝盛行,社会一片恐慌,我预感似乎快逃不过了。这天风雨大作,周遭积水很深,门廊口,通往大厅的数个台阶也淹了。我蹚水来到这里,只想问编辑某个一改再改的小说,能否通过?心里害怕得紧,大有"壮志未酬"身先倒下的意味。

所幸,甲肝逃过了,后来《收获》上的那篇小说,也终于变成铅字了。

七

时光荏苒,不知不觉,小X去澳洲已有多年。以下是九十年代初,澳洲与上海之间相互通信的书信两通,和澳洲寄上海的圣诞卡一张。

徐策:你好!

很久以前就收到你的来信和你的"海派小说",还有生日的祝贺,而我却迟迟没有提笔写信,也许是最初到达澳洲的激动与紧张过去后,生活终于又走向了单纯与重

35 年前，当我第一次踏入巨鹿路 695 号普绪赫花园，立即有一种异样的感觉。

复，于是拿起笔的时候，似乎便感到生活就像这张白纸，很想写点什么，但终于什么也没有写成。也许生活便是这样。当你刻意地想去追求一点东西的时候，就会有喜怒哀乐；如果你无意想去吃一点苦头，生活也就显得清澈如水了。

我改变了许多初衷。当我踏上这片土地的时候，我有一种野心，但现在已非常逍遥，对于将来，我没有太多的奢望。这里的中国人都在梦想做老板或者做自己的生意。他们说，想发财，就是中国人。有人干得很出色，有人干了又不干了。总之，很难。我对这条艰难的道路，始终缺乏足够的信心踏上去，所以我也许会去上大学，选择这种"游手好闲"的生活。说实在的，中国人在外不容易，我们拼了几年，老了一轮。回头想想，有时会感到，除了口袋里多了一点钱，似乎还是空空的，还是生活在社会最底层。所以有些人用这笔钱，自己经营一点生意，想搏出一点光明来。

而我至今强留心里的唯一愿望，就是想看看这个世界，这个世界究竟有多么大？这个世界到底会小到怎样？如果我真能看到一个实在的世界，我想我会明白上帝安排的苦心，人生也就尽在其中了。我只想去游荡世界，去完成我自己。我有时会想这就是我的生活慢慢变得没有锐气的原因之一。生活单纯，不累也不轻松。人们说，这就是人到中年的生活。啊！上帝，人到中年，多么可怕。我只想悲观地说:"但愿我们的心,像入伍时一样年轻。"

我的一切还是老样子,只是不再全天打工了,一个星期做25个小时左右,所以顿感轻松。我现在有三个半天在继续补习英语,纯粹是学英语,只是为了一种兴趣,我很喜欢英语,我认为它是一种很美的语言。总希望自己能学到一个较高的水平。你的情况怎么样?还在继续写小说?我看了你的"海派小说",也给了我几位朋友看了,都说你写得可以。作为一种通俗文学,你选材、描写,都很感人、细腻,文笔也优美。但我不喜欢这种人,太刻意、太做作。当然从中国的文化背景去理解这个悲剧,它也许是感人的。

以前我很喜欢伤感的人生,不曲折的人生总感到不够彻底,而我现在只喜欢简单而保持生机的人生。不知你怎么想?你现在变得感觉如何?但作家免不了多愁善感。望常常能收到你的来信,我虽然不常常写信给你,但我的心,是永远在念着我所有的老朋友、好朋友的。你们所给予的我的温情、支持,使我对生活始终充满着热爱。

祝

好。

Y.M.X

91.12.18

寄自澳洲的圣诞卡正面，白地中间一个留边细红条框，里面湛蓝背景上一棵大大的塔状冷杉，上面缀满了礼物和发光小蜡烛。下方一行英文字：Merry Christmas。

明信片另一面，有四行金色花体英文贺词，它的周围密密麻麻写道：

徐策：你好。

在此遥祝你圣诞快乐、新年快乐！

又：真抱歉，很久很久没有给你写信，也许生活再也不可能像我们曾经拥有的那样"热情洋溢"，生活已经变得实在，实在得有时候都不知道给老朋友说点什么。

我经历了很多事情，但不是强荧的塔克拉玛干沙漠的探险记，也不是琼瑶爱情故事的生离死别，而是在与"天、地、人"的日复一日、年复一年的痛苦较量中，领悟了成败、得失，但我学会了更从容、更自信、更顽强，我想我还是像以前那样朴素、勤奋。我永远也学不会这种庸俗的炫耀（祖国的巨大变化，使我望而生畏，中国人对金钱的庸俗占有欲，真是世界到处可见。我每次回国，事办完就走了。有时连家都没有回。也没有跟许多好朋友联系，说起来，有点忘情，望见谅）。我现在很忙（我的生意是从中国进鞋子，然后在澳洲推销），有时压力很大，工作很辛苦，但我生活最大的满足感都是来自工作。我追求，我渴望成功，因为我需要一种"活"的意义，或者说我希望对"生命"的意义，有一种实在的解释。但不论我有一天会富有还是贫穷，我都将会一如既往。我去过很多国家，也与不少人打过交道，出国、经商大大丰富了我的阅历。我有太多的故事，可以留给你写小说。望来信，谈谈你的近况。

小 X：

你好！圣诞贺卡和信均收悉，很久没有你的音信，忽然见到你的东西，你的音容笑貌，使我感到非常高兴！因为在这之前，我在二年中寄过两篇小说和两封信给你，而回复除了去年圣诞贺卡上很长的一句英文与很短的一句中文之外，就再没什么了。今年圣诞我没有往你那儿寄卡，原因就是我怕这么长时间没信息，你可能易处了，贺卡成了没地址的信，纵然辗转到你手里也误了时间，平添一些不快。这是收到你信件之前的情况。在1991年12月26日和27日，这幸运的两天，我居然接连收到你的东西，对于整整一年平淡寂静日子来说，这年根岁尾有了喜庆气氛，足以说明新来的1992年有些好兆头。不过，那时我忙极了，正在赶写一个即将付排的稿子，另外还得应付"不具备规定学历"考试（我从事秘书档案工作，评职称属于档案系列，在那年评中级职称时，中文系文凭对不上号），但这还不是迟复为歉的主要原因，主要是你说了你的近况（想法和打算），并要我谈谈我的近况（思想变化），这不是三言两语所能概括的。况且，让我以审视的目光盯着自己看几分钟这会引起不安。所以，揉皱几团信纸后就把这事搁下了。

现在我已经忙出了，估计一下，此信寄达你这里，刚好是我们这儿过传统节日的时候，趁此机会也可以给你拜个年，赶紧就写信。

从你信上情况来看，以一般小市民标准衡量你在澳洲的境况，还是不错的。工作稳定，工作时间不很长，身体健康，闲暇时间可以潜心学习你喜欢的外语，没有我们这里常有的被限制感和压抑感，你是自由的。你所说的时间流逝和处在某种社会层次使你心里闷闷的，这我很理解。不过，回过头来想，这两个烦恼如果你在这里的话，就能免除吗？也不能。很明显，除了在心理上作一些转换，用一种审美眼光去观照，看开了，此外是无法可想的。当然，我相信靠努力可以改变社会层次，实现往上跃进的计划，有些人在这一途是走通了的。

我这些年来怎样走过来的，想起来都莫名其妙。你看了我的《白色康乃馨》，觉得男主人公生活态度的刻意、做作和矫情，这男人其实是有点像我的，只不过是二十多岁的我。小说是前几年写的，直至去年才出笼。原稿有十一万字，被压掉四万字，删除一条支线，使本来就不甚如意（主要是通俗小说这样式）的小说，更显得单薄了。我在"海派文学"之前还给你寄了一个小说复印件，是发表在《萌芽》增刊上的《离婚》,我自以为比较有价值一些,那里面的主人公有些像我,这两个人物合起来,就可以粗略知道我是什么类型的人了。

我常常是生活的静观者,而不介入矛盾冲突之中,从某种意义上来说我还蛮循规蹈矩的。但这不是我的本质所在。其实,坦白地告诉你说,我是一个双重人格的人,彼此的分裂很厉害,我欲望很大,受欲望的煎迫处于骚动不安之中,从不会安静安分,从不满足,天生是个叛逆者、破坏者,还那么好走极端。对我的本性过去我自己也了解不够,这就难怪你在给我的一封"绝交"信中,把我说成迂腐、胆小、谨小慎微了。要洞察自己本性很难,只有经过一次次折腾之后,才能算是知道。我现在发觉,像我这么一个人,如果处在一种合适的状态之中,那肯定是一位悲剧的制造者,同时又是它无辜的受害者。并且,还将没完没了地循环下去。因此,我把写小说当作一种对我合适的状态,一种生存状态,是很明智的选择。写东西作为我的精神寄托,起码这不至于害人害己。写作的乐趣在于面对障碍和克服障碍,很够刺激,又不流血流泪。因为它是感情、智力一系列的模拟活动,是想象力的泛滥,后果不会怎样严重。至于成就、名望、地位等等,我不去想它。因为生存本身就有问题,没有好方法连生存下去都难,怎么奢谈其他?从这一点讲,我很悲观。

像你感慨岁月无情一样,我发现自己不年轻了,以前尚能以年轻自夸自矜或聊以自慰,现在这个逃遁处也没了。三十五岁,人生一半已经过完了,而这过去的一半除了空白,还是空白,能找到其中一点点辉煌吗?现在我的想法转变了,我也不再指望辉煌,我只要平静。问心无愧就够了。你会不会说这是我怯懦了?颓唐了?消沉了?

人和人不同,这是说遗传因子不同,我的本性成了我的负担,我考虑问题的立脚点在这里。

信写长了,没遮没拦的话还可以写许多,因记得你收信之日是传统节日之时,恕我不再乱讲,而是说点喜庆的祈福的话吧。你把英语学得棒棒的打算和游历的打算,我都非常羡慕,预祝你心想事成。我过了年还得考一门课,共考七门,其间还想写几个中篇小说,因《收获》说准备为我逐期连发。不过,我还会给你写信的。

春节愉快!祝

炉安!

徐策
92.2.24

八

之前,约莫有一个礼拜,天天骑脚踏车去南边。某天突然发现,当年我怀揣梦想,拿着厚厚沉沉的莎士比亚式诗体悲剧稿本,第一次见到小 X 姑娘的地方——宏光木器厂,已不复存在。加之,又频频路过迎勋北路,偶然想到马致远《天净沙·秋思》中有"夕阳西下,断肠人在天涯"一句,不禁大有感触。于是,在寄往澳洲的信里写道:

小 X:你好!

过年前有一信给你,谅已收到,算来至今又过去四个来月了,近来你各方面都好否?甚念。上个月去局党校学习,一周间每天从陆家浜路、迎勋北路经过(学校在中山南路),常常有一些从你辐射开去的联想,觉得人生真是飘忽无定。你的老厂现在已被别的厂兼并了,成了伟力弹簧厂。大约十年前,我在貌似工伤的病休期间写了个诗体悲剧,不知道稿本交给谁看,恰好在宏光厂遇到了你。之后,年初二在江边码头,又不期而遇。随即,有了为离别而举行的聚会。自此之后,大家各奔东西,浪迹江湖,天各一方。回想往事,真是感慨之至!

现在,我住在浦东,每天都摆渡过江,这个渡江的渐近中年的男人已经跟十年前的寻梦者很不同了;而你仍是令人羡慕的寻梦者,一个"新兵",在地球的另一边。写到这里,我好像觉得自己很有点自作多情的样子,让你见笑了。不过,我想表达的不是情感方面的想法,也不是惋惜遗憾的空话,我只是有一种沧桑感,如果平凡生活也能跟沧海桑田那样的变迁相类比的话。殊不知,我这种枉谈要做生活主人的人，正是被生活悄悄地改变着，变得有时候都不认识自己面目了。

上海变化很大，传媒在灌输打破"三铁"（铁饭碗、铁工资、铁交椅）信息，股票交易所门口聚着一大群人，据称不乏赚了大钱的人。生活观念、价值观念都在急剧变化，在这种时候，甘于淡泊的读书人生活方式受到考验，表面上宁静，内心浮躁。虽然这样，我不想太随波逐流，愿意终日在写字桌前枯坐，写小说。现在小说刊物无人看，写小说的人只看自己的或朋友的，所以小说圈子越来越小，也不卖钱。当年把写作看得那么高，太抬举人了。不过，如果不在写作上面作名利双收的企图，写东西还是令人高兴的事。虽说就写的过程来看是一桩孤独的、无人可救的苦差事。萨特干脆说，写作的人是苦行僧。

不知你听说否，有个叫刘观德的人，留职停薪到澳洲干了两年，回国后洋洋洒洒写了一本叫《我的财富在澳洲》的长篇小说，最近还得了上海文学奖二等奖，他真运气。出国前他是少年文学杂志社的编辑，回来还干老本行。由此我想到，以后你倒是可以尝试写东西的，这几年的生活经历够你写的，而且离开本土你可以获得一个独特的视点，审视过往一切的人和事，足以超越我们。特别要紧的是你不必像我为了谋生，廉价出卖大好光阴，你可以选择你愿意的生活方式，而不受任何牵制。当然，我知道你很迷恋英语,在这上面花力气,这也是极好极可羡的。

　　好了,信就写到这里,往后有想法再写,也很想看到你的信,说说你诸方面的情况。我想,如能除去所谓的功利性,纯粹想让孤独的人生减少几分孤独,朋友之间交交心或是通通气,那真是太难得了。

　　祝
健康!

徐策
92.6.6

过了很久,一封澳洲来信才迟迟寄达上海。

徐策:你好。

　　很久没有通信了,我记得最后一封你的来信,大约在大半年前吧,真抱歉,一直没有给你回信。

　　自去年下半年起,我的周围发生了一些与我有关的不幸及令人失望的事情,使我曾一度极为痛苦和悲伤,尽管我一再鼓励自己坚强一点、乐观一点,但我还是经历了相当长的一段时间,才使自己渐渐平静下来。现在我还有一些事情需要去办,可望今年年底能回国一次,到时候可以告诉你我的故事,如果你有兴趣的话。

　　我的近况不是很好,但我依然十分相信自己,能面对自己的命运,并也有勇气去抗争环境与周围的人。现在我需要一点时间,去完成、去改变一些。

你好吗?但愿你一切如意。有空来信,谈谈你的近况,甚念。

　　　祝

　　好!

Y.M.X

93.3.23

接着,过了不少时日,又收到来自澳洲的信件。信里,谈到一个已迫在眉睫的危机,并且深度套牢,令她特别沮丧,处在绝望之中。还说想回国一次。届时择机见个面,把这些凄凄惨惨戚戚的故事讲给我听。"也许对你写小说有用。"她说。自然,不忘加一句:"假如你愿意听的话。"

我一边展读来信,一边心缩紧了。显然,这是正陷入黑暗旋涡深处,无法摆脱命运的魔爪,所发出的一种凄厉的呼号。作为老朋友,向对方表示关切,给予安慰是必须的,尽管无法提供切实的帮助。同时,对我来说,这封信的重要程度毋庸置疑。遗憾的是,后来经过多次举家搬迁,从浦东乳山路搬到浦西祁连山路,后又搬到万里城,仓促忙乱中,许多东西都弄丢了,包括这一封信,以及1982年她所有写给我的书信。翻箱倒箧,几度搜寻,怎么也找不到了。

后来,不知怎么,澳洲与上海两地的通信,便戛然而止。

九

千禧年前后,因女儿在大境中学念高中,我们就近借住在老西门的龙门邨,一住三载。骑着踏板摩托车,送女儿去大境中学,几乎天天要穿过横马路——迎勋北路。记得小X的家就在迎勋北路某号,还听L君说起过,是老城厢石库门房子,独门独户,有个天井。

有一回鬼使神差,送女儿进校,原路返回中,竟然将踏板车停在了迎勋北路某号门口。不假思索,悄悄潜入。这个当年曾无数信件寄达的地方,既陌生又熟悉,既疏离又亲切。天井里寂然,空无一人。与小X断了音信已很多年,不晓得她是否已回国,还是继续在海外漂泊?她所说的想"游荡世界,完成自己",还有渴望成功,"因为我需要一种'活'的意义,或者说我希望对'生命'的意义,有一种实在的解释",究竟完成了多少?找到了多少?抑或还在完成与探寻的途中,抑或已退出这种完成与探寻?我稍稍站了一会,随后出来。

自从那次去杨树浦某文化馆探访后,与小W见面的机会渐渐多了起来。开初,只向她打听些许关于小X的往事,似乎成了固定的话题;慢慢,彼此之间的交流更广泛、更深入。似乎每回交谈皆有所得,有所思。没想到,缘于此触发的所谓灵感,竟然完成了拙作中篇小说《有四棵树的秋景》,并发表在1994年第二期的《十月》杂志上。教头沈善增老师读到这

《百年轮回：赛艇箭一般划过河滨大楼前》组画之一

篇小说给予肯定,为此,特为在《新民晚报》"新书一瞥"专栏写了书评。书评中有这样一段表述:"我很惊讶,徐策能把一个'留守女士'的故事营造得那么优雅、高贵……(故事)很容易编得热热闹闹、哭哭啼啼,因此,要从泪水、叹息、算计、冲突的泥沼里从从容容地走出来,出落得一尘不染,亭亭玉立,十分不容易。""作者好像更多地受俄罗斯文学的影响,俄罗斯文学是善于向深重的苦难投去一缕圣洁的灵光的。蒲宁式的一唱三叹,屠格涅夫式的田园诗意,使这个九十年代上海市民中很寻常的故事变得玲珑剔透,流光溢彩。"

2013年秋,我在完成"河滨大楼三部曲"第一卷——长篇小说《上海霓虹》之后,把此书奉赠给老兄弟乌崇波了。那天,在新侨饭店请五兄弟偕嫂子一起吃饭。结果,嫂子中,只来了孙太小梁。乌兄的太太小鲍没来。散席后,乌兄乘坐70路电车,我们夫妇乘坐107路,一起在水电路、广中路汽车站头候车。提到拙著《上海霓虹》。"真开心,兄弟,当然应该感谢我啦。记得吗?你出道之前,第一篇东西,是我介绍给宏光厂的才女小X的……"乌兄眉飞色舞,拍拍我肩胛说。"当然当然。"我回答。又聊了一会,70路电车来了。后来,我正在写第二卷《魔都》,听说他生了坏毛病。

乌兄离开宏光厂,当上了海关报关员。儿子高中就送到国外去念大学,然后在德国读博,喜得他整天咧开嘴笑。哪晓得造化弄人,发现时已白血病晚期。病中因思友心切,让太太传话给我们。获悉的当夜,班里六七位男女同学就去新华医院病房看望。只见他半躺在床，头发如雪。身体已极度虚弱，但一向的那种喜感不变，笑话连连，说："天天输血，一肚皮的鸡鸭血汤！"伴之以两根眉毛一根动一根不动。再后来，就是浦东极远地方的最后见他一面了。

那是一个春节前的小年夜。以前光听说有句话叫"化成一缕青烟"，没想到，在那里，高高耸立的烟囱管上，真有"嘭……"一记，吐出浓稠烟尘的。从殡仪馆出来，一种虚无感和人生聚合离散的无常感，占据我的心头。

深秋写于香泉书屋，2022.11.5

第二编

屈家桥往事

鱼虫女绮贞

屈家桥现在旧桥废了,有了可通汽车的混凝土新桥,路也拓宽了,但旁边搁着粗粗矮矮的冬青绿化带的旧桥桩还在,原先人们就踏着这座长条石板桥进进出出。往铁轨一端,早年是窄窄的小路,路旁一边住着人家,宅前种着白蒲枣、无花果树,挂果时路人分外眼馋;一边有条丈把宽的水沟,沟上数亩油菜田,春来金灿灿一片,不比婺源油菜花逊色。靠沟有个大粪坑,气味非常冲。那时河滨大楼有个玩伴,迷上了这里的田野风光,拿着弹弓打鸟,且打且退,结果退进了又深又稠的粪坑里,险遭没顶。连垅油菜田的包围之中,还有个大土包,传说是一个明清大官的坟茔,后来国军借势又修筑了钢骨水泥碉堡。现在,这一片区域都成了较高档的商住楼。

屈家桥往新村工房一头,镜子加工组隔壁的转角处,有一栋古色古香的老宅子,红砖黛瓦雕檐翘角,被叫作"东洋人房子"——日本鬼子占领时,这里住着一个中队长。老宅子后面都是一色的矮平房,也有好些草棚棚,这里是屈家桥原住民区。绮贞一家在屈家桥可谓上无片瓦,下无立锥之地,因为一家子已被扫地出门,暂住在镜子组后面一座残破的尼姑庵里凑合着过。绮贞的男人因为"思想反动",被投进了提篮桥,一关数年。对思想反动这一点,绮贞是非常不服的,可她弱女子一个,也只有表现在故意把自己弄得龌里龌龊、肮里肮脏,上海人叫"腻腥吧啦"。她原有一张印度电影《大篷车》里苏妮塔那样的脸,但由于终年不洗不涮,脸庞脖子胳臂无不积满污垢,一双印度美女那样的明眸也是黄黄的眼屎堆积。广东人鼻子有些扁,露鼻孔小小的两个半圆里,通常"盘着两条龙"。一头乌发杂乱板结,一小缕一小缕黏住,油油的,气味很重,虽也披肩及臀,可看去毫无女性的韵致。

绮贞有四个孩子,大女儿不知为何叫"斯特朗",小女儿咪咪,大儿子绰号叫"吊卵",听上去非常不雅,但男女老少都这么在叫,也无所谓了。"吊卵"是个闯祸坯子,常常白刀子进红刀子出的,后来在屈家桥一带也算是"一只鼎"了。"吊卵"的母亲理所当然叫"吊卵姆妈",周围都这样称呼她,绮贞也认。不过听上去总怪怪的。那时,绮贞遇到了新的麻烦。她们母女五人栖身庵堂——自然,尼姑们已被社会组织清理出庵,还俗的还俗,嫁人的嫁人了。绮贞一家在这儿暂且安身,可偏偏不巧,这地方被街道革委会征用,要改作一爿小小的铁床厂。绮贞底牌不硬,做不了钉子户,却也软磨硬泡,好歹在天通铁床厂一侧搭了个草棚棚,住下了。还是照样到庵堂原址的一口百年老井里打水吃。老井水甜津津的,非常丰沛,绮贞靠上了水资源,竟获得了一线生机。

那时,尽管社会上斗斗杀杀,轰轰烈烈,火药味极浓,可人的灵魂深处总有偷闲图安逸的坏毛病。当年人们自然无缘宠物猫狗，倒也格外喜欢养金鱼，也讲究弄几尾纯种名种，水泡眼、珍珠鳞、狮子头、红高头、乌龙、朝天龙什么的，更多是普通的单尾双尾。鱼缸用铁皮放在三角铁槽里打制，玻璃边上糊白水泥。鱼儿离不开水，养金鱼水靠的是没漂白粉气味。这样一来，绮贞抓住商机，每天天不亮就扛着长裤腿般的纱质大网兜，到东洋浜、火油弄浜、海司浜、建工浜等去捉红鱼虫，随后放在家门口摊开的一大圈破脸盆、瘪铝锅里出售，一分、两分钱买一坨。由于附近新村里的人都要到屈家桥老井来打水养鱼，地理优势明显，客货两旺，绮贞那张乌漆墨黑的脸终于漾起笑意。"吊卵"等四个孩子个个争先捉鱼虫，还衍生了摸螺蛳、抓泥鳅、捞河蚌，以及买小鱼儿的产业。当年政府管得虽严，但看到她们孤儿寡母穷成这样，又没工作，也就开一眼闭一眼。

鱼虫毕竟有季节性，绮贞想到了养鸡，柴爿院子里养了五只小鸡，眼看鸡们越来越大，那时居委会阿姨妈妈管"爱国卫生"，不许养鸡，看到绮贞一家潦倒成这样，也不想怎样为难她，不养就行了。谁知，绮贞心里有怨气。居委干部已经赏给她脸了，还笑言，如果她不会杀，她们帮她杀鸡。绮贞冷笑说："那我自己不会吃，还要你帮我来吃咪！"居委干部见她气焰如此嚣张，忍无可忍，原先里弄召开批斗大会陪斗没她的份，这一下斗争升级了，当即给麻绳绑了，挂上大木牌，牌上赫然写着"历史反革命思想反动分子家属、死不改悔的坏婆娘、漏网的投机倒把分子……"绮贞那副尊容本来就够滑稽的,乌漆墨黑,疯疯癫癫,加上她横竖不买账,金刚怒目的样子,就显得更加滑稽了。她一站,连别的牛鬼们都避开她一些,至少站在她的上风头,这样不至于被她身上强烈的气味熏倒。第一排看客们无不掩鼻。有人私下说,这个脏兮兮的臭婆娘气味这样重,难道连手纸也不用么?台上专斗地富反坏右牛鬼蛇神的革命群众训练有素,照准她膝关节一脚踢,绮贞便咕咚一声跪倒了。人们见她还不服气的样子,又上前强按她的头,可她脏兮兮的长头发太腻腥了,手近不得,只用一根竹竿筒来戳她的脑袋。奇怪的是,那乱稻草般的脑袋像装上自动弹簧似的,每当压下去了,又弹起,一连十余回,慢慢就有了喜剧意味了,仿佛卓别林的一部无声影片,台下哄堂大笑。自然,她这样顽固没好果子吃,到了刮"十二级台风"时,便被刮进去了。人们都说她自讨苦吃,不值得。

没多久,绮贞就被释放了,虽说丈夫是"历反",可她到底也没什么"现行",这一点大家都心知肚明。百年老井旁,红鱼虫、螺蛳、泥鳅、河蚌照例,脏兮兮的绮贞照样大摇大摆,提着装鱼虫的大油漆听头,肩荷比裤脚管还长飘飘摆摆的大网兜,和四个孩子排成一个纵队开路,神气活现——与其说往返捕虫捉虾,还不如说仿佛在向谁公然挑衅和示威。但屈家桥上匆匆过往的人们并不在意这些,只当成一道特殊的风景,或许还叹息几声——因为有许多人同情她,并需要她的红鱼虫。

日子过得真快，不久，"斯特朗"插队去了。绮贞一家匆匆赶到北郊火车站，给她送行。月台上吵吵嚷嚷，有人背后指指戳戳，说她是"拉三"——也就是她多谈了几个男朋友的意思。绮贞和大女儿只当没听见。挥泪送别女儿后，母子几个又顺便在北郊站一带的河浜里捉鱼虫、捞小鱼儿。忙活起来，才想起缺了"斯特朗"这样一个好帮手，损失有多大，不觉又泪盈。

绮贞除了红鱼虫，摊头还兼卖一些捉来的𬶏条鱼、昂刺鱼之类，这对小孩子来说绝对有卖点。到后来，干脆放上几只"吊卵"自己打制的金鱼缸，里面有一些用鱼籽孵出来的热带鱼、金鱼，不算名贵的那种，但金鱼中颇一般的红水泡、蓝水泡、白水泡、墨水泡、红白水泡、黑白水泡、铁包金水泡、紫蓝水泡、五花水泡等，也多少有几尾，反正问老法师要鱼籽就行。有个酷爱水泡眼的孩子，看上了几条铁包金水泡、五花水泡，它们像穿着华贵摇曳的花裙子一般，煞是惹人喜爱，但钱不够，趁鱼摊主人不备，暗暗藏匿了几尾，放进搪瓷杯里转身就走。这天刚好"吊卵"看鱼摊，见小家伙偷鱼怒不可遏，立马追上去，只手指轻轻一戳，就把孩子摆平了。

绮贞看到儿子大摇大摆回到柴爿院子里，手里拿着追回的两尾水泡眼，鱼罐还是那个小家伙的，便呵斥他不厚道。"吊卵"一脸憨笑，其实他争的是一口气，而不是小鱼儿，这一点其实蛮像他妈：针尖大的事偏要争个明白。正说着，忽见派出所姓吴的大块头，带了一大帮子人杀进柴爿院子。人人举着提着挥着杀威棍，乒乒乓乓，见自制玻璃鱼缸、破脸盆、瘪铝锅就砸，可怜穿着华贵摇曳花裙子的金鱼倒在地上扑腾不了几下，一条条张圆了小嘴，喘得不行。大块头一指头戳到了绮贞的鼻尖上，呵斥说："你他妈啥意思？想阶级报复吗？也不狗眼张张开，看一看人家是谁？"说着，把直往后缩的小家伙朝绮贞跟前一推，示意他别害怕，有派出所撑腰呢。绮贞一脸茫然，就听大块头说出来历，小家伙原来就是屈家桥一带扫马路的王老伯伯的孙子。王老伯伯因为多年来不为名、不为利、不图报酬，义务为群众扫路，春夏秋冬刮风落雪从不间断，被评为街道活学活用毛著的积极分子。这样一个响当当的人物，他孙子要几条小鱼儿算个什么？结果毫无悬念，百年老井旁的小鱼市被永久性地取缔了，周围爱鱼人比绮贞还急，但也没办法，于是就有人嘀咕说："吊卵姆妈"也真是的，何必非要鸡蛋往石头上碰呢？

  绮贞生计遇到了大麻烦。好在熬了一段日子，附近友谊二村有个蔺教授，曾经也是一位金鱼发烧友，叫她到他家里去当保姆，不住家，每天做三四个钟头。蔺教授虽也被抄过几趟家，可善于玩漂移，转移财产，加上家底殷实，还颇有余裕。自从到了蔺教授府上，绮贞暗忖自己脏兮兮的，实在辜负了主人家的一片好心，便将不讲卫生的陋习改了些。在东洋人房子前，人们乍见她变干净了，非常诧异，纷纷猜测多半是她男人从提篮桥放出来了——绮贞听了难过起来，其实丈夫投入大牢至今，是死是活一点都不晓得。

转眼间，小女儿咪咪也长高了，出落得明眸皓齿、腰肢婀娜。咪咪喜欢唱歌跳舞，有空就追着去看毛思小分队文艺演出。那时，街舞也有不少，不用买票，往往围成一圈，动不动就"拉哆来咪、拉哆来咪……巴扎嗨！"咪咪羡慕极了，听说比她大一届的校友嗲妹妹舞跳得非常棒，就黏上她跟着学。渐渐有了长进，新疆舞的招牌动作——动颈，也学到八九不离十。绮贞又喜又愁，只叹息女儿没福气跳舞。后来，嗲妹妹不知从哪儿得知舞蹈学校正准备培养一批业余演员，就拉着咪咪一起去参加面试。

咪咪脸上泛着少女才有的绯红色，一边一朵，一笑两个深酒窝，蛮招人喜欢。其实，她很自卑，想到父亲，曾叹息：我爸爸除了把我生出来，什么父爱也没有哎，我只有苦头吃足。想到母亲，再说自己舞蹈基本功也不如嗲妹妹，心里一点底也没有。在横马路口一个水果摊前，嗲妹妹忽然收住了脚。口渴了，裤袋里掖着的几毛钱作怪，拉她一起挑上了国光苹果。咪咪吓了一大跳，谁有钱买苹果吃？太奢侈了。但自从学舞以来人家一向帮她，怎么也该表示表示呀——何况嗲妹妹说好，横竖不要她出钱，为照顾面子，嗲妹妹只说这趟轮到自己做东请客。咪咪脸红了，像"国光"一样，拣苹果自然得卖力点。刚挑了没几个，戴宽袖章的纠察伯伯一个箭步上前，当胸一把将咪咪逮住，大喝："看侬往哪里逃！"还说这种小姑娘，光有漂亮面孔有啥用？咪咪又气又急，脸上青一阵红一阵白一阵，一面高声辩解着。嗲妹妹忿忿的，直叫嚷："我们俩一起挑苹果，这样也算偷？那为啥只有她偷，我没偷？那把我也一起逮进去好了——根本就诬赖好人！"咪咪捂住脸哭，纠察伯伯只讪讪地对嗲妹妹说："小姑娘，跟侬不搭界，侬回去！"嗲妹妹大声说："我不能回去，我跟伊一道的……阿拉要去舞蹈学堂！"纠察伯伯又说了声："跟侬不搭界，侬回去！"水果摊墙上有块整面墙的大镜子，镜子反射，层层围观的看客们个个兴味十足，其中有张面孔一晃。嗲妹妹认得，他好像是屈家桥附近专门刷化学浆糊贴大字报的，这才憬然，这人仿佛一直就尾随着她们……这时，纠察伯伯慢吞吞地从咪咪的袋袋里翻出一只小"国光"，作色喝道："还有啥闲话讲？走、走！到里面去！"咪咪身子乱颤，被推推搡搡带走了。

晚上，嗲妹妹来到草棚棚里向绮贞告知发生的一切，不料，绮贞听罢只冷笑说："嘿，这倒好，伊阿爸进去了，女儿也进老庙里去了。多她一个不多，少她一个不少。"少顷，嗲妹妹甫离柴爿院子，绮贞便扑倒在地上当作床的铺板上呜咽起来。第二天咪咪放出来了，她还横倒在床起不来，病了几天。咪咪怯怯地提醒母亲，是否要代她去蔺教授家里做家务？母亲摇摇头，泫然说已没必要了——蔺教授出事了，家里已被查封。绮贞一家生活又没着落了，喊天不应，喊地不灵。但母亲跟女儿讲，除非自己病死，不等到你爸爸回来是不会死的——暗示她不会像有人那样跳臭河浜自杀。

听说，绮贞其实是一个的的刮刮的富家女、名门千金。她们是客家人，父母亲在香港、菲律宾均有非常大的家族产业，海湾里泊着私人游艇，富甲一方。当年海外关系都给掐断了，就是渣打银行汇款过来也不敢领，原封不动退还。

听说，苦等了十多年之后，丈夫真的让她给盼来了，夫妻团圆。绮贞这样的年龄恐怕已不太适合生孩子了，可她非常固执，非要再生一个不可。一年之后，果真添了个小宝宝。从望夫崖那里受到启发，起名"望夫"，谐音旺夫的意思。

听说，她丈夫后来又给逮进去。这趟就没那么幸运了，丈夫一去不复返。

听说，草棚棚有次着火了。原因是有一家人用赤膊电灯泡给裹在破棉絮里的几枚鸽蛋加温，孵鸽蛋，引燃了棉絮。那天乌龙滚滚，过火面积还不小。孵鸽蛋是为了养鸽子、卖鸽子。不知这事是否与绮贞家有关？照她孵鱼卖鱼的旧例来看，也有可能。

听说，再后来草棚棚周围一大片也动迁了。绮贞不知何往，是否还健在？草棚棚这片土地上，如今耸立着叫灵峰公寓的高楼，大名从广灵路、赤峰路各取一字，倒也贴切。当年东洋人房子的位置上，曾一度转角有一溜矮矮的大约临时出租性质的小店，店招上写着"巴弟鸡排"。

"外国人"曼莉

那时,电影院里一直放《列宁在1918》《列宁在十月》,许多人把这两部影片看了又看。大脑壳只留后面小半圈褐发的小个子列宁,也就这么回事,可模仿的,无非"牛奶潲了"!两臂高高抬起,弯曲;两手插在西装马甲的斜插袋里(因为西装马甲早没了,人们模拟这个动作时,就把手插在劳动布背带裤扣纽扣的地方,盛夏也有人干脆两手插进汗背心里)等几节,小孩更喜欢学卫队长马特维也夫时常掏出梳子,"呋"地吹一下,边梳发边说:"我们这儿的人火气大……"或挺身救列宁时跳下楼,高喊一声:"瓦西里……"还有就是暗探猩猩的招牌动作:"耳朵耳朵!"而处于青春期躁动的观众,则嗜好《天鹅湖》里齐刷刷裸露的一排飞舞的雪白大腿,以及天鹅姑娘奥吉塔与王子的双人舞缠绵悱恻那一节。甚至于,在电影院门口退票时它也成了卖点,退票者会悄语道:"喂,还来得及,《天鹅湖》还没开始哦……"一点即通。

可惜,除了宣布处决沙皇尼古拉之前的《天鹅湖》片段,两部大片里能抓眼球的美女几乎等于零。瓦西里的妻子,胖胖的、腰围呈游泳圈的瓦西里·利耶夫娜显然够不上;而里面刺杀列宁，一个酗酒、抽烟、长发乱蓬蓬，尖利地喊了一声"请给我枪"的女刺客，又太凶恶。于是，那时真正有看点的电影美女，属于罗马尼亚《多瑙河之波》中船长的太太安娜、阿尔巴尼亚《宁死不屈》中"快快上山吧！勇士们……"吉他弹奏者米拉，她们金发碧眼，丰乳肥臀细腰，婀娜多姿，个个电力十足。

她叫曼莉，纯俄罗斯血统，苏联人，但当时人们多半只称呼她为"外国人"，真名反而被遗忘了。曼莉还在襁褓中就成了弃婴，其亲生父母是谁无人知晓，上世纪五十年代末中苏交恶，苏联专家一夜之间撤走，这其中应该就有曼莉的父母亲。为何不把自己的亲生骨肉带走呢？是归国后其婚姻家庭或政治制度不能容忍她的存在？难道是父母一夜风流留下的孽债，还是另有隐情？反正养母把奶毛头的蜡烛包抱回家时，什么情况也不晓得，也不想晓得。听说，养母是旧上海舞厅里的"弹性女郎"，也曾有过一番风花雪月，由于众所周知的原因，她变得无法生育了。解放后，养母几经辗转，到了广灵路上一家地段医院后背的一个叫周家宅的平房里。她在附近一个翻砂厂上班，每天往煤屑砖模子里浇铁水，浇铸生铁器物。在超高温下作业，穿戴着厚厚的石棉衣裤手套，赤红带黄，火花四溅，滚滚烫的铁溶液不是开玩笑的。养母曾经的细皮嫩肉已变得十分粗壮，从前巧目盼兮勾魂的眼睛，再不会时不时丢个媚眼。而且大嗓门，说话也格外粗鲁，再脏的詈词诟语舌头打个滚就是。

曼莉一天天长大。纯种的俄罗斯美女坯子，胳膊是胳膊腿是腿，外国人发育又早，比同龄人更是早熟了许多。那天然风韵，简直就是普希金笔下的达吉亚娜，或托翁《战争与和平》里的娜塔莎。纯然一个小老外，但自小到大从养母那里学的都是本地语言，所以曼莉已是满口沪语——也有不少脏话。养母认为，不会生孩子是丢脸的事，领养孩子也没面子，因此她自作聪明，就顺口编了个谎，说曼莉是她亲生的，她丈夫是有钱的俄罗斯人。早年霞飞路有许多流亡的白俄贵族；即便后来，也有不少苏联专家。养母这个谎编得还不算太离谱，厂里小姊妹将信将疑。养母一向蛮自鸣得意的。谁知运动来了，一下子百口莫辩，得了场无妄之灾不算，曼莉母女俩还差点搭上性命。

那年头，谁不想挖出一条又粗又黑，最好与旧市委直接挂上号的走资当权派黑线？谁不想一举破获某某地下小集团组织？谁不想多揪出几个牛鬼蛇神？怎奈翻砂厂是一爿小得不能再小的街道厂，大集体性质，统共几十号人，大多是些阿姨妈妈、爷叔伯伯，能翻出什么大浪花？看着社会上兴兴轰轰斗得欢，翻砂厂干着急，没办法。那时最忌祸从口出，偏偏养母不打自招，她女儿曼莉又那么靓丽，洋味十足，风姿绰约。不久，数张大字报就赫然指名道姓，一起揭发曼莉娘是"与苏修勾结的潜伏特务""克格勃"云云，批判火力真比熔铁水的高温还高。养母被剃了阴阳头，脖颈上吊了块名字上打红叉的大木牌，站在台子上示众。女儿曼莉因是苏修特务的狗崽子，也被押来陪斗。每场批斗会都格外出彩，围观者甚众，大家心底仿佛都莫名其妙地有些痒痒的，又挠不着痒处。几条横马路之外的人，听说要斗她们母女了，早早赶来抢位子。开批斗会时台上气氛肃杀，下面叽叽喳喳。不知为何，这回看客们特别喜欢讲下作话、一点不严肃。曼莉故意含胸驼背，这样那对含苞待放的乳房内缩了约两三寸，不至过于晃眼——尽管少女并无意招惹谁。殷红的嘴唇带着野性，和一种漫不经心、冷嘲的意味，若不是母亲曾三番五次关照"给我嘴巴关掉，少惹祸"，没准这张平时邋遢惯了的嘴里，会蹦出好些刮辣松脆的沪骂，带脏字的。

显然，曼莉这样会吃眼前亏的。她母亲早吓得瘫软，一再申辩：绝对不是那么回事。曼莉压根儿不算"半中"，完全是"野生"。然而到了这时已经无人信她了。单位里成立了专案组，名头非常大，公堂审问严酷无比，还夹杂些"竹笋拷肉"，养母哪里经得住这些？要她招什么就招供，于是七搭八搭，竟深挖出了一个骇人听闻的"外国潜伏特务组织"，组织体系、行动纲领、破坏计划等都很完备，甚至联络暗号都叫"古伦木……欧巴！"（《奇袭白虎团》里的）案子株连到的人非常多。还算幸运，涉案者没被列入"严打""刮十二级台风"对象，但人已关进了看守所。侥幸的是，上一级公检法办案者没稀里糊涂断案，而是认为证据不足，把此案搁置起来，一搁就是好几年……

此时，曼莉已在屈家桥附近的镜子生产组上班了。深眼窝，大眼睛，一泓碧蓝，鼻梁一道微微向上弯曲的线，非常精巧。梳着两根浅麦色的大麻花辫，有时也波浪长发披肩，尽管包裹在严严实实的洋布衣裳里，外面还戴着橡皮饭单，可隆起的胸脯的轮廓线还是异常清晰，撩人心魄。下电车，从上农新村站越过火车铁轨，到附近的商业、石油、洛阳、友谊、建设、新建、广中广灵等新村工房去，长条石板的屈家桥是必经之路。桥下河水黑臭，非常脏，人们就叫它"臭河浜"——许多人住了几十年，都不知道它的大名其实叫沙泾河。镜子组枕着臭河浜，这个里弄加工生产组专门做镜子，磨镜、倒棱、涂汞、衬纸、镶塑料边等，工序有很多道，不晓得曼莉专司何职，但从她戴厚饭单、蹬高帮套鞋，且经常沾染些铁锈红的脏物来看，大约是涂汞的吧。不过也未必，她常喜欢到河浜边透透空气。像许多美女一样，心里很明白男人会盯着她看，回头率极高，却假装木知木觉。每每曼莉往河边一站，臭河浜旁仿佛升起一道彩虹，惊艳至极。半大孩子们也喜欢看外国人，常常溜到倒碎镜子玻璃的臭水沟里摸镜子，故意磨磨蹭蹭，多看几下野眼，还欺她听不懂中国话，放肆得很。谁料曼莉鼻子一皱，红唇一撇，呸！飞出一口痰，带脏字骂了声："小赤佬，侬烦啥烦啊！鼻涕揩揩清爽再死过来！"

曼莉站在河边很招摇其实有目的。因为屈家桥来来往往人多，没准撞大运，能找到自己心仪的人。那年头大家都穷，经济条件在其次，要紧的是男人卖相要好——最好像《红色娘子军》里的洪常青、《白毛女》里的大春。曼莉嫁的第一个男

当年"外国公"绝对是屈家桥一道风景

每每曼莉往河边一站，臭河浜旁仿佛升起一道彩虹，惊艳至极。

人果真英俊帅气，颇有几分洪常青、大春的味道。那是正儿八经嫁娶的，当年新娘胸前别一枚大大的毛主席像章，侧身含笑，坐在簇新的锰钢十三型二十八英寸永久牌自行车后面。让"洪常青"或"大春"般的男子推着款款而行，委实让人羡煞妒煞。

曼莉第二个男人是海军司令部上海基地大院里的。听说也不是什么几杠几星的校官尉官，军衔制早不兴了，而且那时当官的事多，弄不好挨批挨斗不得好死。海军司令部在广中路、水电路口，几个门岗都有哨兵站岗，枪刺闪着寒光，壁垒森严。曼莉养母有个亲戚，没事喜欢到区文化馆唱唱沪剧，一起的玩伴中有个叫哆妹妹的，日久成了好朋友，有点闺蜜的意思。哆妹妹因长相不俗，有些傲气，庸碌之辈都不在她眼里，同金发碧眼的曼莉倒也投契——起码她俩挽着手走赚足了回头率。那年海军司令部对外人最大的诱惑，是大礼堂里放电影，曼莉这样一个老外，要进入部队禁地比登天还难，但哆妹妹有本事搞定。别看哨兵五大三粗一本正经，卫兵神圣，部队大院大多是和尚头，最稀缺的就是能看一眼女性——尤其是漂亮的靓妹。反正，哆妹妹和曼莉经常可去观摩电影，比别人高一等，很有些优越感。

可她们并不晓得，海军司令部里自从她们出现，有了看不见的震动。指战员们没事喜欢泡图书馆，当年图书馆唯一能借出的，无非《钢铁是怎样炼成的》等等。保尔·柯察金与冬妮娅的恋情和决裂让人心动，而眼前，就有这样一个活生生的冬妮娅——曼莉，那还了得？但当师长团长营长的，大抵顾忌多。何况，部队当干部的可以有家眷，铁打营盘流水兵，战士就不一样了。总之，曼莉同一个胆大手快的海军战士好上了。海军战士祖籍山东，曼莉跟他远走高飞，住在一起没多久，曼莉又怀上了二分之一俄罗斯血统的胎儿。在这之前，第一次婚姻，她就给"洪常青"或"大春"般的男子留下一个漂漂亮亮的混血儿。末了，曼莉与海军战士的感情触礁，留下一个漂漂亮亮的混血儿，又回到臭河浜旁的镜子组来了。听说，是男方不要她，被退了货。

曼莉嫁的第三个男人更不堪，住在天水路附近一个陋巷里，苏北人，家里穷得叮当响，吃饭有一顿算一顿。夫妻俩三天一小吵，五天一大吵。男人打起老婆手不软、气不喘，她像牛奶一样白皙的肌肤上给抢一下，五只手印子红里带紫，一礼拜不褪色。偏偏她爱面子，打在身上胳膊上用衣裳捂严实，倒霉打在脸上，便躲在家里数天不见人。其实，她也不是好惹的，她血液里有着俄罗斯基因，战斗民族一员。亲生父母尽管看不见，可典型的俄罗斯人性格里那种暴烈、粗野、豪放不羁、忧郁、脾气大、酗酒等，在她美若天使的身上无处不在。何况，养母也带给她一些生活底层人所特有的劣根性。尤其是，她那张骂下流话从不脸红的嘴，更是犀利无比，像开机关枪那样哒哒哒，脏如厕所，男人根本不是她对手。嗲妹妹有一次顺道去天水路看望曼莉，谁知正遇上他们夫妻对打，疾风骤雨方至，眼泪水、鼻涕水、唾液水横飞，詈骂声、拳脚声、号嗨声和一旁小毛头的啼哭声大作。再一看，家里碗里、锅里是空的，煤球炉子是冷的。大冬天，铺板床上还盖着有好几块布补丁的草席……哆妹妹吃惊不小，连声叹息："哪能这样可怜？"这场婚姻的结果如何，可以想见。末了，喂好婴儿，留下一个漂漂亮亮的混血种，母亲又走了。

曼莉嫁的第四、第五……个男人，结果都如出一辙，不知道哪里出了毛病。有人归结曼莉是洋妞洋种，跟咱们中国人毕竟不一样，养不住的。有的过来人往生理方面找原因说，外国女人性欲特别旺，男人吃不消。有的说她风骚、爱卖弄风情、水性杨花，虽然像洋娃娃那样漂亮，可过日子毕竟不实惠，谁受得了？有的说，她有点十三点兮兮，专爱将最隐秘的私房事说给人家听——谁不笑痛肚子，暗骂她戆答答呢？还有，就是嘴巴太邋遢了，女人张口闭口污言秽语，像什么？有人说：洋妞中看不中用，漂亮是漂亮，就是一股冲鼻的气味让人受不了。况且，当年物质条件普遍都比较差，谁享有独用的卫浴冲淋房？于是，有人惋惜地说：老外有狐臭不稀奇，如果勤洗澡、多抹香水，那种气味，说不定就是"闻香识女人"那个香呢。

上农新村

地铁三号线沿着曾是淞沪铁路原址的上方逶迤而行。车过像一只硕大皇冠般的虹口足球场,麦克风传来报站声:"下一站赤峰路,下车的乘客请提前做好准备,从右边车门下车,开门请当心,注意脚下安全……"对于多数上班族,或匆匆过客而言,赤峰路站只是无数站点中的一个,并无特别之处。然而,这里方圆五余里之内,曾迭出过不少震惊海内外的大事,有的称之为改变了共和国历史进程,也并不为过。

远的不说,只说上世纪六七十年代。那时,赤峰路站的位置,只有叮叮当当的3路有轨电车和51、52路公共汽车站,站名都叫上农新村,它被赤峰路站取代是自从有了地铁之后。上农新村往北,在3路电车新华一村站附近有一个神秘兮兮的地方,那是"空四军"招待所,当年林副统帅的公子林立果曾在那里密谋"571工程纪要",成立"教导队",仿造7.62毫米轻型冲锋枪,并进行捕俘、格斗、驾驶车辆和打巷战等特种训练。也曾听说"选妃"。知情人披露,那时"上海小组"喽啰们开着"伏尔加"满大街寻找美女,一旦被瞄上便被招来过堂。

上农新村往西北方向，坐落在邯郸路上的复旦大学，一进门有个近三层楼高的毛主席大招手白色雕像。这里是"文革"的策源地、主战场之一，也是最早祭旗"炮打张春桥"的，为首者胡守钧等多人受到镇压。复旦园里的清剿自不待言，就连上农新村站附近的教育学院内（靠近现在的赤峰路口——昔时这里没赤峰这条路，往里进去叫火油弄生产队，路边一个小小的花圈店），也是如临大敌。那时，逼仄的校园到处架着两个一组的高音喇叭，一遍又一遍播放着"胡守钧小集团"的种种"罪状"，声色俱厉，摧枯拉朽。

上农新村往南一箭之地，沙泾河汩汩斜穿过并排的铁路桥、水泥桥，之字形的河岸畔有爿百年老厂——开林油漆厂，那年的八月四日，"工总司"头目王洪文一声令下，从申城四面八方征调十余万人马，攻打"上柴联司"，血光冲天。此地离位于军工路的上柴厂不太近，但因挨着中山北路主干道，也能高密度看见塞满头戴藤盔、手执武器的"工总司"的驰援汽车，间或有接连多辆的红色消防车呼啸而过。其间，开林油漆厂正门整个二层楼墙面高的毛主席油画像前，大门口呼啦啦驶出数辆重卡，厂工人造反队奉调出征，一路高歌，口号雷动。八月围攻似乎打了一整天。那时全没空气污染，天蓝蓝，云白白，蝉声蛙声相闻，一派和平景象田野风光，只是重卡纷纷由北向南从中山北路返回，车上满是缠着白纱的伤员们，透出一股子血腥味。江湾体育场、虹口体育场距离上农新村或远或近些，当年体育竞技场均变成了批斗走资当权派、大大小小牛鬼蛇神的集结场所，水门汀坐席上扬起数万条戴红袖章的胳臂，高呼"打倒……"，声如海啸。喊口号的方阵因为有领喊、呼应，时间上略有迟早快慢，故而远远看过去，就好像世界杯足球赛上一粒进球，引来了"波浪舞"。

如今，沿着中环以80迈的时速驾车，往五角场方向开着开着，快到广粤路下匝道附近时，远处翠青山峰"呼"一下就过去了。那里原先专门堆放工业废料，久而久之垃圾堆成了山，山脚下有个靶场，于是有了"靶子山"的俗名。上农新村到靶子山去要有点路程了，小时候往返一趟，往往要累到夜里小腿肌肉痉挛。

那时，要往海军司令部外边傍水的田间泥路穿行，一路上河浜港汊不断，旱地走不通时，便要在野渡无人舟自横的水泥船、小舢板跳上跳下。其中最大的，要数东洋浜了，水里可以喂猪吃的水葫芦青碧接天，通常看不见水，常常会误认陆地一脚踏空。东洋浜岸边有座东洋庙，小时候常顺道到庙里小憩。拾级而上，建筑好像很特别，里面空荡荡的，回声特别大。

那时谁也不知道，东洋庙其实就是日本鬼子留下的神社，曾供奉侵略者的亡灵。从东洋庙到靶子山就不远了。靶场上解放军战士也练靶，但更多的时候，却是行刑队在那里枪毙犯人。那年头，刑场因有教育群众、震慑敌人的作用，行刑时非但不清场，而且还组织人去观摩，围观者成千上万，黑压压一片。死刑犯中，往往会有许多"现反"，大多是团伙犯案，那时叫"小集团"，男女老少都有。这其中，会有多少像上海交响乐团指挥陆洪恩那样的无辜者，成了枪下之鬼呢？无人做过统计。

上农新村往北，一个叫北郊火车站的无名小站，那时最能触动上海的神经末梢。月台旁，大红标语"热烈欢送知识青年响应毛主席号召到农村去"，分外醒目。人挤得就像上海世博会人流突破一百万那一天。汽笛拉响，万人同哭，万心同悲，万怀同摧。火车缓缓开动，送行的父老妇孺跟着火车移步，车上车下，许多双手拉住不放，一边追赶着，一边大声叫喊叮嘱着什么。火车开走了。住一栋楼里的邻居王老太，带着小孙子也来送行。小孙子大约走散了，王老太又气又急，拍着巴掌，操着浓重的苏北腔，嘴里反复叫着："啊哟窝（我）的妈呀！掉了一狗（个），跑了一狗（个）！"

而在上农新村东面偏南的一个地方，年代稍晚些，也曾发生过新中国成立后上海第一宗持枪抢劫银行案，轰动全国。抢劫杀人犯于双戈死有余辜，那时电视转播法庭公审现场，辩护律师郑传本因庭辩出色一夜爆红，俨然成了平民英雄。同时暗暗赢得喝彩声的，还有枪毙鬼的前女友蒋佩玲和朋友徐根宝，此君与申花前教头徐根宝同名同姓。其时坊间风行一句顺口溜："讨老婆要讨蒋佩玲，交朋友要交徐根宝。"据说，服刑期间蒋佩玲经常会收到向其求爱的一大叠情书……

麦家姆妈

屈家桥下面有条沙泾河，河水黑臭，非常脏，人们就叫它"臭河浜"。沿河有商业、石油、洛阳等新村，麦家姆妈就住在其中一个普通的新村工房里。

她丈夫老麦，人称"麦司令"，长着一对又大又红的招风耳朵，就是难得回家一趟，也总喜欢独自驾着带斗的墨绿色三轮摩托车，轰足了油门，先在门外空地上小半径绕几个8字圈，眼看就要撞墙，却突然来了个急刹车，"嘎！"一声，停在水泥墙前。这天刚下过阵头雨，水门汀地上有些湿滑，没过硬的功夫断然是不敢这么来的。他飞身下车，蹬着一双长筒雨靴，"咚咚咚"往最高一层楼跑去。不用敲门，楼上听见轰鸣的引擎声，麦家姆妈早候在了家门口。

麦家姆妈很和善，双下巴，高挑眉，除了脸盘略微大了点，五官倒格外精致。身子小巧玲珑，蛮会打扮。那年头已不能太招摇了，可同样普普通通的四季衣裳，到她身上却总显得特别考究、熨帖。当医生的职业特点，爱干净，尤其害怕细菌，吃的用的器具，非得拿酒精棉球擦一擦才放心。见丈夫风风火火回来，忙伸出一条胳膊挡了挡，尖叫道："嗳……不许进来!"旋即扔下一双海绵拖鞋,让他把雨靴换了,还随手扒下他披在肩上的正宗的军用披风。眼下是热天,若在隆冬,他必定肩披军棉大衣,一双高帮皮靴——这两件宝贝属于标配,绝对少不得。可在妻子眼里,却只有泥星子和灰尘,必欲除之而后快。

两盅酒的工夫,麦家姆妈在走廊里把长筒雨靴、橡胶披风都弄干净了,方回到桌前。老麦再怎么威风,回到家里,只得低眉顺眼,听家主婆摆布,她指东他不会说西。老麦的快意事多半是冲冲杀杀、揪揪斗斗,顶得意之笔,是带着手下一干人,一夜之间把局里原第一把手藏起来,任谁也找不到。开千人、万人大会时大吼一声:"把走资本主义当权派某某某押上来!"何等痛快,可惜当权派迟迟上不了被斗席,因为私下里他早就给藏起来,并且不断变换藏身处。万人批斗大会却没批斗对象,丢脸丢大了。于是,另一派的头头急得火烧火燎,赶紧跟麦司令谈条件,"开条斧",如何如何,而这正是老麦所希望的……说起这些得意事,妻子却不喜欢听,只说:"吵死了!还是多关心关心你两个宝贝儿子吧!天天早出夜归,儿子都不认得你这个爹了……这两个闯祸坏子,也不管管!"

麦家姆妈一面结细绒线衫,一面絮絮叨叨数落丈夫,实际上心里美得很。自嫁给麦国栋以来,她的人生简直一路高开高走:单位配给房子,生两个大胖儿子,甚至被提拔了……当年,麦国栋作为一名志愿军飞行员,立过功受过奖,胸前有好几枚金灿灿荣誉勋章的大幅照片,至今还挂在墙上;转业到一家数千人大厂当了科级干部，因造反时揭竿而起，坐上副司令的交椅；而且上面有靠山，是一个通天的人物。作为妻子多少也沾了光，哪有不高兴的？只是她出身官僚资产阶级家庭，一向低声下气惯了，处处留心，步步留神。偏巧两个儿子仗着爸爸的势头，觉得牌头硬，加之家庭条件比别人好些，因此神抖抖，经常在外面惹是生非，让母亲暗暗着急。

听见妻子话里有话，老麦忙问情由。尽管父亲对两个宝贝也蛮宠的，可家法甚严，管束起儿子来，也不是吃素的——有好几回，打得儿子身上青一道紫一道。"大毛二毛又闯祸了？告状又告到家里来了，对不对？"他仗着酒气，噌地摘下挂在衣帽架上的军用皮带，高喊一声："快去把他们喊来！"妻子忙笑着嗔怪说："没啥，我随便说说的。你是吃炸药了，还是怎样？火气这样大。"这么一来，老麦才收起了皮带，撸了撸板刷头，末了说："我还有事，这两天晚上不住家里。"见妻子微微蹙眉，补了一句："马上要动手了，'踏平联司'，就等着看好戏吧！嗳，替我保密，不好打朋的。"

正说着，壁橱门背后传来吵嘴声，老麦诧然，拉开虚掩着的门，只见大毛、二毛正你搯一下、我拧一记在闹呢。弟兄俩尽管仗着爸爸威势外面威风，心里却都有些怕他，刚才老爸冷不丁回家，一慌，就藏到壁橱里去了。搁板上放着准备絮棉袄的棉花，不经意间，他们眉眼之间、头上身上都像沾满了花絮。父亲好气又好笑，呵斥几声，盘问几句。大毛、二毛哪敢还嘴，再听父亲问他们，忙推得一干二净——实际上，经常从

轰足油门,光在门外空地上小半径绕好几个8字圈,眼看就要撞墙,却突然来个急刹车。

《都市即景:河滨大楼的美丽与沧桑》组画之一

父亲那里得到一些所谓的内部消息,添油加醋贩卖出去,正是其骄傲的资本之一。

大毛、二毛头发黄黄软软的,像长粗了的胎毛,螳螂形的脸,鼻子上有好些雀斑,顶显眼的,都长了一对又大又红的招风耳。麦家兄弟在这样一个家庭环境长大,家境优渥,母亲宠爱,父亲地位显赫,慢慢养成了一身的怪脾气:优越感强,自以为是;时而胆大包天,时而唯唯诺诺;欺软怕硬,刁钻促狭,调皮捣蛋;鬼点子多,喜欢恶作剧、欺小凌弱,打人抢东西样样来。这对活宝,三日两头惹事,学校老师、邻居因看见麦家姆妈素来和善谦恭文雅,主要看在麦司令的面子上,同时,也怕他惩戒儿子太过苛严,所以,只要不闯大祸,一般情况总是大事化小,小事化了。有些人告状到麦家姆妈那里,就给拦下了。如此一来,无形中反而助长了他们的气焰,越发有恃无恐。

父亲板着面孔,对弟兄俩连说几个"不许……不许……",作为回报,答应他们可以坐上他驾驶的三轮摩托,去兜几圈。大毛、二毛一哄而上,不等父亲下楼,早已跳上三轮,模仿驾车的驾车,模拟开机关枪的开枪。旁边,有个孩子刚想摸一摸挎斗后面的一只备用轮胎,竟被喷了唾沫。

少顷,三轮摩托车呼啸而去,阳台上,麦家姆妈枕臂看了一会,返回家里。返照穿过南面阳台栏杆,落在叠着毛巾被的红木床上。红木家什乌紫锃亮,五件套的。墙上两个镜框里,丈夫胸前挂着荣誉勋章;还有两手各拿着一架银白色歼五模型，在模拟飞行。飞行头盔、皮衣皮裤，蛮神气。她曾无数次环顾这个家、这些照片，心里有说不出的满足。外面，每天每日，甚至每时每刻，都不太平，揪的揪，斗的斗，关的关，死的死；就连娘家的至亲，遭难的也不少。而这一切，统统与麦家无关。他们就像沙漠之中的绿洲，衣食无忧。为避免受牵连，近年来，她绝不踏入娘家一步，有事没事，全都躲得远远的。即便父母亲也不认。抄家抄得顶厉害时，只把娘家带来的一副象牙麻将牌，半夜往臭河浜里一扔。

蹊跷的是，临睡前，倒不忘记在胸口画个十字——这是娘家养成的习惯，要是意识到这个危险，肯定也把它戒了。麦家姆妈默祷着，祈愿家里太平无事，儿子别出去闯祸，还有就是国栋神秘兮兮讲的那件"踏平"的事，别出什么乱子……正在这时，电话铃响了，她心里蓦地一沉。当年，除了公用电话，谁家都赊不起，麦家这只电话机是为司令特设的。大毛、二毛原本就不肯早睡，这会都蹦起来抢着去接，把听筒夺来夺去，乱了一阵，方告知母亲："外公挨了打……大出血……很吓人的……医院不肯收……我也讲不清楚，姆妈自己听吧！"血缘亲情有一种奇异的力量，超出了禁忌与算计，消弭了隔阂和患得患失。五分钟之后，她当即往自己供职的那家医院赶去。因为事情来得突然，丈夫又有公干，已来不及与他商量了——这事当女婿的会怎么想？私下里，她也怕他不同意，不如来个先斩后奏。不过，似乎一阵眼皮跳，让她踌躇起来。临行她向儿子留话，万一爸爸有电话来，就把这事告诉他。

母亲一走，大毛、二毛无法无天了，哪还会乖乖睡觉？弟兄俩玩飞行棋、赌东道、听留声机，夜里饿了，还把听头里的梳打饼干吃个精光。其间，他父亲确有电话来过，这对活宝生怕夜里贪玩要穿帮，忙于应付，早把母亲的叮嘱撇一边了。在西郊的医院急诊室里，麦家姆妈度过一个无眠之夜。正好，急诊当班医生原先是她手下的，私交不错，便破例收治麦家姆妈的老父亲；病人急需输血，又私自调用医院血库里备用的血浆。病情刻不容缓，第二天早晨，又找来适宜血型的献血者撸开袖管，直接给病人输血，输了400 CC。总算老父亲的性命给保住了，女儿长长舒了口气——性命交关，其实她也一声不响，悄悄给父亲输了血。

次日，急诊室凌医生来接班。她参加医院造反派另一个派系。医院有三个"造反兵团"，群雄并立，各不相让，平日里就斗得人仰马翻。各派之间，碰到了大眼瞪小眼，恨不能一步就将死对方。凌医生查看急诊记录，不经意间发现了一个破绽：竟然给一个"黑四类分子"实施抢救，而且不经批准，私自用了血库里的血浆，那还了得！这个造反兵团还真神了，四处调查取证，不光查明了病人官僚资产阶级的黑底牌，和他抗拒改造的种种劣迹；不光查访到那位撸袖给病人输了400 CC血的工人师傅，还从诊断记录里查明，直接输血共有600 CC之多，两者之间相差200 CC。也就是说，输血有猫腻，公然从工人阶级身上多抽取了无比宝贵的鲜血！居心何在？坐实了，就是偷血行为！于是，一夜之间大字报铺天盖地，麦家姆妈的名字上打红叉，"偷血""血老鼠""血霸天"……血淋淋的大字，看了就让人心惊肉跳。总之，医院出大事了！

这天，"工总司"总司令一声令下，从申城四面八方征调十余万人马，攻打"上柴联司"，血光冲天。为了配合完成合围行动，麦国栋已率领手下忙了好几个昼夜，又是演练，又是动员，而且密不透风。他们那爿厂离位于军工路的上柴厂不太近，但因挨着中山北路主干道，也能看见塞满头戴藤盔、手执武器的"工总司"的驰援汽车，间或有多辆红色消防车呼啸而过。蓦然间，命令骤至，厂正门整个二层楼墙面高的领袖画像前，呼啦啦驶出数辆重卡，厂造反派奉调出征，一路高歌，口号雷动。围攻似乎打了一整天。

麦司令率领的队伍负责在左翼配合助攻。工人造反派一个个头戴藤盔、手执盾牌，猫着腰往楼上冲击，屡攻不克。正在焦烦之中，有人叫他去接电话。原以为是上面来催促快攻，哪知电话那头，竟然是他妻子医院造反派头头的"勒令"，听得他大动肝火，把听筒摔了。

短短几分钟之后，麦司令被喊回厂去。不久，给撤了副司令。再不久，被传讯到医院牛棚里跟妻子见面。夫妻俩抱头痛哭。麦家姆妈因腕间戴着铐子，无法抓丈夫的手，只哀泣道："要相信我是清白的……绝没有那样的事，这是诬陷！你快救救我，救救我呀！"很快，穿制服的人把她拽走了。

起初，麦家姆妈坚信自己清白无罪，但经过大大小小的批判会，以及唯一的一次审判会后，发现已无人再相信自己的清白、无罪了，辩解毫无作用，还会被认为态度不老实、抗拒，罪加一等。在劳改大队，她被关在与刑事犯同处一室的监房里，那是些纯粹的社会渣滓，毫无廉耻，做坏事、说谎话从不脸红。麦家姆妈被诬陷极度痛苦，同时，又几乎每时每刻，饱受来自同监房小人们的困扰——她们会编派各种各样稀奇古怪的理由，夺走她的米饭，扇她耳光，想怎么弄就怎么弄，还不许说出来。

渐渐地，麦家姆妈变麻木了，目光呆滞。往日最爱干净的她，也不再讲究卫生，邋里邋遢，简直像换了一个人似的。监房里有事先要向管教报告。刚入监，因为不服被判了八年徒刑，她异常愤慨，焦灼不安，有事没事动辄大喊"报告……"。如今她不大喊了，管教向她问话，她也爱理不理。刚开始，麦家姆妈坚信自己很快会出去，老麦一定会来搭救她，凭他的名声和地位，应该不难。日子一天天过去，丈夫迟迟不来，对搭救的事她慢慢也灰心了，但心底里，还是相信她丈夫的，他们夫妻感情这样好，他决不会对她这样绝情。这一点她从不怀疑，唯一让她放心不下的两个宝贝儿子，饭来张口衣来伸手惯了，母亲不在，他们怎么过？夏去秋来，转眼天气变凉了，麦家姆妈突然想到壁橱里还放着十来斤棉絮，那是她准备给孩子们翻棉袄的。原来的棉袄都不够保暖了，应该趁早拆洗，絮上新棉，然后用缝纫机缝上一道一道的密线，像坦克兵式棉袄那样。为什么没翻棉袄？想起来了，那时天气太热，手汗要沾棉花的，翻不得。如今该是准备御寒衣的时候，谁知，关在监房里，要翻棉袄也不能了!

麦家姆妈牵挂着给孩子翻棉袄。换季时间还没到，服刑人员的家属们早早地就把冬衣送进监房来了。每逢规定的家属接见时，麦家姆妈总特别纠结，因为同监房连那些很坏的恶女人都有家人送御寒衣裳，而她竟迟迟没收到——她这样吃苦煎熬，老麦和孩子们知道吗？她日夜悬心，苦苦思念，他们懂得吗？为什么看也不来看她？显然，她已被最亲的亲人们遗忘了，抛弃了，他们已不需要她了，生活中已没她的位置。既然如此，那他们一定是对她清白、无罪发生怀疑了，认同她是一个有污点的女人，会给他们带来耻辱与不幸，所以才不愿见她。再没有比这更让她感到痛苦和寒心了。

有天下午，麦家姆妈还没高喊一声"报告……"，穿制服的女管教就冲她走过来，隔着一扇小小的窗子，问了她丈夫名字以及服刑前的所在地。乍听此言，她心里怦怦跳个不停，脸都红了。女管教冷冷扔下一句："有你一只包裹。"麦家姆妈忙问："是老麦送来的？他人在哪里？能不能……"女管教蹙了蹙眉，仿佛说："哪那么多废话？"不久，麦家姆妈拿到一只没有落款、只写了她娘家姓氏的蓝印布包袱。包袱里有棉衣棉裤等，有件狗皮背心还是她母亲所用之物，里里外外翻遍了，没有片纸只字。

麦家姆妈伏在一堆棉衣棉裤上号啕大哭，百感交集，说不清心里是什么滋味。哭了一阵，想到娘家还在惦记着自己，偏偏丈夫这样冷淡绝情，眼泪滚落下来。她终于明白了：不管是否绝情绝义，反正老麦肯定不会来了，等也白等。因为，当初她就是这样斩断与娘家一切来往的。既然这样，她也不怪丈夫，不怨孩子，只恨自己命苦。当晚，她就给丈夫写了一封长信，要求跟他离婚，因为离了婚就没瓜葛，没瓜葛就不会牵连到他们，这样至少能保住他们三个。麦家姆妈在有宗教氛围的家庭长大，从小耳濡目染，做祷告、跟父母一起去若瑟堂参加望弥撒、领圣餐……天主教教义：有效婚姻不可拆散，也就是说不准离婚。如今她自愿提出结束婚姻，该忍受何等的痛苦。尽管心里有许多的痛楚和不舍，但她还是想一个人来承担所有的结果，无论代价有多大。信，一封封寄出去，谁知竟像石沉大海一般，既没说答应，也没说不答应。

一年又一年，麦家姆妈已在监房里过了数度春秋，慢慢连离婚的事也麻木了。服刑人员要想早日恢复自由，大抵只有三条路：自杀、越狱，或减刑，前两项不可取，而且也不可能，那只有争取减刑了。麦家姆妈做工非常卖力，好在踩缝纫机是她拿手戏，拼命赶工，月月超产，而且做出来的衣物又快又好。她还不放过一切机会：出黑板报、写批判稿、参加服刑人员小分队演出，把阿庆嫂"参谋长休要谬夸奖"、李铁梅"都有一颗红亮的心"等好些个段子唱得有板有眼；自然，看病是她的强项，谁有个头疼脑热、落枕扭伤，她便义务给人切脉、推拿、按摩什么的。渐渐地，她在劳改大队三中队有了好名声，监里姊妹亲切地喊她"麦家姆妈"。只是谁都不知道，她瞪大眼睛，一旦发觉谁谁谁有不认罪、不服法的言行，哪怕一点点蛛丝马迹,背地里也要向中队长、大队长去"报告"。她之所以这样,一切的一切,只是为了能得到一些分值之类。根据规定,累积到一定的分数,就可以减刑。

慢慢地,她心态也好多了,不再纠结于沉冤和屈辱,有时脸上甚至泛着红晕,好像年轻多了。因为脸盘大,细身细腰的,有人背后给她起了个"胖头鱼"的雅号。麦家姆妈特别能忍。三中队甲班、乙班都在一个温水池子里洗澡,规定一刻钟洗完,而且,要在女管教的眼皮底下脱得精赤条条进去。她特别难受,日子一久也麻木了,可就是有一点让她受不了,因为池子里洗澡的女犯多,都是擦一把肥皂就噗通噗通下水,还不到一半人洗过,池水就脏兮兮了。天热,又没法不洗。她得了尿路感染——也有可能,是踩缝纫机长时间忍尿给憋的。总之,说不定什么时候小便就冲出来了,伴着酸胀感,还特狼狈。二中队的医务室治不了这病,她想去市监医院又不批准,说毛病太小。有一天,她发烧、流涕、背脊痛,起先以为感冒,吃了板蓝根。谁知高烧不退,胸背部更加疼痛了。经医务室初步诊断,得了胸膜炎。她知道这种病耽误不得,请求马上去市监医院治疗,这回中队长同意了。

这天,麦家姆妈与穿制服的女管教一起乘坐带帆布篷的吉普卡,往市监医院开去。吉普卡尽管封得严实,但从隙缝里还是可以望一两眼。四月初,路旁的落叶乔木泛上新绿,柳条抽芽,桃枝和紫荆条一片明艳艳。绿树红花的后面,是成片的红瓦屋顶石库门,还有老洋房、钟楼、路边的大玻璃橱窗、大街上密密麻麻的行人和自行车……尽管周遭沉闷肃杀，但毕竟几许春色挡不住。这一切久违了！乍一眼看到，她竟有说不出的激动，虽说病痛减了心情，何况腕间还有凉丝丝的铐子。

医院确诊，麦家姆妈患结核性胸膜炎，要住院。自己也曾是医生，知道结核菌钻到胸膜里去了，一时半刻不会好，而且疼痛会非常厉害。异烟肼打了，却止不住剧痛。实在受不了，打铃，对护士喊"喔唷唷……"护士虎着脸，意思是说："你当你是谁？对不起，熬熬吧！没办法的。"有一天，经得同意，她去挂号间挂号，因是住院病号，还算来去自由。挂号间有一排窗口，每个窗口前的硬木条椅上都坐满了病号，一些病号还有管教盯着，人就更多了。旁边一排椅子上，斜对面有个穿囚衣的人耷拉着脑袋打瞌睡，脸一侧，露出又大又红的招风耳。麦家姆妈眼睛停留了几分钟，暗忖："这人的耳朵怎么跟老麦这样像？"随即一笑："哪能会？想家人想疯了！"

窗口挂号有快有慢，麦家姆妈这排没动静，旁边一排连过几个，那人赶上来了，刚好与她并排，背对背。忍不住睃他几眼，刚巧他抬起头，难道是幻觉？简直不敢相信，这人正是她日思夜想的老麦。霎时，她好像被劈成了两爿，一面极力否认是他，一面心里冒着凉气，不断发问："他也成了犯人……哪能会？……哪能会？"竟克制不住，低低喊了声："是你？"对方分明早认出了她，只是若无其事地叫了声："报告！冯队长，我肚子痛，想上厕所……"显然，他在提醒旁边有人盯着。一个穿制服的管教呵斥他几句，这个时候不允许。犯人犟起来，冯队长想用一句话压住他，高声说："不要捣乱！你的毛病就出在不肯认罪服法！"犯人仿佛被刺痛了似的，顶撞说："对了，我不服。我没犯罪，政府抓我抓错了。"那人边说，边悄悄往麦家姆妈那里投了个眼色，这从冯队长的角度是看不见的。冯队长大声制止他，好像暗示回监房让关禁闭室，那人才不响了。正在这时，有个熟人跟冯队长打招呼，仿佛老朋友什么的，喊他一起去抽支烟，聊聊天。冯队长点点头，上前拿铐子"咔哒"一声，把犯人的手和木条椅铐在一起，随后扬长而去。

两列挂号队伍挨个都上去了。别人过去，麦家姆妈却坐着没有动，虽然背对背，但她还是抓紧时机，问："老麦，你进去多久了？写给你的信都收到了？"她丈夫余怒未消，压低声忿忿说："册那！他们不能这样对待我……我没罪，哪能认罪服法……说我恶毒攻击？没有的事！我是正常反映情况……我抗美援朝负过伤、立过功，再怎么说，我还是战斗英雄吧？"妻子惊惶不已，忙四周看看，幸亏冯队长还在那里抽烟，而旁边路过的人都不认识，也没谁会去举报的。"听话，你搞不过他们，反过来吃亏的只有你自己……"她含着泪，话还没说完，他粗暴地打断说："你为什么提出跟我离婚？是你真实想法吗？"妻子好像挨了一鞭子似的，反问："那么，你信收到了？为啥不回？"她丈夫负痛说："你好糊涂啊！"突然，妻子仿佛这时才想起一个更严峻甚至更残酷的问题，忙问："你几年？"丈夫骂了声："册那！居然判我十年啊！"

麦家姆妈被重重一击，瘫倒了，耳畔好像有面大锣咣咣在敲，喃喃说着："完了完了！大毛二毛哪能办？"等她睁开眼，冯队长已经过来把她丈夫带走了，甚至不及问他治什么病、要不要紧。眼看他在挂号窗前，却再也没法问他了！

那天，麦家姆妈也不知怎么回到病房的。脑子里不断回忆与丈夫偶遇时他说的每句话，未来漆黑一片。胸背部再怎样痛彻，也没心痛那样难受。曾经听说，监房里有人偷偷把塑料牙刷柄磨尖了割脉，以求一死。绝望念头蛇一般地缠绕着她，可她想起丈夫说的"你好糊涂啊"，又骤然一惊。暗忖：几次三番向老麦提出离婚，已经够糊涂；再寻死觅活的，那就更糊涂了！现在，大毛二毛身边没爹没妈，哪能过？他们一定比自己还苦，一定盼星星盼月亮，盼母亲早日回家。她不能让他们失望，就是为了孩子们，也要熬到刑满这一天。想到大毛二毛，哪怕病痛心痛夹攻，仿佛也不觉得了。作为母亲，自然比别人更清楚孩子是个什么样，过去父母在身旁尚且如此，如今没了爹妈看管，还会哪能？

念及此，她骇怕起来。孩子最让母亲牵肠挂肚，而现在能做的，也只有默默为他们祈祷——如果真像娘家父母亲笃信的那样灵验，她愿意每天祷告一百遍。下一个接见日，刚好娘家亲人来探监，她便请求孩子的外公外婆好歹带他们来，让她看看大毛、二毛。真的，她想煞他们了！然而，娘家亲人每趟都说下回一定带来，却连个影子都没。接见大厅家属和囚犯见面，隔着一道玻璃墙，囚犯被管教告知必须守规矩，手放在膝盖上不能动弹。见面应该是高兴的事,可在这种情形下,双方却更难受了,大厅里哭声一片,倒像是灵堂似的。哪怕是揪心地哭一哭也好,而这种幸福,麦家姆妈却没有,因为孩子不愿来见她。当娘家亲人支支吾吾说起这些时,她默默流泪,哽咽说:"不怪大毛二毛,是娘不好……孩子没人疼没人爱,自然要恨我了!"

麦家姆妈并不知道,大毛二毛迟迟不来看她,其实另有缘故。当初,国栋见妻子居然被判了八年,心中恚愤不已。说起来自己还算场面上的人,路道广,朋友多。谁知,国栋求爹爹拜娘娘,大庙小庙一路磕头,好话说尽,都没一个人肯帮忙的。过去的赤膊弟兄见了他就躲,有的不痛不痒安抚几句;有的笑他犯傻,劝他多为前途、孩子着想,竟然还有干脆劝他离婚的——刘玄德不是说妻子如衣裳么?

国栋忧愤焚心,也只有一个人多喝几盅杨梅烧酒,浇浇块垒而已。红极了的时候,给麦司令孝敬酒的人多,但由于老婆管着,因他肝不好,不能多喝。老婆被关进去,酒戒一开,就刹不住了。手里一有钱,便叫大毛二毛去熟食店里称些红烧猪头肉、猪尾巴,拿来下酒。钱不够,一纸包的油氽豆瓣也能混。喝得醉醺醺的,只晓得发火,一旦大毛二毛犯点事,告状告上门来,便高扬军用皮带追着他们抽;孩子们饮食起居、一日三餐,他才不管呢。好像他们总能对付过去,不用老爸操心——大毛、二毛有啥本事?也就偷偷藏了家里的衣物细软,卖了换钱。再不,去抢、去偷。"爸爸不管我们,只晓得喝烧酒！哼！还抽我们……"哥俩儿忿忿的，带着过去被宠成的那一份傲气，还有一股子怨气，反抗心理越来越强。

他们在父亲面前低声下气，装得很乖；一出家门，简直胆色惊人。他们把父亲正宗的军棉大衣卖了，有四个兜的干部服悄悄拿去换钱，甚至连漂亮的三级勋章、赴朝作战荣誉胸章等也不放过。到后来，为了换一包奶油话梅或"咸嘴巴"——一种很咸的零食，把正宗的五角星帽徽、五角星里有"八一"的纽扣和军官领章肩章也都搬出去。这种东西原是大可炫耀一把的。大毛二毛闹不明白：过去打架斗殴，还欺负别人，抢人家东西，总有一帮跟班尾随起哄，而现在，这些人却差不多骑到他们头上拉屎。从前父亲在台上，拍他们家马屁、巴结他们家的人很多。隔壁邻居梁家姆妈是个大嘴巴，死的也能说成活的。人前人后，夸奖麦司令厉害，冷不丁收拢三个指头，撑开大拇哥和食指，说："喏！这个是什么？小手枪！那年他立了大功，毛主席亲自奖给他一把枪哎！啧啧啧啧……"大毛二毛兄弟被人欺负气不忿，他们真想找出这小手枪，把那些仇人崩了。

一天，父亲喝得烂醉回来。家里，大毛二毛正同要好同学杀军棋，杀得天昏地黑，没承想老爸冷不丁闯进来了。见了他们，哪晓得父亲欣欣然说了声："好好好！小孩子外面不去皮、不去闯祸……好！"大家顿感非常意外。同学们无心恋战，等只剩下哥俩儿时，父亲把脸一收，正色说："愿意帮爸爸做点事么？"孩子们听不懂，有点受宠若惊，忙答应了。父亲遂把好些信纸、信封一摊,眼睛一红说:"侬姆妈是冤枉的……太冤太冤……她现在又提出要离婚……不行,绝对不行……我要向组织上反映反映,对对对!反映反映……可爸爸字写不好,蟹爬一样……嗯,看不清楚……嗯……愿意帮我把信抄一抄么?"

大毛二毛当即就答应了。抄完,好几个地址写上,好几个信封粘好。父亲收好,幽幽地说:"侬姆妈太冤了!只是让上面晓得晓得,没别的意思……嗳,你们能保证,不说出去么?"得到确认后,又关照:"谁问也不许说,烂在肚肠里。懂了么?"孩子点点头,这算什么事!

过了两个月,麦国栋被穿制服的人带走了。说是恶毒攻击,罪名很大。过了不久,经过刑侦部门对笔迹进行比对,确认匿名信上的字并非模仿,而是大毛二毛直接誊抄的。这天,他们都在上课,被老师喊出教室,说操场里有人找。下了楼,刚到门外,有人笑着招手说:"过来过来!"还没缓过神,就被两边一架,摁到一辆绿油布篷车里了。

事后,麦国栋一口咬定匿名信跟他无关,还说妻子是无辜的,医院有人想搞臭她。查案工作搁浅。不久,从笔迹上敲开口子。孩子毕竟是孩子,经不住三吓两吓。这起市里的恶性大案告破。很快,国栋就进去了。没多久,大毛二毛被放出来,因为其背后"长胡子的",才是首恶。该案的案犯被判十年。其间,犯人的肝脏经常发病,住进市监医院隔离病房。与妻子偶遇的那趟,其实他已出院,来复查,GPT指标正常了。

父母双双被收监，大毛二毛没了经济来源，居委会按照上面规定，发给每人每月十五元的生活费。这两个小爷叔，父母在身边时就经常闯祸，居委会阿姨妈妈见了头疼，现在野在外面，还不乱七八糟？所以考虑，让其在湖州的爷爷奶奶领了去。麦家姆妈在监房里思念孩子，因有了这许多原委，自然就缘悭一面了。

一晃几年过去。早过了大毛上中学的年龄，兄弟俩说啥也不愿待在乡下了，理由倒也合情合理：不在上海学校念书，将来毕业分配都成问题。这样，大毛二毛又回到屈家桥畔的新村公房。发育年龄，身子像庄稼拔节一般，噌噌地日长夜大，但心智方面，仿佛还停留在某个阶段，叛逆、闯祸闹事，家常便饭，上派出所、拘留所、少教所就跟住旅馆一般。这不，二毛二进宫了。居委会阿姨妈妈直摇头。邻居叹息："嗐！这么好一份人家，作孽作孽……"哥俩儿像商量好的，经常一个进去，一个出来。临近中学毕业，大毛还是不断闯祸，打穷架、抢东西、倒卖票证、小偷小摸……也巧，中学刚进驻上层建筑的工宣队，正好是原先国栋的那片厂。工宣队长老关对大毛笑道："你们家见鬼了！父母坐牢，弟弟进庙里，你这闯祸坏子，迟早也要进庙里。你们全家都进去，若有空坐下来，刚好一桌麻将牌！对了，麻将牌不许打。喏，打纸牌好啦。"

关师傅只不过说说笑话而已，哪知没多久，大毛真关进白茅岭去了，被判五年。后来听说，大毛吃官司也不太平，犯人之间斗殴打架，一个失手，竟将同狱犯活活打死。也有人说，大毛刑释后又在华侨商店门口抢劫,抢黄牛手里的兑换券,厮打中他用砖块砸黄牛贩子的脑袋,出了人性命。总之,祸闯大了,犯了命案,结果被押送到靶子山枪毙了。

由于消息不通,儿子被枪决的事麦家姆妈一点也不晓得。她苦等苦熬,积极要求改造,年年盼减刑。三中队宽严大会每年都有,可不知为何从宽总也轮不到她头上。终于有一天,刑释时间到了。监房里蛮迷信,离开时犯人通常都会带一只杯子回家。杯子与"一辈子"谐音,从牢里把杯子带走,也就是一辈子不再来的意思。麦家姆妈行囊中藏着瓷杯,回到阔别八年的家,等待她的,是空空如也的房间,和一张旧日的枪决《告知书》。

嗲妹妹与华侨

瑶琴小姑娘细长条子，白白净净，非常嗲，就是一对漂亮眼睛往鼻梁根靠得略紧些，跟以后的上海电视台少儿节目名嘴——"燕子姐姐"陈燕华很像，或许比她还要漂亮。因为嗲溜溜的，人们就给了她一个"嗲妹妹"的雅号。

嗲妹妹属于六五届，运气好，躲过了"上山下乡"。嗲妹妹在开林油漆厂当学徒，那时一场运动如火如荼开始了。有人见过一景：某个炎炎夏日，一长排厂里被揪出来的牛鬼蛇神、四类分子，乖乖站在二层楼墙面高的领袖大招手像前，人人手里端着蓝边搪瓷盘子，盘子里放着忆苦思甜饭——砻糠做的猪肝色窝窝头，个个挥汗如雨，边吞咽着砻糠食物。大喇叭里循环播放着"天上布满星，月亮亮晶晶，生产队里开大会……"天热口干难以下咽，一个个吞咽得青筋爆出。然而，还得在戴红袖章的造反派师傅的高声呵斥下，一手擎着红宝书请罪、朗读语录。厂里火药味非常浓，造反、赤卫两派较上了劲，但基本没嗲妹妹什么事。自然，几个造反组织的头头也有小年轻，私下里主动来搭讪，目光还有些暧昧。嗲妹妹心里清楚，跟这种人最好离远点。嗲妹妹很有文艺细胞，唱歌跳舞、沪剧越剧、报幕滑稽、正角反串，样样拿得起。实际上墙里开花墙外香，她厂里低调，外面却分别是局、公司一级宣传小分队响当当的队员。嗲妹妹自我感觉蛮好。不过接连几件事，让她似乎有点受挫，一是她所在的乌兰牧骑文演小分队指出其台风问题，把她晾了几回以示警告，主要演员和报幕员都差点当不成了。"台风"是指她声音嗲溜溜的，舞姿软绵绵的，眼神也不对；报幕声糯糯嗲嗲，被严肃批评为"像国民党电台"。更糟的是，有几回没穿军装军裤就上台了，聚光灯下一站，裤脚管有点瘦瘦窄窄的，简直吓人。二是她替反动家庭子女说话，在有人被揭发"唱黄色歌曲"向她核实时，坚称《啊哟妈妈》《小河淌水》等没有问题；甚至，在车间监督改造的黑帮、牛鬼生了病，居然帮他们干活。三是小资情调、追求资产阶级生活方式，暗指她与华侨来往甚密。

嗲妹妹就是嗲，人们并不怎么为难她，所以还是我行我素，该干什么还干什么。周遭狂澜四起，却压根儿伤不到她一根毫毛。她仿佛生活在真空玻璃管里似的，非常奇怪。小分队里的男同胞蛮喜欢逗她玩，找乐子。比方，一同到江湾电影院演出回来，夜幕下臭河浜畔突然一阵鬼泣神嚎。有一段泥浆路，草棚棚屋旁竖满了大大小小的棺材板，地上也铺着一块接一块的棺材板，踩上去摇摇晃晃，时而发出沉闷的咕叽声。黑灯瞎火的，走在嗲妹妹身旁的男同胞突然凛凛高喊一声："鬼来了~！鬼来了~！"吓得嗲妹妹寒毛根根立直。前面一座没扶手的小石板桥，月光下白森森的，这时男同胞想要搀她的手,一边坏坏地笑着。他的诡计哆妹妹早已识破,一赌气拔脚就跑。

那时,屈家桥畔油菜田包围之中的那个坟茔已开凿了七七四十九天。乡下造反队或红卫兵们用十八磅榔头,使尽了吃奶的力气砸,一锤下去也就浅浅一个白点。当地老汉说,明清大官的坟茔万万砸不得。他不敢说"四旧"不好,也不敢宣扬坏风水、伤阴骘之类封建迷信,只道那坟墓是用糯米粥和着沙石浇铸的,牢固异常;墓里还有种种暗道机关,射放毒箭,仿佛还有魔咒什么的。糯米浇这一点老汉没撒谎。乡下造反队请来了工人老大哥,用风镐又开钻了七七四十九天,终于扒开了坟,里面棺椁套棺材,一层又一层。随葬的绫罗绸缎殓衣光鲜耀眼,非常气派,风一吹,马上变脆变暗变黑,腐烂发臭。上班跨过屈家桥时,哆妹妹看到那里红旗猎猎,乡下造反队或红卫兵们在欢呼"又一个胜利",不觉蹙眉,哆里哆气说了声"真触气哦",或许也有鄙夷"乡下"的意思。哆妹妹的家没安在市中心,怎么讲也是尴尬的事。这段时间,偏偏要到江湾电影院一天演三场,常常还加场,上面定好了的。哆妹妹害怕晚上走棺材板路,可她是主演兼报幕员,这样的台柱子缺了怎么行?

江湾电影院附近有几个大大的煤气包,时高时低时升时降,一降降到只剩高高密密的铁扶梯。听说,阶级敌人每时每刻都想往那里安炸弹,引爆煤气包,周围数十公里的人全玩完。哆妹妹每每从圆圆大大锈迹斑斑的煤气包前路过,就非常恐怖。还有，就是臭河浜畔必经之路旁的外国公墓。

那时兴"大破……"，乡下造反队或红卫兵们早已摆开了阵势。生产队一声令下，市郊农民，也就是贫下中农们纷纷出动，而且还算工分的，一个壮劳力出一工四毛钱（比种田高许多），早中餐免费；挖获的金银财宝，一律到银行里变现，划归公社集体财产。既扫"四旧"，又有进账，特会算小经济账的阿乡们何乐而不为。拿着锄头铁锆、扁担泥箩粪桶，挖的挖，掘的掘，刨的刨，砸的砸，扛的扛，抬的抬，个个神勇无比。

人有个坏毛病，越害怕的东西就越想看。演出间隙，闷得慌，乌兰牧骑文艺小分队几个胆大的小伙——也许，在姑娘面前谁都想显摆自己胆大勇敢，竟撺掇姑娘们到外国公墓里走一趟。哆妹妹其实很鄙夷那种不作兴，可女同胞都去了，也怕自己太孤立，说不定又落下"哆"的口实。想着想着，不觉已到外国公墓里。

这个外国公墓靠近水电路桥，名叫广裕山庄，比起当年的"万国""广肇""联义""长安"等公墓山庄，规模虽略小些，但毫不逊色。印象中，山庄里古柏森森，花草繁密，甬道通达，虫鸣唧唧，在蓝天白云映衬下分外肃穆。门口进去一块空地，分列并排的水泥主墓道、侧墓道若干，好像有五六条人行道的样子，走道的间隔宽窄不等，宽者数丈余，依次排列着一座座坟茔。好像以西式坟墓居多，卧地一个个长方形，十几英寸高，多半围着生铁或铜质的精美小栏杆。其中有许多墓碑、方尖碑、十字架和雕像，大理石多数抛光锃亮，有绛红色、褐色、米黄色，黑色居多。白大理石或汉白玉雕像，有胸像、头像、半身像、侧面浮雕，男女都有，也许就是墓主人的形象，也有展翼天使。墓碑上刻着姓名及生卒年代。主墓道两旁树木幽深，有时都将坟墓、墓碑、雕像紧紧围住了，遮天蔽日，略小些的希腊式庙宇、廊柱，从绿荫深处展露一角，大多爬满了藤类绿色植物和苔藓，周遭开着一丛一丛不知名的野花。这一切，无不给人一种天堂般的圣洁和庄严感。

住在屈家桥附近的人看电影路过，以前也曾来转转，把这里当成了免费公园。哆妹妹跟着也来，根本就不会感到一丝恐怖，有的只是超凡脱俗般的宁静、安详，展翼天使还特别优美。哆妹妹甚至想过，以后轧朋友了，与男友手搀手到这里来，倒是非常浪漫的。然而，如今她的眼前，却是块块石碑倒地，个个棺盖翻开，只只墓穴暴露、积水，处处都是东一堆西一堆的石灰、骨殖、遗骸，金黄色卷发缠绕在风化了的殓衣碎片里，骷髅头豁开大嘴在路旁哈哈大笑。远远近近，一面面生产队的红旗呼啦啦直响，上面写着"破四旧、立四新""革命无罪！造反有理！"阿乡们掘地的掘地，撬棺材的撬棺材，吊神仙葫芦的吊神仙葫芦，就像在棉田、稻田、晒谷场、烂泥河浜里忙活一般，开开心心，欢欢乐乐，一边还开些阿乡自己才觉得好玩的荤素玩笑，逗乐，仿佛丰收在望，喜上眉梢。头扎着彩条毛巾，淳朴憨厚的黧黑的脸上豁开大嘴哈哈大笑。因为，又一只坚而又坚、牢而又牢的铜质棺材被开膛破肚了。就像理抽屉时干脆噗地一倒，清理垃圾一般，他们膂力惊人，几个男女就能"嗨！"的一声，棺木一翻，里面尚未腐烂的尸体就被"揎"出来了，应了上海人有句话：翻尸倒骨。社员们完全是有备而来：棺木里、骷髅牙床上、骨殖手指间的金银宝贝全带走，变现为生产队的收入；棺材大卸六块，铺路架桥盖房当乒乓桌都有用，故而突突突响的手扶拖拉机一车又一车运走。有时，某君的尸体待在棺材底不肯出来，阿乡叼着飞马香烟，给它结结实实的一钉钯，霎时间骨肉分离。

这情形让人恶心不已，嗲妹妹看了直反胃。没料到，乌兰牧骑文艺小分队一干人把她一个夹在中间，跑不能跑，溜不能溜。大家嘻嘻哈哈，腻腥虽腻腥，可也没太当一回事。有个美眉动了恻隐心，有一搭没一搭问了声："怎么也没有人管一管？"某小分队员笑着说："管墓人早大串连去了！"美眉又担心，万一坟墓的家属、后人拿着证件找阿乡要"人"怎么办？回答说："笑话！如今造反了，扫四旧了，谁还管这些？吃了豹子胆了么？"接下去一场演出，嗲妹妹搞砸了。开始发挥还正常。放电影的舞台紫丝绒幕布一直拉到侧幕条边，正面巨幅领袖宝像下安了个大大的"忠"字，金色锡质皱纸闪光熠熠，五朵大向日葵呈深V状排列于下，两边各斜插三面尖角状的旗帜，挨幕一溜手风琴、扬琴、琵琶、唢呐、二胡、笛子、鼓之类。就见嗲妹妹一身军装，腰扎一条把军用挎包压底下的铜头皮带，一双黑色搭襻布鞋，白袜，站在台中央，两条胳臂藏在背后，嗲嗲地报幕说："……乌兰牧骑文艺演出小分队汇报演出现在开始……敬礼！"

侧幕条两边，分别走出两列步履铿锵、摆臂挥着红宝书的军帽军服军裤姑娘，齐刷刷猛喊着"革命无罪！造反有理！""一二一、一二一……"以哆妹妹的声线，似乎有点压不住阵。"立停"声未落，霎时铁姑娘们跺了跺脚，焦雷般回应："一二！"开场照例是五六首语录歌舞，每回哆妹妹先背一遍"伟大领袖毛主席教导我们……"然后说"下面请欣赏……"两架一百贝司手风琴（这是"乌兰牧骑"镇队之宝）一番前奏"哆拉梭咪梭哆拉梭咪梭，拉梭拉来哆"，《天大地大》开始了。之后，舞蹈《草原上的红卫兵见到了毛主席》，哆妹妹更显腕儿的风范，不光模拟骑马的一组动作十分洒脱曼妙，惟妙惟肖，尤其"啊哈嗬……"，这节扭腰摆肩，差不多就是原装版的蒙古族舞"安代"。

喘息未定，脱下蒙古袍换上军装报了幕，自报自演《萨拉姆毛主席》。这新疆风情浓郁的舞蹈，历来是哆妹妹最得意的压轴戏，能博得满堂彩。尽管这回不叫换上维吾尔连衣裙，梳十余条小辫子。演着演着，猛听得场子里谁喝了一声倒彩，还以为谁在搞破坏了。"乌兰牧骑"头头再一细看，发现市革委会管文教的领导也坐在长排细木条椅上，脸色铁青，竟没发现大驾光临。头头忙迎过去汇报。那时领导下基层都兴骑自行车，没准悄没声地骑"老坦克"就来了。场子里此时掌声雷动，领导瞪了瞪眼，把头头拉到太平门外去，跟着喝了声"胆大妄为"！上面早有口径，难道你们不知道？什么态度？什么感情？你们乌兰牧骑可以解散了！

谢幕之后，卸了妆，嗲妹妹还挺得意的。没想头头一犯急，把"册那"也急了出来，嗲妹妹如何受得了？又气又急，淌眼抹泪的，还直委屈地说："我又不晓得萨拉姆不准演了呀……"原来，维吾尔语"萨拉姆"读音容易听岔了，政治影响很坏，已被叫停。"乌兰牧骑"散伙，小分队成员都怪嗲妹妹不好。吃散伙饭时，有人摔盐汽水瓶子，一个字正腔圆的京片子叫道：晦气！看看报应来了吧？谁他妈非要到外国公墓去的？反正嗲妹妹在厂里本来就低调，出了这么大的事，谁也不晓得，该干什么还干什么。这段时间，开林厂又揪出了不少黑帮牛鬼，挖出了一颗又一颗"定时炸弹"。对于牛鬼们，嗲妹妹颇和颜悦色的。有人背后忿忿不平，难道仰仗上面也许有人罩着，她就可以这样黑白不分？他们很气愤，想方设法找她碴。

其实，根本不用检举揭发匿名信，嗲妹妹跟华侨来往几乎是公开的，抓小辫子一点不难。有人就向厂革委会反映了，说得有鼻子有眼。可嗲妹妹芳胆很大，鼻子嗤了声，甜甜说着："我不睬伊！"屈家桥附近，臭河浜畔，商业新村N号门楼里住着一大帮子印尼华侨，年龄差不多都在十七八九岁。男男女女都有，男的住底楼，女的住三楼。这两处房子都是茂源叔提供的，他是印度尼西亚归国华侨，就在离新村不远的汽车附件厂上班。茂源叔归来经年，结婚生子，成家立业。他有一副侠义心肠，非常好客，不光借房子给姑娘小伙们住，还多有照拂,等于就是他们义务的监护人。

　　这帮年轻华侨分别来自印尼雅加达、万隆、棉兰、泗水,也有爪哇的。他们父辈出洋闯荡,有着早年出洋共同的血泪史,和一颗中国心。华侨们兴衰富贫不一,也有商界巨子成功人士,体体面面搞同乡会、联谊会,舞龙舞狮,包粽子,吃汤圆,恨不得把中华文化精髓全都彰显出来。祖国有任何一点波动都牵着游子的心,抗日打小鬼子,他们中许多热血男儿不招自来,更多的捐飞机大炮。年轻华侨的父母们就是这样一拨人,他们事业有成,但年龄都大了,把培养接班人当成第一号大事。血管里奔涌的血液在起作用,父母们不约而同,纷纷把子女送回祖国大陆,认祖归宗、学习传统文化。原本学就学了,没那么多事,父母们只消按时打一笔款子到渣打银行等就行,子女们衣食无忧。华侨老爸老妈没料到什么运动开始了,侨校也不让办了,进关出关也停了。好像除了人身安全,政府也管不了许多,小华侨们等于散养了。

　　毕竟侨二代们跟爹妈不同,定力不足;再说也正是长身体的时候,容易受影响。故而他们看到各处各地"斗斗斗""杀杀杀",武斗交上了火,觉得挺好玩,跟打游戏似的。渐渐侨二代群体也分裂成一拨一拨,肢体冲突也有。侨二代们于是流布于北上广,也有其他二、三线城市。其中一个分支中的分支,就漂到屈家桥了,这多半是茂源叔的功德。

　　那年,窗外大标语大字报像牛皮癣小广告那样多。大喇叭说不定什么时候就发"通令……"喊着"打倒打倒"。架在屋顶上的双大喇叭一天播出几回，时不时"誓死保卫……誓死保卫……"家门口没准就在斗牛鬼蛇神。好好的一个邻居，突然跳楼、上吊或失踪了。门楼里的邻居很有几个爱美的姑娘小伙，说不定回家裤脚管就给铰了，鬓角头发给剃了。然而，这一切几乎跟华侨同胞绝缘，因为周总理给罩着，不让动爱国华侨。他们的香水、尖头皮鞋、奶油包头、花衬衫、包屁股裤子……碍你什么事？居委会阿姨妈妈查敌情蛮灵敏，但对这帮小华侨，几乎不闻不问他们做什么。至多，也就是一旦有新成员加入，便如影随形上门，笑眯眯地寒暄几句："哦哟！亲戚是要走动走动的。这趟来住几天？从哪里来？到哪里去？某某某还有什么亲戚……"年轻华侨们也不点穿，打哈哈。华侨们只有一条，护照上的居留时间一定得清清楚楚，否则麻烦就大了。

那时都穷，人一旦到了这步田地，嫌贫爱富的坏毛病也给治愈了。店里柜台是空的，副食品是凭卡的，连大米也要购粮证，扯布买棉花买油等等都得定供。外宾朋友来参观了，商店里才上柜搁点东西，外宾走了赶紧收回。然而这样穷，却一丁点儿穷不到华侨身上。何况，他们原也是花自己兜里的钱，跟谁都没关系。华侨有特供的铺子——南京路华侨商店、圆明园路友谊商店等。华侨蛮小资，玻璃花瓶里插着鲜花，烹调讲究色香味，行头一天换一套，衣柜里挂着叠着许许多多华美的春夏秋冬服装。喝红旗特级牛奶，小铝壶咕嘟咕嘟煮着咖啡吃，还有面包、黄油、起司、掼奶油什么的。外面商店里空空如也,可华侨商店、友谊商店里各种商品琳琅满目,没有买不到,只有想不到的。外面自行车、手表、缝纫机等轮到票子一两年不止,可这里随便就买——只要有券就行。感觉中,这帮子青年华侨,就过着跟柬埔寨亲王公主一样的奢华生活。

那时老百姓消费想象力贫乏,心理承受力更差。看见他们在那里穷奢极欲,无不侧目。茂源叔脾气很好的,谦和恭敬,与邻居见了面常弯腰鞠个躬什么的,但就是他家阳台里挂了一只鸟笼,笼里跳跳叫叫一对姣凤鸟,烦得隔壁人家恨不能明天它就死。茂源叔倒没觉得,依然逗着鸟儿玩,有一次指着笼子对邻居笑言:"春天鸟追来追去,像小伙子一样……"邻居听了心里非常不受用。茂源叔的老婆南京人,是一名医生,戴着金丝边眼镜,挺客气。同楼里谁家孩子病了,她义务给孩子打针,不收钱的,可人们依旧对茂源叔一家冷冰冰,爱理不理的。有一回,三楼女华侨早上从楼梯下楼,手里端着飘着奶花香的煮热的牛奶锅,脸上竟撒着一小朵一小朵的奶液。邻居小孩那时几乎没牛奶喝,见状十分诧异,便问:"你脸上怎么都是牛奶?"跟在她后面笑骂"妖怪妖怪"!住底楼的男华侨们喜欢烧菜时放辣椒,油煸辣椒气味非常难闻,烟雾往上走,辣得整栋楼里的人又咳又呛,纷纷骂:"断命华侨人,死不了的,早死早好……"

对于居委会阿姨妈妈来说,更大的在于风化问题。他们男男女女小年轻,聚在一室,能有啥好事?还常常唱歌跳舞,搞得乌烟瘴气。听到反映,阿姨妈妈"笃笃笃"敲门,挂着大笑脸，和颜悦色，知道无法禁止他们，只委婉地说："轻点轻点，隔壁爷叔做夜班，也没办法……嘿嘿！"其实阿姨妈妈眼尖，第一眼就看能不能抓个发报机或现行什么的，或拥抱之类黄色东西，可实际上，人家姑娘小伙也就吉他、沙球。推开门，正看见一鬈发小伙噘着嘴，唱："呜喂～！风儿呀吹动我的船帆，情郎呀我要和你见面……"阿姨妈妈文化不行，听不懂半印尼半闽南的歌词，只露牙床笑笑："爱国华侨人好呀！要有啥困难，尽管找阿姨……"

有时，三楼或底楼晒被子、晾衣裳什么的，满眼花花绿绿眼花缭乱，小脚裤管、尖领子大圆摆衬衣、花裙子、花边胸罩、三角裤等等，阿姨妈妈明知也管不了，可听到群众反映，也只好对小华侨笑笑说，内衣内裤好像不太好吧？最好晚上晾——年轻华侨们虚心接受，可心里也犯嘀咕，屋子这么小，怎么弄？茂源叔仗义好客，两个房间随便住，可实际上新村工房设施都简陋，才十三四个平方米，姑娘小伙们挤在这里已经有点委屈了，人一多，也就成了胶囊公寓的意思。其中有好几个阔佬爹妈的公子、公主，他们不嫌，你们倒嫌了？

华侨姑娘小伙们素质都非常好，印尼也非什么富国，可他们毕竟国际化，开过眼界，个个抹香水，彬彬有礼，面带微笑，话语轻柔，用"您……"开头，决不随处吐痰，大嗓门；出门衣冠整洁，一尘不染，住家换睡衣睡裤，且质地精良、干净。然而，小华侨也有略粗糙点的，有时候尖头、高跟鞋掉跟了，香水瓶空了，见没人，就在三楼阳台里一个抛物线扔了。

总之，似乎一切都无可挑剔。个把居委会蛮爱管闲事的阿姨妈妈，也只有逮着哆妹妹，一有机会就啰嗦几句："当心哦小姑娘！他们外国华侨瞎来八来的……"

最先，哆妹妹与小华侨搭上完全属于巧合。她有个小姐妹就住在N号楼里，到她那里去抄一首西哈努克亲王的《亲爱的中国啊，我的心没有变……》，那时暗暗流行。抄完简谱歌词，哆妹妹心急，鼻尖哼哼唧唧着就往外走，她识谱子。低着头哼唧着，差点没撞上一个男华侨，这人"不高也不矮，不胖也不瘦，不白也不黑，扁扁脸，扁扁鼻子，天然鬈发，别人说他不好看，我觉得挺帅气，OK了……"这是哆妹妹日后形容他的。他叫旭中，也就是旭日耀中华的意思。华侨们起名都有些说不上什么味儿，比如女性就叫爱娘、亲娘、美娘什么的，意思为爱、亲、美丽其母亲，这种组合很另类，许是漂洋过海久了吧。

旭中彬彬有礼，问："小姐，您找谁？"这样尊重人，哆妹妹耳朵里听多了喊声吼声骂声，一听就蛮有好感。也许是对这个早有所闻的异类很好奇，有点探秘的意思，所以灵机一动，说吃了闭门羹之类。没想小华侨挺懂事的，竟请她进门坐一会，等被访问的主人来到。泡了一杯可可热饮，端到哆妹妹手上，随后就不管她了——因为既然她等被访者，就没他的事了。哆妹妹满鼻子都是香香的华侨味（其实也就是普通香水），满眼都是拾掇得特整洁的房间、异国情调——什么都喜欢用大朵大朵水芹、香乌笋叶子花纹那样图案、花花绿绿的大布幔一遮,一包。窗帘也这色调,玻璃瓶里插鲜花,橱柜上一溜带碟的白咖啡杯、纯铜长柄小匙和亮闪闪的西式刀叉餐具,墙上挂着一把吉他。嗲妹妹哪见过这些东西?一下被镇住了——后来混熟了,知道原来大布幔其实是遮丑的,里面也就是旧旧破破的老家具。

第二次、第三次……N次到这里来,已有满屋子人了,照例都是男女小华侨,大家说说笑笑,很随和。小华侨们喜欢吃捞饭、炒饭一类,鸡胸肉丁、火腿丁、虾仁、香菇、海参、冬笋、豌豆、葱花等,香喷喷的;他们吃没吃相,坐没坐相,七七八八歪在地上、床上、沙发上,大多喜欢压着腿肚子坐,既不像盘腿,也不像半跪,反正很放松。更怪的,男男女女,或坐或躺,甚至晚上睡觉,都喜欢抱着拿着大大的抱枕。他们吃番茄也怪怪的,切开、去皮,用鲜酱油一浇。他们好打扮,从不吝时间,出门衣裳男的一天一套,女的有时一天三四套,都是些花花绿绿、亮亮闪闪、奇形怪状的,瘦腿包屁股低胸敞领的也敢穿。还蛮喜欢穿海绵夹脚拖鞋。嗲妹妹又吃惊又羡慕。除了偶尔家里做饭,大多到外面去吃馆子,那时的南京路淮海路等条条马路,一家家吃过去。购物的天堂自然在华侨商店、友谊商店,侨汇券、外汇券哗哗流出去。当时在上海,南京美发店等时尚美容美发的大店小店统统关门,可在华侨商店下面独留一家"华安",那是华侨们光顾之处……

不知从什么时候起,嗲妹妹就融入华侨群体了,她原也长得俏丽,不是华侨,胜似华侨,加上沾染些风气,穿戴些舶来衣服，除了居委会阿姨妈妈眼尖，到了外面谁也不知道真假了。小华侨们去的餐馆、咖啡馆，她都去得，除了友谊商店。那里门警会问一声"喂，女同志，请出示护照"，马上傻掉。

那时社会上硝烟弥漫，基本跟小华侨们就是两个时空，不搭界。造反武斗联合，没有出局的，也慢慢搏出了谁大谁小，这点小华侨跟他们倒像。漂在上海的这个分支，华侨头儿就是旭中。他还在集美侨校时就是头儿，身边都有跟班的，提包端茶言听计从。旭中生气时一个眼神，跟班吓得要抖三抖。据说这拨侨兄要坐大，一靠威信胆子魄力气度，二靠肌肉和本事，三靠家底出身，末一条最要紧。哆妹妹慢慢跟他们混熟了，就听他们聚谈时，也常炫耀自己是雅加达、万隆、棉兰的，说到爪哇，"喔，那是一个很穷很穷很穷的穷地方，就像苏北人……"满脸不屑。旭中金刚怒目的一面，哆妹妹没怎么见着；看到的，都是很绅士、很彬彬有礼、很慈颜善目，像一个大哥哥呵护着、宠着坏脾气的小妹妹。慢慢，哆妹妹就叫他"阿旭"或"旭哥"了。慢慢，她就跟他手挽手了。哆妹妹蛮传统，蛮自尊，洁身自好，从不丢女性的脸面。

总之，哆妹妹在这拨华侨中就有了特殊地位，扮演着一个特殊角色。虽然，谁也没承认他俩在谈恋爱了，那时流行叫"靠定"，或"户头"，也就是恋爱对象。反正，周围的人，谁都把哆妹妹和旭哥当"一对儿"看，只是没挑明而已。所以，哆妹妹尽管蛮低调，但到了印尼华侨群体里，样样都是最好的留给她，不需要解释和关照，大家都懂。哆妹妹一站，就是名门千金,再怎么华侨女,也得让路让席,谁都不会跟她争。非但不争,小华侨们还很呵护她、捧她,有点众星捧月的意思。比方说,华侨们打牌、看书、美餐、聊天弄烦了,便围坐一大圈子,唱印尼歌谣,飙吉他沙球,唱《星星索》《哎哟妈妈》《梭罗河》之类。一番热身之后,有人起哄说"要不要来一个《莎丽楠蒂》呀?"立马有众人闹哄哄说"要要要……"一个华侨美眉挤挤眼说:"那么,谁是旭哥的莎丽楠蒂呀?"阿旭心里其实也蛮得意的,但却板着脸说:"乱讲乱讲……唱吧唱吧……啰嗦什么……"

阿旭拿着老吉他,调了调"E",清清嗓子,幽幽唱道:"莎丽楠蒂,我亲爱的姑娘,你为什么两眼泪汪汪?"接下去,立马会有几个漂亮的华侨美眉故意很狂野地唱"亲爱的爸爸,亲爱的妈妈,是尘埃吹进我的眼睛",并爆发全场所有人的"哈哈哈哈哈"声。阿旭一脸幸福陶醉的样子,红着脸,故意撩拨哆妹妹,对众侨女说,你们混蛋,她不会唱,倒要你们瞎起哄?哆妹妹蛮会装糊涂,脸红扑扑的,看得出她心里甜蜜极了。不过,对于哆妹妹来说,这未免太小儿科了。于是装感冒,嗓子打不开,糊弄过去。阿旭也不勉强她。其实,哆妹妹心里蛮清楚,自己是豪放派,火药味很浓人家还不吓趴了?这张底牌只有阿旭最明白。因为,曾偷偷去看过几回哆妹妹台上的风采。

哆妹妹说话轻轻的,很文雅,只有她一个人听得见。阿旭说:你讲话讲得响一点。哆妹妹本来蛮低调,可自从掉在华侨

阿旭拿着老吉他,幽幽唱道:"莎丽楠蒂,我亲爱的姑娘,你为什么两眼泪汪汪?"

窝里，慢慢给宠得脾气很大——自然是冲着阿旭一人。谁爱谁当孙子，也没法可想。但哆妹妹也不瞎发哆、发火，有一次家里寡母给她找回了一个蛮爹；哆妹妹怀念亡父，动不动"要是父亲还在世……"她父亲五几年去世，曾是旧政府大官的三等文书，懂七国文字，上旧商业电台开外语讲座，长得又蛮儒雅帅气，从小就非常宠哆妹妹。这么一来，寡母带了一位继父，令她叫"阿爸"，她当然极其反感。哆妹妹一向文文静静的，可这回差点脏字也出来了，可见愤怒之极。阿旭知道了就一个劲儿开导她，柔声柔气说："小琴你发火可以，哭可以，不理解可以，但不能怪你妈妈。你想，妈妈养你们几个孩子，容易吗？也不是对你爸不忠，都守寡十多年了，尽了妇道了，真的。再说，子不嫌母丑，儿不嫌家贫，对不对？就像我们华侨，祖国再穷、再落后、再斗斗斗，也是祖国，也回来读书……"哆妹妹被弄得特烦，便把火发在他头上。他不怒反乐，连侨男侨女都觉得太过了。

像往常一样，阿旭他们一大伙陪哆妹妹一起玩，夏天游泳中午场游到夜场；一个月里餐馆饭店一路尝鲜；有时就一长排占着外滩绿色长木条椅，看风景；电影院从"大光明""国际""永安"等一家家观摩，白天夜场连轴转——虽说都是"集体活动"，可观影时，旭哥隔壁坐哆妹妹，她旁边永远坐着华侨女，绝对不许其他男华侨靠近，这是规矩。其实，哆妹妹心里倒是盼着和阿旭手握着手，这才浪漫，可他不会。这时她有了小小的莫名的失落感，大概也是冲阿旭发无名火的导火索之一——哆妹妹到了这个年龄段,渴望轰轰烈烈的爱,需要"爱就说出来",可阿旭一大男人,总好像磨磨叽叽的,太不爽了。最多,也就不淡不咸一句:"小琴,我现在靠爹妈寄钱过日子,没工作,没房子,等我有钱了,我一定娶你做老婆……"何时有钱?不知道,说了等于白说。她就气他恨他这一点。

侨男侨女们行踪不定,忽南忽北,上海大半径穿插,缘于他们一般都爱坐像个乌龟壳一样的"噗噗车",也便宜,上农新村到外滩也就几角钱。坐在"噗噗车"上兜风,让风使劲吹,这倒让哆妹妹感觉到几分浪漫。可过一会,哆妹妹不知哪儿又不舒服、不痛快了,恨不得擂旭哥一拳,为了他不懂少女的心。

有时,阿旭又蛮会哄小妹妹,蛮懂事,那时上海话叫"懂经"。哆妹妹绝不眼热人家侨哥侨妹的物质生活,每回旭哥给她馈赠从雅加达寄来的衣物食品,她都推三让四;人家的钱更是不可以收。旭哥的懂经,就懂经在钞票人家坚拒,可零星的用不完的侨汇券、外汇券,哆妹妹似乎也不婉拒——那时这券太神了,谁不想口袋里揣几张?哆妹妹一帮子闺蜜、同学,老问她要券——要的是那高人一等的感觉。阿旭就抓住哆妹妹这个弱点。偶尔也有新的试探:看着哆妹妹家里贫困,心里难受,有时到哆妹妹家或她舅舅家去做客,见着没人,就拿一沓子十元人民币(那时是巨款)悄悄掖在棉花胎或书报底下,打一张字条:"小琴:留着用吧,等以后有了再还我好了——旭字"。懂经到这个分上,哆妹妹没法拒绝。继爸又给她弄了几个同母异父的弟妹,家里穷哪!她又是特孝顺母亲的,很早就有了长女如母的责任感,挑起家庭重担。

　　日子一天天、一年年过去。那年头,廿四岁再不嫁人就要被骂"老姑娘,嫁不出去,没人要"了。旭哥知冷知热,甘当她的受气包,与他在一起感到特别温暖、轻松、开心,这都没错,可人家哪能老不表白爱慕之心呢?哪能不来一纸滚烫火爆的情书呢?更爽快点,哪能不求婚呢?哆妹妹难免要搭搭架子,可心里急。慢慢,哆妹妹的机灵劲就来了,她似乎也不拒绝追她的人了——都有一个排,而且条件也不差到哪里去。慢慢,原先"乌兰牧骑"有个甩红旗就跟甩大刀片子似的小伙有了可乘之机。慢慢,他发起一连串猛打猛攻。自然,哆妹妹对旭哥也不回避这一点,可旭哥还是磨磨叽叽的,真可气!如今,侨男侨女一大帮子群星捧月时,往往会传来公用电话老阿姨的喊电话声——那是哆妹妹男朋友打来的,还蛮勤快。侨男侨女眼睁睁看着他们的老大,只当了"电灯泡"。

　　哆妹妹过二十岁生日那天,侨男侨女忙得就跟水帘洞里的群猴给美猴王办喜宴似的,要气派有气派,要排场有排场,通常还是集体活动。旭哥还特意从华侨商店挑了一条粉红色的纯羊毛围巾,送给她。庆宴越热烈,哆妹妹心里就越没滋味。实际上她希望等到一份最最可心的礼物——情书。哆妹妹蛮窝火,不料乌兰牧骑旗手不早不晚又来电话了。现场气氛十分凝重。阿旭再稳重矜持,脸上也挂不住了,多半为了他那班侨男侨女们。阿旭咕哝几句,大约讽刺旗手追得太猛了些。不料哆妹妹当即就杏眼圆睁,细眉倒竖,呛了旭哥好几声。最不堪的,路过一座钢梁桥时,居然一气之下,把粉红色围巾往桥下一扔,头也不回拔脚就走。

开林油漆厂又来了新一轮的"打倒""火烧""炮轰",厂区大标语刷得从楼顶到楼下。哪一位革委会新头头不放三把火?反正,第一把手轮流坐庄。争权夺利的事跟哆妹妹没关系,她本来就低调,遇到感情那档子事,就更低调了。某日,有个狗崽子给作践得够厉害,据说他是解放前"飞行堡垒"大头目的儿子。哆妹妹糊涂麻木,居然蛮同情这种十恶不赦的人,竟然替他说话。传到上面,麻烦大了。果然,革委会新头头把这事当作"新动向"来抓,拔出萝卜带出泥,她跟印尼华侨那些账也一块算。哆妹妹听说厂里"小小班"就是针对自己的,灵机一动,到厂医务室稳稳地开了几天病假,把病假单一抛就走。说了声:"我不睬伊!"果真就金蝉脱壳了。

哆妹妹毫发未损。此君现在钱多得盆满钵满,不是一点点的富。当年下贱得没有哪个姑娘肯要,打光棍,没料单身成了钻石男。钻石男恢复高考读博、洋淘金、做股票期货、炒房炒楼……仿佛连打了数个战役,没一个失手,而且人蛮正派。钻石男喜欢结交朋友,自然也不缺朋友,可每年还是腾出小年夜的黄金时间,请原先厂里那些权贵、爬虫们好吃好喝,还给红包。对于那些破事压根就不提——提就小心眼了。被邀者中,哆妹妹是唯一的例外,因为当年她是保护同情他的。见别人刚好没在时，便一语道破："侬这家伙啥意思？积点德吧！谁不知道……"钻石男拿着正宗茅台，斟满说："此恩不报非君子，我是专请你哆妹妹的！晓得吧？当年亏了你我才没自杀，嘀嘀嘀，不谈了，不谈了……当然，老同事自然要陪一陪、叙一叙的。我这人蛮念旧……"哆妹妹还是快人快语："别美了！侬那几根小肚鸡肠，我还不知道？否则不请别人，专请他们这帮造反派头头脑脑、虾兵蟹将做啥？嗳！当年，他们厂门口叫你吃砻糠窝窝头忆苦饭，现在侬请他们吃龙虾鲍鱼饭，一报还一报……"果然，数年来断无秋后算小账、看人家笑话一事。过去那班曾坐过几把造反派交椅的，包括喽啰们都丢开了心结，不再自惭形秽，纷纷向钻石男敬酒说："朋友上路！上路！朋友是模子！"

那天，哆妹妹竟把粉红色围巾扔了，阿旭气得发抖。其实阿旭早就发觉有人在拼命追哆妹妹，他们华侨不像上海叫恋人"靠定""户头"等，海外一律称为"爱人"或情人。还在同哆妹妹手搀手那会儿，阿旭就把他的"莎丽楠蒂"当作爱人了，只是还没明确表示而已。眼看着情人就要不属于他了，阿旭那个急，像割自己肉一般。有天，阿旭微笑着问哆妹妹："这个人好像在追你……"哆妹妹一点不否认。默然了一会，阿旭像兄长那样好脾气，说："小琴，你不要睬他！这人看上去就是家里穷来兮的。你就是要找，也找条件好的人。你和他不是一个层次的。"哆妹妹狠狠白了他一眼，抢白了一通："你懂什么？只不过一般朋友。嗳，你不要管头管脚管我，好不好？你算老几？我们家里人也没来管我呢，你来管我呀！又不是我男朋友啥的，你如果是我男朋友……"嗲妹妹把他逼到犄角上，不留回旋余地，其实就是逼他说出"爱"这个字。然而，阿旭明显躲闪了，只支吾说："我现在没有工作……"嗲妹妹无语了，啥意思！何况，嗲妹妹家里兄弟姐妹多，父亲死得早，兄弟姐妹要她照顾，总希望经济上有人帮衬……阿旭说："那我来帮你好了，虽然我没工作、没钞票，爸爸会寄钱来的。"嗲妹妹说："我拿你钱算啥名堂？你给我买吃的、买东西不搭界的，给我钱肯定不会拿的。"阿旭高声说："小琴，你怎么这样犟？"嗲妹妹连说不要不要。阿旭没招了，只嘀咕："反正你不能与他轧朋友……"嗲妹妹问："什么意思？"阿旭说："我也不好说什么意思，反正你不能与他轧朋友。"

阿旭发觉就要失去"莎丽楠蒂"，急得什么似的，天天缠住她。这样，那个甩红旗就跟甩大刀片子似的柳海光就没机会靠近了。嗲妹妹见旭哥如此怯弱，又恨又恼，说："算了算了！你也不要来找我，我不会跟你轧朋友的！"阿旭被当头一棒还缠着要跟她做朋友，即使一般性朋友也行。嗲妹妹窝火极了，似乎连做朋友也不肯。有一次，嗲妹妹厂里上中班，下班一个人回家。有个小白脸在她后面盯梢。她快他也快，她慢他也慢，糟了，尾巴甩不掉。这时已晚上十点多钟，地旷人稀。跑到一条弄堂后面，那男子一把拉住嗲妹妹，她一吓，谁知他却跪在嗲妹妹面前。嗲妹妹怕得发抖，又不好大声喊叫。男子语无伦次地说："别怕，我不是坏人。我就在你们厂不远，耐

《逝水流年:河滨大楼的花样年华》组画之一

火材料厂的。我一直看见你……我们在地段医院看病,我也看见你的……还认识一个医生,老邻居贾阿姨,你总归晓得吧?"嗲妹妹诧问什么事?男子腼腆一笑:"你蛮漂亮的,想跟你轧朋友……"嗲妹妹厉声说:"轧朋友也不像你这样子!"以后数次上中班,都碰到这人,弄得心神不宁,噩梦乱做。嗲妹妹把这事告诉了邻舍阿姨。阿姨大骂:"十三点,流氓坯!"后来,骚扰未停。嗲妹妹说给厂里同事听,同事去骂了他一通,并威胁再这样要反映到他单位去。被马路求爱者一吓,嗲妹妹第二天就心动过速,心脏病也被吓出来了。这样,柳海光推着自行车,天天接送嗲妹妹,等于保驾的意思。

那时嗲妹妹已经调房子,住在金沙江路了,周遭都是木板壁的老石库门。有一天,阿旭来看嗲妹妹,柳海光已在里面了,正在嗲妹妹的腕间搭脉,测心跳数。阿旭一步踏入石库门,竟发现这人搭着她白皙的手,一下子血涌脑门,噌噌跑过去豁起就"啪"一下,柳海光挨了老拳,跌跌冲冲站不稳。嗲妹妹见状,猛喊一声:"侬啥意思?"阿旭青筋毕暴,呼哧呼哧咆哮着:"他怎么可以碰你?他算什么?我也不碰你,他怎么可以碰?小琴,你马上叫他滚!"在华侨那里,"爱人"决不能碰,除非是其男友。老石库门房子七十二家房客,邻居人多眼杂,给人家听到有多难为情?嗲妹妹脸上红一阵白一阵,可华侨不懂这些,还在哇啦哇啦。嗲妹妹细眉直立,高声说:"从今以后,旭哥你不许再进这扇门!"乍一听,阿旭简直不相信自己的耳朵,嗲妹妹一字不漏重复了一遍。这时,柳海光腰杆子硬了,咕哝说:"这倒奇怪了噢!你说我不能来这里不可能,要她说不能来才行,你有什么资格?哪怕你就是她男朋友,你们没有结婚,我要来也能来。轧朋友不生枪篱笆,谁有本事谁追嘛!"

阿旭润了润桑子问哆妹妹:"小琴,那你说,要不要他以后再来?"哆妹妹左右为难正色说:"朋友由我来选择,你也好他也好,都不是我的爱人。柳海光只不过是我过去小分队里一道的同事、朋友,大家蛮好的。跟旭哥你不一样,我们像兄妹一样,应该说你胜过他的……可你现在对他的态度不对!你在我家,有什么资格打他,要赶他出去?这是你不对!你太没有礼貌——假使下趟你再发生类似的情况,就不要你再来我家了。"阿旭见哆妹妹的天平偏向那人了,怒不可抑,犟嘴说:"我不允许!"哆妹妹提高声音说:"什么话!还不允许哎!那我现在就请你走——人家又没怎么样,你犯得着么?"阿旭气得脸色铁青,呼哧呼哧喘气,蓦地一转身,走了。

当晚,阿旭去了杭州,一去去了半年。一个人喝空了十来个酒瓶子,第二天上医院挂急诊,被查出得了气胸。如果稍晚一步,没准命将不保。那天,等哆妹妹冷静下来一想,也许爱之深情之切,旭哥如果不喜欢自己,也不会如此失态。其实,她过后就已经原谅他的粗鲁无礼了,心里还蛮甜蜜。哆妹妹自省也有些情绪失控,可能伤到他了,便想找旭哥解释。然而,电话满天满地打过去,总不在。哆妹妹未免有气,心想:"男人家要放得下拿得起,这像啥?生啥气?明明你不对嘛。"

嗲妹妹心急火燎的。自己二十二岁了，马上就二十三岁，接下去二十四了。"你拍拍屁股跑了，要我去找谁？"自然，眼下柳海光虽然还不是最称心的，可那时候以工人家庭为荣，人家五代工人出身，工资拿七十几块，亲戚谁谁谁又是外地文艺界的，省一级的歌舞团演员、电影厂副导演，还是造反派头头。论条件，各方面也还过得去，可以考虑。只有一条，嗲妹妹不大喜欢工人，比较粗线条，文化修养缺一点。那年头工人阶级罩着光环。何况，人家粗眉大眼，纯纯的海报上工农兵雄赳赳气昂昂的模样，又勤快能做，围裙一围，买菜烧饭、拖地洗被，明显就是模范丈夫那一类的。见柳海光蛮实惠，当时阿旭曾嘀嘀咕咕："这些事佣人做，到洗衣店就可以了，何必要他做？男人干大事业，做这种事没出息。"嗲妹妹反唇相讥："你自己有出息咪，连工作也没有！"

转眼到了谈婚论嫁之时。柳海光家里都在挑好日子了。因为旭哥不待见，躲得影子也没有，嗲妹妹暗忖总要有个交代才行。因此到这分儿上，姑娘还悄悄给他留着门。于是，嗲妹妹表示要等到她二十四岁结婚。但柳海光说："再过一年，你肯定不是我的。"嗲妹妹说："这不行，我现在还没想好要结婚。另外，你要跟我结婚，可以考虑，但有一点必须事先讲明，跟你结婚了，将来有条件的话我可能会到香港去的。你会不会答应我出去？"柳海光说："我不拖你后腿，保证给你走，行了吧？"多年之后，嗲妹妹的赴港申请获批，那时她已嫁给柳海光，并生儿育女了。婚前承诺的其他条件，她丈夫一件件都兑现，只是去香港不放她，他可聪明到家了。

过些日子，柳海光再提结婚之事，哆妹妹仍不同意。一边，暗暗修书一封告知自己就要结婚，听说旭哥目前漂在青岛，就给他寄去了。阿旭收到哆妹妹的信没回信。阿旭想，小琴可能是吓吓他、骗他的，就没理会。又一封信里，哆妹妹恨恨地说："旭哥，你生气生够了吧？你已经去了半年多，到现在还不回来，信也没有，电话也没有一只。我不知道你在哪里——如果我真的跟你轧朋友、结婚，你这样一跑了之，我到哪里去找你？难道，你就是这样不负责任的吗？那我不是没保障了嘛！既然这样，今后我们就作为一般兄妹——我准备跟他结婚了。你怎么想？"

哆妹妹与柳海光结婚了。婚前一夜，哆妹妹还在淌眼抹泪，纠结无奈，苦苦想着旭哥怎么会没有一封信？婚后有一天，哆妹妹做梦，梦见旭哥回来了。只见他蛮喜欢小孩的，在窗口逗孩子玩耍，脸有点像小姑娘兮兮的，蛮好看。醒来，哆妹妹泪痕斑驳，想："旭哥真的回来了？难道是托梦……"隔天，哆妹妹就去了以前常去的华侨窝，那里仿佛有点零落了，因为随着政策的松动，侨男侨女待着没意思，开始陆陆续续往外跑。哆妹妹还是先到那年她抄西哈努克亲王歌词的闺蜜家里，聊了会儿，才出来，不巧正好与阿旭眼睛对眼睛，鼻子对鼻子，彼此呆呆地看了数分钟。蓦地，等待旭哥的所有的酸甜苦辣齐齐涌上心来，哆妹妹竟恨恨的，转身就跑！阿旭在身后大喊："小琴！小琴！你为什么不理我……"

哆妹妹方才收住脚。盘腿一坐，抱着大抱枕。她不像以前跟他在一起话多，但也说说笑笑。阿旭摘下墙上那把老吉他，弹了一个和弦，随即来了一段"莎丽楠蒂……"飙了一阵老吉他，阿旭突然鬼鬼地笑言："小琴！你终于来了……你不生气了？"哆妹妹笑了笑。阿旭问："你写信是真的还是假的？"哆妹妹一愣，说："那你说呢？"阿旭笑笑说："我想你肯定是吓吓我、骗我的，不可能！因为你根本不喜欢他的嘛……"哆妹妹正色说："是真的。"阿旭耳畔炸了几个焦雷，嗡嗡响，呆了半天，默不作声。末了说："……小琴，你怎么不等我回来？"哆妹妹一阵鼻酸，说："可你又没讲过要回来……我信写给你过的，你自己没回答……是你不对，不是我不对！假使我没写信，突然之间不睬你了，是我不对……"说着，滚下一串泪珠儿。阿旭仿佛没听见她说什么，对不对，已经一点也不重要了。哆妹妹再怎么说，他也不回应，闷闷的像块石头。哆妹妹吧嗒吧嗒掉泪。两个人无话可说，无言以对。哆妹妹站起身，放下抱枕，说了声："我回去了。"

哆妹妹捂着眼鼻赶紧走了。

1970年，茂源叔因已成家走不了，华侨窝里的侨男侨女吧啦吧啦都往外国去了，阿旭也打算回印尼去。

出国日子大约不远了，阿旭特想看看哆妹妹。也怪了，平时她丈夫上班从不回来，偶尔一次，竟碰到华侨男阿旭坐在他们家的旧旧小小的婚房里，玻璃上粘着起皱的红"囍"。他家门窗都落地的，本地房子，里弄里有一口井，横横斜斜一道又一道的绳子竹竿晾晒着衣裳、被子,一排马桶斜靠在老宅外,掀着盖。前后门都住着别人家,隔壁邻居被哆妹妹叫来一块坐着说笑。阿旭刚找到石库门房子这里时,见了哆妹妹,诧然说了声:"你就住这里啊?"打量了半天,阿旭说:"你这里环境很不好……"婚后,他们偶尔也见上一两面,但不多。阿旭听哆妹妹说他们的婚房在哪里哪里,就是南市区常见的那种老老的挤挤的本地房子——那会儿,结婚有这种房子住,也是了不起的成就,足可炫耀一番。然而,阿旭听了只闷闷地说:"小琴,像你不应该住在这种地方,还整天跟这种人接触,时间久了,你也蛮小市民了。你不应该变这种小市民……你应该住很好的房子。"哆妹妹默然。阿旭又说:"那时我不是不同意你谈朋友——你就是一定要找人,我也同意。但你不应该找这种家庭的人……这种人家层次很低,小市民,真的……你千万不能变得小市民样子。"哆妹妹听了不与阿旭争辩——有意思吗?

  他们这天邻居陪着坐了一会儿,门是一定敞开的。阿旭刚想走,哆妹妹的丈夫柳海光回来了。见了华侨男,一呆。哆妹妹笑言:"喏,他正好路过,就来我们的家看看呀,反正你们也认识……"柳海光和阿旭照面,很尴尬,都不响。后来哆妹妹笑着说:"也没啥事,就来玩玩、看看,坐一会……嗳,旭哥你喝茶,碧螺春新茶,刚上市……"阿旭站起身告辞了。哆妹妹快人快语:"也没准备呀,嘻嘻,不留你,不留你……我送送你。"阿旭不要女主人送。哆妹妹笑言:"那有啥?不搭界的。阿花阿莉,我们一起顺路送送,来一趟难得的……再说,我们这巷子曲里拐弯,弄不好要迷路的。"少顷,他们到了公共汽车终点站路牌下。开车还有好一会儿。阿旭上了车,阿花阿莉等小姐妹蛮懂经,推着嗲妹妹也上车,反正车厢里空着也是空着。阿旭说:"小琴,我都看到了。你自己身体保重……柳海光待你好,说明是喜欢你的。我想过了,我跟你实际上也不合适。为什么?因为我没工作、没房子,你年龄也一点一点大了。我在上海今后怎样,我自己根本不知道,要靠父母养,前途茫茫一片……父母虽说还行,可年纪也大了,总不能一直养我吧?何况,家里还有妹妹弟弟。我在中国……这里……是没根的,漂泊,将来趋势怎样,是好是坏,都不清楚,我不应该拖累你……而且,你还有兄弟姐妹要你帮助……怎么说呢?虽然柳海光跟你比,还相差了一截,但他人品还是可以的……只是委屈你了。当初,不是我不同意你跟他。我把你当成自己妹妹一样……你很任性,小琴,希望你以后脾气不要很大,不要很任性。只要他待你好,就可以了。"

公共汽车开走了。嗲妹妹返回家里,一看,老公不在。"人死到哪里去了?"嗲妹妹仿佛有点愠怒,门开着。晚上九点多钟过了,他也没回来。等到柳海光回家,嗲妹妹问:"门豁朗朗开着,也不管,万一小偷进来怎么办?——嗳,你死到哪里去了?"柳海光若无其事似的,说碰到谁谁谁,一直弄到这样晚才回来。洗洗就睡了。

1972年7月,隔了一年多,嗲妹妹生了头胎婴儿,是个女宝宝。阿旭打电话告诉嗲妹妹,说准备要出去了。刚好嗲妹妹的孩子满月了,她就把女儿一起抱去给阿旭看——他喜欢孩子。见了她们,阿旭说蛮好的,蛮好的,女儿像小柳。阿旭告诉嗲妹妹,自己就要回国了,先转道香港,探亲。那会儿中国跟印尼不来往,直接去不可以,大约总要借口去香港,谁谁谁病了,去看望亲人,一去香港便拜拜了。阿旭这回仿佛感情很外露,明显很伤感、很留恋的样子。说了半天,又弹老吉他,唱"莎丽楠蒂……"唱了又说,说了又唱,仿佛想把他憋了好多年的郁闷全都宣泄出来——反正,要离开上海了,无顾忌了,还喝酒。边喝酒,边埋怨说:"小琴,你这人太坏了,大大的坏。我气胸的毛病就是给你气出来的……"嗲妹妹无可回答,女儿还抱在手上,胸口奶水又涨潮了,只勉强笑着,搭上几句不浓不淡、不痛不痒的话。阿旭又絮絮叨叨,说了"对不起你……"等一些没意思的话,反正再说什么,木已成舟,米已成饭。听见这一句,仿佛有枚针深深刺痛了她,便回敬一句:"旭哥,你对不起我什么?"

阿旭说:"我们感情这样深,我确实爱你爱得很深很深,但我没工作、没房子,养不了你,小琴。我知道我辜负了你,辜负了你的一片深情……我没办法……"嗲妹妹差点没哭出来,这许多年,自己苦苦等的,不就是这句话么?但迟了迟了,无可挽回,她真有点恨他——恨他不了解自己,难道她就贪恋物质享受么?没这一切,难道就不是她爱旭哥的理由了?难道说过他非要有工作、有房子,才嫁给他?把她看成什么人了?但阿旭说出了心头之憾后,仿佛变得很轻松,还鬼鬼地眨眨眼,说:"告诉你,小琴,我以后一定一定要赚很多很多的钱,给你用,补偿你。我还要娶两个老婆,长得比你更漂亮,都带来给你看……"哆妹妹笑着叫道:"旭哥你心很黑的,想娶两个老婆!"阿旭强辩这在印度尼西亚是合法的,还说:"笑话笑话,随便讲讲而已……你可别把我想歪了!"

自与阿旭分手后的这些年里,生孩子前,因上班路远,哆妹妹调动工作,已到另外一爿厂工作,还混得挺好……谈着谈着,阿旭突然转移话题,神秘兮兮地告诉哆妹妹:"我本来不想告诉你的,这句话我要埋在肚子里,永远埋下去,但我不讲对不起你。知道吗?当初你跟邻居送我,车子开到金陵东路外滩,下车刚要走,小柳喊住我了。小柳车子上不声不响,城府很深呐。我们就在外滩足足谈了几个钟头。小柳说:'我们已经结婚了,但我妻子感情上还扔不掉你……我担心会影响到我们家庭幸福,因为我已经跟瑶琴结婚了。我老实告诉你,我是很爱她的,如果你插进来,瑶琴一直没有忘记你,我们这个家庭以后早晚要破裂的。我不希望你以后再看到她。'我听小柳这样说,也对,便回答说:'你既然这样讲了,我会退出的,我今天来的目的,是告诉小琴我要走了,票子也买好了,从今后我不来了。但我忘不了我跟小琴这段情谊,实际上我很喜欢她、爱她。我是硬把她放弃的,因为我在中国没有工作,靠父母,我没办法给她幸福。假使我在这里有工作、有地方住,我是绝对不会放弃的! 小柳,我不一定会输给你。但只要你对小琴好就可以了,现在我没别的希望,就希望你现在、将来、永远这样待小琴好……如果你有一天待小琴不好的话，你对不起自己的良心，也辜负了我的一片苦心！我希望你能兑现自己的诺言，好好爱小琴，一辈子爱小琴，这样我就没有遗憾了。我肯定不会影响你们——小柳你既然提出来，永远不要把我们两个男人说的话告诉她听，我承诺．'小琴你知道吗？我向小柳发过誓的，但我现在还是把这些告诉你了。你千万不能说出来，答应我。你一旦说了，就说明我这个男人食言，不是大丈夫——但我太喜欢你了，小琴，所以我还是说给你听……"

哆妹妹听了，呆呆的。只听阿旭说："我很对不起你，因为我不能给你幸福，只能牺牲我自己，割爱忍痛。我要离开中国了，再不讲就没机会了，所以一定要讲给你听，小琴——不说我于心不安。至于我那天打了小柳，是我不好，我道歉。我与你之间的误会、矛盾，也是他插在当中造成的。但他其实没有错——不是小柳，也可能是别人，总有人会追你、娶你做老婆……"哆妹妹泫然说道："旭哥，事情已经过去了……"阿旭最后说："小琴，你现在小孩都有了，而且蛮好。我到了外面，肯定不会跟你通信了，就是将来，我也再不会跟你通信。因为我承诺过小柳的，也为了你的家庭。但有一点，我以后好了，随便怎样，我要带太太来跟你碰头。给你看看，我这样的男人也不差劲吧？我保证一定要做出成绩来！"

临行前，阿旭把哆妹妹从小到大的照片都拿去了——她来之前，阿旭提出想看看，哆妹妹就带来了。还给了哆妹妹一张自己的留念照，写上"小琴惠存"。

一晃十多年过去了。哆妹妹——不,应该叫哆妈妈了,对家庭、丈夫、儿女,上老下小,都尽心尽职,百分百。同时,对母亲、后爸,或公婆尽孝尽德。在其面前,哆妹妹又是无可挑剔的哆女儿、哆儿媳。总之,很传统,很贤妻良母。岂止上得厅堂下得厨房,到了外面,哆妹妹也颇兜得转。早年,她在厂里成了中层干部。后来干脆混开了,开始到某某某基金会下面的实业有限公司做事,上下左右有不少高干子弟,他们人脉都很粗,说不上呼风唤雨,可有个事谁谁谁路径一走,立马搞定。此时,哆妹妹眼界开了,心也大了,干脆野豁豁,下了海,到外资企业当上了 CEO。周围接触的都是上层,市局厅或巡视员级。除了本埠,跟上面谁谁谁的子女也蛮铁蛮好——本来嘛,哆妹妹就属于很机灵、很有本事的女性。场面上得体周到,很谦虚,只有一样,偶尔到了歌厅 K 歌,便当仁不让做起了麦霸,基本没别人什么事了。但她点唱的歌都属于"激情燃烧的岁月"一类的,有时她的儿女们听见了,都笑言"老妈太矫情"……

上世纪八十年代,哆妹妹曾收到过阿旭寄自香港九龙的一张贺年片,具体地址没有。贺年片上写着:"又过年了,小琴你好!望你们两人好,我希望你们恩恩爱爱白头到老,你的开心就是我的最大的幸福和安慰。我现在替人打工,尚无事业。不晓得你生活得怎样?我希望你能够生活得好,两个人开开心心,千万不要吵相骂。你要把任性的脾气改一改。你的幸福就是我的幸福,也是我一生中最大的安慰——你不幸福,我心里很难过的。希望你心想事成万事如意。"看了这张贺年片，嗲妹妹立马到墙上的大地图前，找出了"九龙"。阿旭说到做到，回印尼后果然影子都没，等于失踪了。

嗲妹妹一直保持着与阿旭跟班的通信，这是唯一的线索了。阿旭离开中国后，他的跟班偶尔也来过几次，顺道在上海与嗲妹妹见上一两面。嗲妹妹做东，请华侨们一起到杭州苏州去玩。其间谈到阿旭，跟班支支吾吾的，明显有掩饰躲闪的意思，只道："现在他也蛮好，不过我们不大来往了。听说旭哥待过好些地方，很辛苦，后来到雅加达去了……"看来跟班根本就不肯讲。嗲妹妹想，你不肯讲不要紧，还有其他印尼华侨呢。

其间，但凡有路过上海的印尼侨胞，来一个逮一个，问过去集美侨校的谁谁谁。当年阿旭在侨校名气蛮大的，来者便会说："哦，这个人，头头哎……"有的侨胞，甚至能说出阿旭现在哪儿，开一家旅游公司等。嗲妹妹不露声色："是吗？那说给我地址听……我跟他认识……"侨胞仿佛有点戒备心，反问："阿旭是你什么人？"嗲妹妹说你别去管它，反正我们是亲戚关系，因为"文革"，不能通信这你们是知道的。侨胞中，也有几位侨校同学知道阿旭的事，笑问："你是不是小琴啊？原来是你啊！我们认识你的！你名气可响了！那时大家都说旭哥的'莎丽楠蒂'长得很漂亮的……嘻嘻，果然……"嗲妹妹也不便多解释，只顺水推舟，问阿旭现在住在哪里。来来去去，东打听西打听，好几年就过去了，也没个准信。有一回，有两个从前华侨窝里的朋友从新加坡、马来西亚过来,他们跟她也熟,那时一起玩的。他们答应,下次一定把阿旭的写信地址带来。

果然,他们回国后,真的把阿旭的地址写给哆妹妹了,都是外国字。哆妹妹不识印尼文,只能信封上照葫芦画瓢,好歹写了一封信给阿旭。信上最后说:"旭哥,不知道你好吗?你如果不好的话,你到国内来白相相,我们国内现在改革开放好做生意了,你聪明来兮的,你好来做生意,不愁没工作。再说,假使你真的没有钱,也没关系,你来去飞机票全部我来,住宾馆的钞票也我来。我现在有实力了。"信寄出后,没多久,哆妹妹收到一封信封上有个"旭"字的回信。那天刚巧她一个人在家,拿到信,心里怦怦直跳。拆开了,信笺里还夹着一张阿旭坐在老板椅上打电话的照片,似乎旅行社一类的地方,乱哄哄的,旁边有不少导游地陪那样的人,一面面小三角旗帜,标着印尼文。阿旭在信上说:"小琴:收到你信,我眼泪夺眶而出,兴奋得什么也不做,翻来覆去看了一晚上。老天很慈悲的,你从天而降,从天上掉下来这封信,我简直惊呆了,开心死了!你真有本事,这世界这么大,我在印尼怎么会给你找到的?而且晓得确切地址。哎哟,我很开心很开心的,翻来覆去睡不着。我现在还没有事业,开了一家旅游公司,也不怎么赚钱……"

信的末尾,他小心翼翼,以"印度尼西亚与中国还没恢复外交关系"为由,委婉提出不能到上海来,但答应以后会来的。嗲妹妹并不知道,她要为他买单等等数语,微微刺痛了他——十多年了,他曾夸下海口发了财回来见她的,然而,生意上磕磕碰碰,似乎并无多大的起色。无人知晓,他这颗倔强的心在起起落落中饱受折磨。

之后的数年里,阿旭断断续续,给嗲妹妹写了许多信。那时,嗲妹妹收到这些信,怕给老公发现蛮讨厌的,又不能藏在家里,所以多半看后随手就撕了。阿旭的照片则委托妹妹替她保管,后来妹妹生病死了,也就没了下文。这些照片,有新寄来的,更多是年轻时他送给嗲妹妹的,每每背面有"惠存"几字。嗲妹妹自己家里大约也留过几张,后来几次搬家,从老石库门,到新房,到复式、跃层,到单栋别墅,也不知弄到哪里去了。阿旭在国外做生意行踪不定,居无定所,寄信地址换来换去很不方便。渐渐,他们之间的信就稀疏了,差不多断了。一晃,也有不少时间。

又十年过去了。阿旭旅游不做了,改做中东、日本等地区的劳务输出,这项业务蛮厉害,可谓掘到了一座金矿。阿旭开始好转了,咸鱼翻身,财大气粗,到底是混出个名堂来了。嗲妹妹真为他高兴。毕竟,去印尼之后,生意上磕磕碰碰这么多年也不容易。阿旭心气又大,憋足了劲,总算这回扬眉吐气了。

1993年,阿旭到中国来看嗲妹妹,一同来的,还有他的妻子和胞妹阿凤,他们就下榻在国际饭店,豪华套房什么的,上海夜景一览无余。想起阿旭那时戏语要娶两个老婆,嗲妹妹未免偷偷一笑，旁边无人时竟笑问："旭哥，还有一个呢？"娶两个老婆一事，阿旭早就丢到爪哇岛里了，印象全无。哆妹妹扑哧一笑，说："你食言了，我还等着看你又美丽又年轻的'莎丽楠蒂'呢……"没料，阿旭绷起了脸，大声制止哆妹妹开这种玩笑，还说："好不容易我俩见面，怎么尽扫兴呢？我可要生气的。对我来讲，'莎丽楠蒂'过去和现在只有一个，那就是你，小琴……"哆妹妹已到了不再需要煽情的年龄段了，阿旭还如此矫情，对此未免有些突兀之感。何况，阿旭的妻子就在一个房间里。而她自己，也是瞒着柳海光过来的——主要是怕解释来解释去的，麻烦。如今，哆妹妹多少也是有点身份的人，不太愿意和阿旭还纠缠在过去的儿女私情里：过去的，已经过去了。如今她的角色身份，也就是阿旭一个老朋友，奉陪他好吃好喝，各处走走，略尽地主之谊。

过去，阿旭曾多次对哆妹妹说："等我出去后，赚很多很多的钱，我很有钱了，把钱带进来给你。以后有买房子了，给你买房子，让你享受……"此番回来前，阿旭还以为上海像当年他们华侨窝周围的那个样儿，因此带了好些用的穿的吃的，还有顶级化妆品，以及印尼特产"血燕窝"等等，都好几大拉杆箱呢。那会儿，有个 Sony 或 Panasonic 电视机、掌中宝卡带录像机等，够可以了，谁知哆妹妹不要。买许多东西，就像当年用侨汇券买紧俏品那样，哆妹妹也婉拒了。首饰一套一套的给哆妹妹，她也给退了回去。阿旭很火很生气，说："小琴，你为什么不要？"

那年，上海已经有房子买了，但地段都很偏郊，十几、二十万元人民币一套。阿旭来上海观光或办事，哆妹妹替他张罗租房，虹桥一带，七百美金一个月。哆妹妹蛮精明，说："你一直问人借不合算，要算到五六千人民币，不如……"阿旭连连点头说："我正好想买房子，因为外国人在这里不能买，那产权证就写你的名字吧？大概需要多少钱？我带来……"哆妹妹早听出了旭哥的弦外之音，可故意装糊涂，笑言："算了，你又不来住，空着也是空着，何况写我名字，这算啥名堂？不要不要……"阿旭的妻子知道后说："你心血来潮买房干吗？我们又不来的。"阿旭虎着脸说："关你什么事？还不闭嘴？"他妻子也是侨胞，长得蛮漂亮的，颈间腕间粗粗黄黄的金饰品，指上一大克拉钻心形戒指，貂皮大衣，进进出出很妖娆的。阿旭做事情手面非常大，谁都知道，而且说到做到。他妻子好像对哆妹妹一切的一切都很清楚，肯定是阿旭常常提起的。有时开玩笑，就称她是他的"旧情人"。华侨女凭直觉，晓得买房子是要送给"旧情人"的，因为阿旭想给哆妹妹钞票，她一概不要不收。华侨女见阿旭发痴了，摆阔，要送给哆妹妹房子，立马出来拦截，但脸上笑眯眯的，不敢得罪她。有几次，华侨女含笑对哆妹妹说："小琴，阿旭只相信你，不相信我……"侨胞美眉说话酸酸的。

阿旭连连受挫，很郁闷很愤怒很受伤，问："小琴，给你什么，你拒绝得比我问得还快。那你想要什么？我帮你带……"哆妹妹不是不明白旭哥的好意，但她想：现在又不是

《申城漫忆：风情外滩上海的客厅》组画之一

他的什么什么，算啥名堂？在国际饭店的豪华套房里，阿旭告诉哆妹妹说，忙活了近二十年，以前一直没赚到钱，现在总算好了。他认得雅加达上面的人，签了协议，一年有几千人的劳务输出，每个人就可以赚几千美金。他还肯帮助穷人，如果谁想出去，没有钱，可以先付三分之一的钱，其余部分以后从薪水里慢慢扣还。劳务输出生意很厉害，盘子越做越大，一个月可以赚五百万……

阿旭第二次回来时还住国际饭店。很怀旧的。哆妹妹进去，旭哥还是老样子，幽幽笑着，一看见哆妹妹就很兴奋的样子，说："小琴，真想不到，又在国际饭店和你碰头了……"哆妹妹已到这种年龄，回应礼貌而又淡然，就一般说说笑笑。说着说着，阿旭很平静地告诉她，说他中"大彩头"了，是那种恶毛病，在肺里。他到日本去看病，用掉一百万钞票也没看好。他希望到中国来治疗，只要能够治好他的病，花再多钱也愿意。

他跟哆妹妹说："我现在正好赚钱，一个月赚五百多万。刚开始我拼命找钱、找钱、找钱，就只有一部车子到处跑。现在好容易找钱找到了，我赚到钱了，刚开始好过了，现在命没了……"

哆妹妹心里猛地一震，很难过，但怕脸上流露出来会影响到旭哥，另外他妻子、胞妹也在，只能淡淡的，说些一般性的话，蛮矜持。一旁，阿旭妻子插话说，其实上次在上海见面时，他那个病已经查出来了。阿旭好像没听见华侨女说话似的，唰地在嗲妹妹面前摊开照片、图纸,边指给她看,边说:"在雅加达买好了一块地,已经在造洋房,办公楼办公室……我赚了这么多钱,用都用不了。"嗲妹妹喉咙里一阵发紧,告诉他:"你赚那么多钱,给你父母安顿得好一点,他们为你辛苦了一辈子……还有,你也要多做点善事。"阿旭笑笑说:"这你放心好了,我会,很会做。"

阿旭很快体力不支了。他妻子送客时,走到外面走廊上,低低对嗲妹妹说,阿旭这个病,医生诊断只剩一年时间,他不能开刀,心里蛮急的。不知道中国的中医、按摩什么的能不能奏效,反正也是死马当作活马医,说不定碰巧给治愈了。嗲妹妹听了,感到非常刺心。

后来,阿旭住进了兴国宾馆,因为这样离嗲妹妹的家近一些——太近也不好。阿旭只要有事就打电话给嗲妹妹,阿旭只要一打电话,嗲妹妹就过去。阿旭的妻子对嗲妹妹说:"他无论什么事就相信你,吃什么,什么事都要问你哪能、哪能,也不相信我……"连宾馆里的按摩医生也对嗲妹妹说:"他很相信你的,无论什么事都要问你……"阿旭来上海的所有事都是交给嗲妹妹打理,才放心。嗲妹妹把里里外外的事都安排妥帖,这都没问题,她本来就蛮能干,做事周全。只有一件,嗲妹妹有家庭、丈夫、儿女,她不可能时时刻刻陪伴阿旭。但生病,特别是重症病人,他的思维方式、行事逻辑跟正常人不同。谁都阻止不了他,谁说什么也不听——简直自私极了。每天每夜,阿旭就只想把嗲妹妹拴在自己身边,她如果不在,就非常恼火，无法安静下来。那时，嗲妹妹还在上班，外面事情一大堆，觉得这样蛮讨厌的，只能委婉地告诉阿旭："老公要问我……"

嗲妹妹尽可能多点陪着旭哥。阿旭妻子也故意跑开，说："讨厌！讨厌！正好有事没办法，小琴，你多陪陪他，拜托拜托……"让嗲妹妹和阿旭独处。其实，他们独处也没什么话好讲，该讲的都讲过。无非就是"旭哥，你睡觉吧，你身体不好，不要吃力"，或"今天天气……"如果嗲妹妹心里有话说不出犹可；要命的是，她确实内心无话，也没想到过要跟他讲什么话。说什么呢？都没必要了。通常，嗲妹妹就像一块木头那样坐着，单腿压着单腿，有时候修修指甲。偶尔，也拿小圆镜补补妆。阿旭开眼或闭眼睡觉，久久没响动，静得听到金壳机械手表沙沙沙……蓦地，阿旭问："哪能啊？你说什么？"嗲妹妹说没有讲话。阿旭问："小琴，你怎么不跟我聊聊？"嗲妹妹想有什么可聊的？——后来，嗲妹妹想想，自己真是很傻，应该跟旭哥讲点话什么的，抚慰、忆往、说有趣的事等，什么都成。旭哥千里迢迢过来，不就是想跟自己聊一聊么？这有多难？难道人家最后的一个心愿也不能替他满足？每每想到此，真有锥心之痛。

这时找到了一位名医，医术高超，专攻肺癌，但医生要赞助费。阿旭说："只要能看好我的病，我就送一幢洋房给你。"嗲妹妹知道旭哥生肺癌，那时根本看不好的。她对阿旭说："如果他看好了病，送房子给他是对的，可现在病还没治好，不要给他钱。你给他十万人民币做什么？骗钱！已经给他两万元了，等于扔在水里，还不如赞助人家有病的人。"阿旭妻子附和说："对的，我叫他别给——还好没给十万……"阿旭已经没力气争了。

看得出，他浑身非常难受，非常疼痛，躺不能躺，坐不能坐，站不能站。呻吟、战栗，但尽量克制着，竭力保持一个病者的尊严，不要太难看了。嗲妹妹不忍心看下去，有几次真想避开，去哭一场，可旭哥不让她走开，非常固执。嗲妹妹坐在一把木靠背椅上，通常淡淡冷冷的，蛮矜持。旁边躺着的那个人，从她身上得不到任何一点情感的流露和哪怕是一丝丝的温情、爱意，甚至一句"你不要难过"也没有，连话都极少——嗲妹妹怕累着他，尽量少开口。何况，她觉得很难为情，说什么好？因为旭哥现在已有老婆了，算啥名堂？

阿旭辗转反侧，备受病痛煎熬，稍好点，他就会向她提出一些喝水之类的要求，也许是想提醒自己的存在。有一次，他甚至说想像过去那样弹老吉他唱歌，但自己唱不动了，叫嗲妹妹哼几首歌——就低声哼哼而已。嗲妹妹非常不自在，阿旭妻子、妹妹都在，怪别扭的，但病人固执起来毫无办法。她只能勉强用鼻音敷衍一下，也就是以前在华侨窝里经常一起唱的《莎丽楠蒂》《梭罗河》之类……听着听着，阿旭断断续续说："小琴，我一辈子就……不该把你放弃……把你放弃了……是最大的遗憾！"嗲妹妹吓得发颤，赶紧制止他说胡话，阿旭似乎也意识到了，摇摇头，怱怱说："我叫你买房子你不要买，我喊你做什么你不要,你现在很有钱哪……"哆妹妹一声不响——实际上,哆妹妹也没条件好到了野豁豁,九十年代,谁有这么多钱?但她想:"我拿他东西,名不正言不顺,算啥呢?老公问起,你怎么平白无故去买房子?怎么回答?"阿旭说:"我现在可以钱赚得很多很多,但是命没了。"

阿旭就要离开上海,走的前夕,哆妹妹到蓝天宾馆去看他。阿旭对着哆妹妹上上下下瞅着,边流泪边说:"我现在有钱没命……"哆妹妹说:"但愿有命不要钱。"阿旭说:"太吃力了!太辛苦了!人不能太辛苦,钞票是身外之物,命是最重要的。"想到旭哥二十年来只知道找钱、找钱、找钱,身体上透支、透支、透支,喝酒、抽烟很厉害,外面要陪酒应酬……哆妹妹心里酸酸的,咕哝了声:"你年纪轻时患气胸,没好透,也有关系的。"阿旭马上说:"那是被你气出来的……"哆妹妹赶紧缄口。

虹桥机场候机厅临分袂时,阿旭妻子拥抱哆妹妹,拍拍她的肩。哆妹妹没有和旭哥拥抱,就搊了搊手,阿旭拉住她的手不放,一遍遍说:"小琴,我想到我们年轻时是很伤心的……"眼泪一串串滚落下来。他们一行往登机门口走去,阿旭不断回头,一边朝她看着,一边揩眼泪,嘴里念叨着:"小琴、小琴……"

那天,还在蓝天宾馆,阿旭老婆就跟哆妹妹摊牌了。实际上,这女人不是他老婆,阿旭跟前妻已经离婚了。前妻叫小乔,但这女人不叫小乔;她岁数要比阿旭小将近二十岁,蛮漂亮的。阿旭与前妻小乔结婚，实际上婚后并不幸福，他们养了个儿子，后来他念书去了台湾。小乔怎么会跟阿旭结婚的？阿旭胞妹阿凤告诉哆妹妹：因为这小乔长相、脾气性格都跟哆妹妹蛮像，阿旭就把小乔当成了哆妹妹的替身，跟她结婚。乔家是个大家族，在印尼确实很有钱，那时阿旭没钱，就靠着小乔开始发家的。结婚后两人合不拢，就分手了。"毕竟，小乔不是小琴……"阿凤笑了笑说。实际上，前妻小乔还是欢喜阿旭的，是阿旭不要她，就在外面瞎胡闹，酗酒买醉，夜夜笙歌。他和来沪假称为"妻子"的那个女人搭上了，同居了，其实他们还有一点远亲关系，他是叔辈的。阿旭等于在糟蹋自己，所以他的父母家族并不赞同。由于他父母坚决不同意这桩婚事，阿旭几乎跟他们决裂了。这样一来，阿旭的所有财产等于都落到这个女人手里，因为他生病后没精力管生意，都交给公司里当秘书的她打理了。她已将其所有财产，划到自己名下。也就是说，阿旭赚了那么多钱，身后他的儿子得不到，父母、弟妹也得不到。

阿旭苦打苦拼，终于拼赢了，可一个月赚五百万赢到的钞票，以及地产、房产等，对他而言，如今却像没收割的稻麦，全都烂在田地里了。

阿旭回去两个月就死了。

阿旭家里打了一个电话过来报丧，说几日几时人没有了。那是1994年。过去电话很难打的，哆妹妹就拍了一个唁电，说："我得到噩耗，心里很悲痛、很沉重的，请节哀顺变。"后来，他们办完丧礼，打电话告诉哆妹妹，这事就这样算了。过了一二年，阿旭的胞妹阿凤又来上海了，告诉哆妹妹：阿旭去世，她这个亲妹妹也没去参加葬礼，只有妹夫去了——以前在华侨窝他是阿旭手下的。阿旭跟同胞手足的关系不好，都怪他，不应该一点儿也不给他亲儿子、胞妹胞弟等亲属继承遗产，就为了那个女人的事，大家闹矛盾了。结果，公司财产果然都给那个女人一把拿走了。除了她，谁也没拿到阿旭的遗产。不过，他父母亲人现在似乎已原谅他了，只说阿旭蛮可怜。阿凤含着泪告诉哆妹妹："哥哥临死前说，'我一生中最最喜欢的就是小琴……唯一爱的人也是小琴……真是很遗憾的。'哥哥临死都没有忘记你……气绝身亡前还在声声念叨你……哥哥这么多朋友中，女朋友也很多，但没一个有待你这样好。哥哥一定是前辈子欠你的，这辈子来还了……"听了阿凤的话，哆妹妹像触电那样难受，想到旭哥到上海来等于是最后一次来看她，想到他二十多年来只为了却一个心愿："给你看看，我这样的男人也不差劲吧？"想到旭哥飞机场临别时不住地回头顾盼，而自己竟连一句安慰的话也没有，更没想到要跟他礼节性地拥抱一下。哆妹妹暗暗叹息："我哪能会这么傻乎乎、戆兮兮？哪能会一点安慰的话都没有？真是很戆哦！"

回想起来，那时旭哥知道自己命不长了，对生命、对哆妹妹非常留恋，但她总是说："我没办法，有家庭的，不好天天陪你。"旭哥尽管感情很深，但也从没眼神怪怪地看哆妹妹，就一般性来兮的。因为他们的感情本身就很纯洁的，从来没讲过肉麻的话。那时，旭哥雇了一辆的士车，到以前他和嗲妹妹所有玩过的地方——外滩、外白渡桥、电影院、游泳池、餐馆、华侨商店、友谊商店等，全都用数码相机、摄像机拍摄下来；屈家桥、商业新村N号楼当年印尼华侨住地，全都摄下来。他要原原本本带回雅加达去……每每想起这些，总有说不出的心痛。

一个人在年轻时做的事，等到老了都会不断被勾起回忆，会不断咀嚼记忆的碎片，是与非、对与错，已不太重要了，可要想拒绝回忆当年，想要摆脱回忆的纠缠，简直做不到。嗲妹妹一辈子被宠着，尽管她聪明能干，有时候大约总有点迷糊，因为来得容易，不大动脑子，人们总原谅她——谁叫她是嗲妹妹呢？然而，对于旭哥，她却久久不能释怀，不能原谅自己。情感的严惩慢慢来到了，让她每每想起来便痛入骨髓，每天如坐针毡，经常受着比极刑更可怕的煎熬。其实，嗲妹妹也没错，她就是太不懂感情了。嗲妹妹所唱的歌、所跳的舞，都是硬邦邦的那种，比石头还硬；她所被灌输的，是"斗斗斗""杀杀杀"一类的，火药味特浓；在令她心仪心动的男子面前，坚不吐一个"爱"字……

嗲妹妹曾经一遍遍地想，如果重新来过，肯定不会这样了局。这是一生中最大的败笔。在外人眼里，嗲妹妹顺风顺浪一辈子，该有的都有了，哪都不缺，更无遗憾可言。实际上，她老公待嗲妹妹蛮好，这嗲妹妹心里也明白。可她一生中深爱的人就是旭哥，阿旭也是这样。嗲妹妹默默想着："如果旭哥还在的话,我一只电话过去,如果我开公司缺钱,需要一百万二百万,哪怕五百万、一千万……只要有,旭哥肯定会给我的……旭哥特别宠我,在他面前,我再怎样发脾气、任性,都可以。无论什么事,他都会同意我的……嗳,我哪能会这么傻的?"

哆妹妹渐渐信了佛。

哆妹妹就念"小房子"——这是一套经文组合,分别为《大悲咒》念二十七遍;《心经》念四十九遍;《往生咒》念八十四遍;《七佛灭罪真言》念八十七遍。在一张等腰梯形、像房子一样的黄纸头上的圆圈里边念边点,点完了焚烧,用来超度。哆妹妹只写自己的名字,和她有缘分的人可以去拿。这等于把功德寄存银行里,谁需要谁可以去享用。哆妹妹心里明白,旭哥不好意思问她要,但知道她念了许多小房子,等于有许多钱,可以到她银行里去取钱的。

还在那年,当时旭哥死了没多久,哆妹妹就做梦做到他要看重病,来问哆妹妹借钱,并说"以后加倍还你"。在梦中,旭哥抱着火柱子,给烧得血血红,烫死了。哆妹妹惊醒过来,非常骇异,心想:"要死!旭哥哪能入地狱了?"简直把哆妹妹魂灵吓出,身如筛糠。她猜想,旭哥可能做了坏事到地狱里去了。还有最不好的,旭哥原来相信菩萨的,拼命拜佛,后来改信耶稣,把菩萨扔了,这份罪孽很重很重,是要堕入阿鼻地狱的。

哆妹妹念小房子非常勤力,经常念经念到头晕目眩,胸闷，喉咙痛。嗲妹妹念了很久，小房子多达一百张，这样旭哥可以来拿，谁要也都可以。有一回，嗲妹妹念经念累了，打了个盹，梦见旭哥飘飘摇摇过来了。嗲妹妹问："旭哥你哪能在这里？我们到屈家桥去、到商业新村去，我领你到家里……"旭哥虎着脸说："小琴，你不要进去。"他一晃进去了。嗲妹妹一看，旭哥没影子了，立马醒过来，心想他就是旭哥。好像梦里旭哥给了她一样东西就走了，嗲妹妹打开一看，是一根人参。原来，旭哥知道嗲妹妹念经念得喉咙痛了……

有时候，嗲妹妹念经念累了，也提醒自己别太累着，年纪大了，身体要紧，再说心脏也不太好，得好好保养才是。嗲妹妹如今早已不去想那些揪心的往事了，只念经吃斋什么的。没料想，有时候印尼民歌的乐音还会不请自来，冲破记忆之闸，像八月钱江潮般怒涛汹涌，一泻万丈，直击心田。每当这时，她便罚念《七佛灭罪真言》许多遍。

歌声像溪水般晶莹清澈，涓涓流淌——

"莎丽楠蒂，我亲爱的姑娘，你为什么两眼泪汪汪？"

以上五篇初稿写于2012年，2022年冬改定

后　记

刚过去的2022年，人们经历了太多太多。自然，人只能活一辈子，但即便有几辈子，又怎么能遭遇像这个壬寅虎年所发生的种种事呢？就在这种诡异奇葩的氛围中，在枯寂而又动荡不定的书斋里，我尝试用在iPad上手绘的图画，来回忆过往，打发时间。关于这座城市的，关于个人的，还有关于城市与个人的，都有。然而，图画所负载的信息、内容、情愫，毕竟有限。

于是，便有了忆述文字——散文、随笔集《文学的朝圣者》。它包括两个单元："遇见贵人"和"屈家桥往事"。第一编"遇见贵人"，包括2022年盛夏所写的九篇散文：《回忆恩师沈善增》《捣蛋鬼外公其人》《"古代人"吴广洋先生》《苍黄背影：老顾与老许》《大鼻子汤及其他老师——五十二中琐忆》《老表龙虎兄弟》《庙湾的姨父姨娘》《双林记》《文学的朝圣者》。这些忆述，均有一个共同的鲜明的特点，即聚焦生命中所遇到的贵人，由或长或短或深或浅的因缘交集，经过这些自己所界定的"贵人"相助，让我迷茫困顿的生活、职场，有了天阔地宽的转折，如同一次次过了人生急转弯。

我们这个年龄段，尴尬的生存环境将会遇到的一切，无不大致整齐划一地遇上了。从一个"铜盆锯"锯木头的学徒，到完成了大学本科学业，1990年代成为中国作协上海分会会员；并于新千年后连续十年，出版了112万字多卷本长篇小说《上海霓虹》《魔都》《春水》。我收获了相对较好的人生，虽然微不足道，但也敝帚自珍。回望过来路，就在对来时路所遇贵人的感恩、感戴、感念之中，写下了这些忆述之作。

实际上，给我凡庸的生命以滋养，给我歧路徘徊以指津，给我因循浅陋的认知上带来提升或某种开悟，乃至给我有可能的堕落沉沦以拯救，以及由心灵深处的碰撞产生的知遇与喜悦，从而仿佛刹那间照亮前程……这样的人和事还有很多，不能一一尽述，在内心，我也与这些人和事同在。

"河滨大楼三部曲"对我而言，既是完成一种耿耿于怀的心愿，也是漫长、耗力的写作"马拉松"。自该书的第三卷《春水》出版后，就像大考结束了，需要有一个轻松放飞，且漫无目的的寒暑假。这两年来，我侧重于阅读或重温一些心仪的非虚构类型作品，包括外国翻译的文字有：卢梭的《一个孤独散步者的遐想》；黑塞的《园圃之乐》；海明威的《流动的盛宴》；毛姆的《在中国屏风上》；伍尔夫的《墙上的斑点》；萨特的《文字生涯》；川端康成的《花未眠》《我的伊豆》《伊豆姑娘》。后者是因为疫情前，曾连续三年去过日本游历，踏访日本热海、伊豆半岛，读来更有一种情味与共鸣。

我国的作品有：沈复的《浮生六记》；沈从文的《湘行散

记》以及《滕回生堂的今昔》《常德的船》《虎雏》；萧红的《商市街》；张爱玲的遗作《异乡记》及《重访边城》。上述种种，大手笔其文字之美，运笔之妙，韵味之深，意象之奇，无不令人击节赞叹，胜饮琼浆，满口余香，如沐春风。非虚构类型的作品自有一种亲切、贴近感，仿佛有幸就在作者身旁，听其娓娓道来，闻之或感动，或惊叹，或骇异，或忧戚，或悲恸；欲笑，欲舞，欲哭，欲泪。虽望尘莫及，捧读之余，也跃跃欲试，想写散文、随笔的冲动，油然而生。并且，试图用平实质朴的文字，叙述表面平静、内在波翻浪涌的心情和生活，饱含感恩之情，写下这些忆述。

拙作第二编"屈家桥往事"里，有我家搬离河滨大楼，来到当时的城乡交界处之一的虹口屈家桥，那个我童年、青年生活地，在1970年代前后的几则传奇与逸闻：《鱼虫女绮贞》《"外国人"曼莉》《上农新村》《麦家姆妈》《嗲妹妹与华侨》等，其中有一些是亲眼亲耳所见闻；有一些是口口相传；还有一些是找了那些传奇、传说的当事人、目击者、知情人，了解原委，辨析真伪，拾遗补阙，撷取种种。这组漫忆初稿写于十年前，本来我还有把所晓得的屈家桥往事都写出来的雄心，不知为何，却猝然歇搁了。此番想出一本散文、随笔集子，因都是忆述往昔的，就翻找出来，文字上略作了润色，但基本按照原样。

早年我把当一名画家当作最高理想，可惜梦难圆。退休后重拾，怡情自乐。自创纯手工的七彩指尖 iPad 画，以后又升级为全彩，涂鸦作品竟然超过250多幅，其中有的作品发表于或《上海文学》杂志，或《缤纷水色盼春归》作品集，还参加了由上海中外文化艺术交流协会、黄浦区美术家协会等主办的《百年黄浦》画展。在这本散文、随笔集里，我尝试为拙作配图，考虑到要一定程度上再现人物故事的风貌，和当时生活环境的特质，加之印刷纸张单色，故而只得选用传统白描的手法。我写我画，希望这不够成熟的线描插图，能为这本拙作集子增添一抹颜色。

  在拙著即将付梓之际，感谢文汇出版社、感谢本书责编徐曙蕾老师。同时，向一路支持鼓励我的师朋亲友，向全部或部分读过我几篇散文拙作的老师、朋友致谢。

徐策
2023年2月9日

图书在版编目（CIP）数据

文学的朝圣者/徐策著.—上海：文汇出版社，
2024.1
ISBN 978-7-5496-4084-3

Ⅰ.①文… Ⅱ.①徐… Ⅲ.①散文集-中国-当代
Ⅳ.① I267

中国国家版本馆 CIP 数据核字（2023）第 182893 号

文学的朝圣者

著　　者　徐　策
绘　　者　徐　策
责任编辑　徐曙蕾
装帧设计　一亩幻想

出版发行　文汇出版社
　　　　　上海市威海路755号
　　　　　（邮政编码200041）

照排　南京理工出版信息技术有限公司
印刷装订　上海巅辉印刷厂有限公司
版次　2024年1月第1版
印次　2024年1月第1次印刷
开本　890×1240　1/32
字数　155千
印张　8.25

ISBN 978-7-5496-4084-3
定价　58.00元